第一部
蜀山劍俠傳
還珠樓主——著
2
暗藏機關

蜀山劍俠傳

目錄

蜀山劍俠傳 目錄

第一章　瑩姑下山

那湖南大俠善化羅新的姑娘，衡山白雀洞金姥姥羅紫煙，同元元大師非常莫逆。每到羅浮梅花盛開時，定要到香雪洞盤桓一兩月。她很愛惜瑩姑，常勸大師盡心傳授。

大師因當年王娟娟學成劍術之後，作了許多敗壞清規之事，見瑩姑性躁，殺氣太重，鑑於前事，執意不肯。就這青霓劍的賜與，也由於金姥姥的情面。本來她也未始不愛瑩姑的天資，不過不讓瑩姑碰碰釘子，磨平火氣之後，決不傳她心法而已。

瑩姑知道金姥姥肯代她進言，等到十月底邊金姥姥來到，瑩姑覷便跪求。金姥姥憐她孝思，果然替她求情。大師不大以為然。

她說：「當初事端，其過不在許某，他不過不該存心輕薄而已。雙方比劍總有勝敗，況且瑩姑母親不該先用暗器，把人家兄弟打成殘廢。許某為手足報仇，乃是本分。他不曾傷人，足見存心厚道。又不貪色，尤為可取。她母子心地偏狹，自己氣死，與人何干？當初我因見她孤苦無依，又可惜她的資質，才收歸門下。你還怪我不肯以真傳相授，你看她才得一口現成飛劍，功夫尚未入門，就敢離師下山，豈不可笑？」

金姥姥道：「你不是打算造就她嗎？你何妨將計就計，准她前去。許某如果品行不好，落得假手於她，成全她的心願；許某如果是個好人，你可如此這般，如何？」

大師這才點頭應允。寫了一封信，把瑩姑叫至面前，說道：「你劍術尚未深造，便要下山。這次為母報仇，雖說孝思，但這事起因，其罪不在許某。你既執意要去，你身劍不能合一，一個孤身女子，何處棲身？你可拿這封信去投奔漢陽白龍庵你同門師姊、我師兄神尼優曇的徒弟素因那裡居住。這信只許素因一人拆看，不許他人拆看。一切聽她教導，見她猶如見我一般。

「到了漢口，先打聽許某為人如何，如果是個好人，便須回省你母、姊自己當初的過錯，將這無價值的私怨取消。如果許某是個奸惡小人，你就與他無仇，也應該為世除害，那就任你自己酌量而已。我這口青霓劍當年用時，頗為得力。道成以後，用它不著，專門作為本門執行清規之用。你師姊之死，也就因犯了清規。今既賜你，如果無故失落，被異教中人得去，那你就無須乎回來見我。大師伯若要回湖南，讓她帶你同行，你孤身行路不便。你事辦完之後，便隨素因師兄在白龍庵修煉，聽我後命可也。」

瑩姑從小生長綠林，又隨母親、姊姊周遊四方，過慣繁華生活。山中清苦寂寞好多年，聞得師父准她下山，滿心歡喜，當即俯首承訓，第二日，金姥姥羅紫煙帶了瑩姑，駕劍光直往漢陽白龍庵，將瑩姑放到地上，回轉衡山。不提。

素因見了大師的信，明白用意，便對瑩姑說道：「你的仇人許鉞為人正直，湘鄂一帶，頗有俠義名聲。照師叔信中之意，你這仇恐怕不能報吧？」

瑩姑八年臥薪嘗膽，好容易能得報仇，如何肯聽。素因也不深勸，便叫瑩姑頭七日去與許鉞通知。

瑩姑去後，忽然元元大師來到，便叫素因只管同她前去，如此如此便了。

原來元元大師自瑩姑走後，便跟蹤下來。囑咐完了素因之後，走出白龍庵，正要回山，忽然遇見朱梅。朱梅便代追雲叟約大師往成都，同破慈雲寺。大師又談起瑩姑之事，雙方商量第七天上同時露面。大師駕了朱梅的小舟，在隔江等候。

那瑩姑同許鉞打到中間，忽然一個瘦小老頭將青霓劍收去，大吃一驚。原盼素因相助，及見素因將劍光放出，又行收回，反倒朝那老頭跪拜，便知老頭來頭甚大，自己本想口出不遜，也不敢了。二劍全失，無顏回山，也不敢再見師父，情急心窄，便想躲到遠處去投江。

元元大師正好在隔岸望見，瑩姑跳江幾次，被大師真氣逼退回身。正在納悶，回頭見素因趕到。大師知道素因有入海尋針之能，便想藉此磨折於她，任她去跳。誰想反是許鉞將她救起。後來大師過江，將瑩姑救醒。她在昏迷中，仇人見面，分外眼紅，打了一拳，跳起來便罵。及至看見師父，又愧又怕，忙過來不住地叩頭請罪。

大師道：「你才得下山，便背師訓。許檀樾被你苦苦逼迫，你還敢用我的飛劍去妄報私仇，亂殺好人。若非朱師伯將劍收去，他已身首異處。他見你投江，也無非憐你一番愚孝，這樣寒天，奮不顧身，從萬頃洪濤中將你救起。你不知感恩戴德，反乘人不備，打得人家順嘴流血。我門下哪有你這種忘恩背本的孽障？從此逐出門牆，再提是我徒弟，我用飛劍取你首級！」

瑩姑聞言，嚇得心驚膽裂，惟有叩頭求恕，不敢出聲。

素因是小輩，不敢進言相勸。陶、許二人也不敢造次。還是朱梅道：「算了，夠她受了。看我面子，恕過她一次吧。如今他二人俱是落湯雞一般，好在來路被我逼起濃霧，無人看見。我們就近到許家去坐一坐，讓他們更衣吃飯吧。」

元元大師這才容顏轉霽道：「不是朱師伯與你講情，我定不能要你這個孽徒，還不上前謝過！」

瑩姑才放心站起，狼狼狽狽走到朱梅面前，剛要跪下，急得朱梅連忙跺腳，大嚷道：「我把你這老尼姑，你不知道我的老毛病嗎，怎麼又來這一套？」

大師忙道：「你朱師伯不受禮，就免了吧。快去謝許鉞檀樾救命之恩。」

瑩姑先時見許鉞幾番相讓，火氣頭上，並不承情。及至自己情急投江，到了水中，才知尋死的滋味不大好受，後悔已是不及。

醒來見身在江邊，只顧到見仇眼紅，並不知是許鉞相救。適才聽師父之言，不由暗佩許鉞捨身救敵，真是寬宏大量。又見許鉞臉上血跡未乾，知是自己一拳打傷。頓時仇恨消失，反倒有些過意不去。

又經大師命她上前道謝，雖覺不好意思，怎敢違抗，靦靦腆腆地走了上前，正要開口。許鉞知機，忙向前一揖道：「愚下當初為舍弟報仇，誤傷令堂，事出無心。今蒙大師解釋，姑娘大量寬容，許某已是感激不盡，何敢當姑娘陪話呢！」

瑩姑自長成後，從未與男子交談。今見許鉞溫文爾雅，應對從容，不禁心平氣和，把敵對之心，化為烏有。雖想也說兩句道歉話，到底面嫩，無法啟齒，福了兩福，臉一紅，急忙退到師父身旁站定。

許鉞便請眾人往家中更衣用飯。

朱梅道：「你先同陶鈞回去，我們即刻就到。」

陶、許二人不敢再說，便告辭先行。才過適才戰場，轉向街上，便遇見熟識的人問道：「許教師，你剛從江邊來麼，怎麼弄了一身的水？適才那邊大霧，像初出鍋蒸籠一般，莫非大霧中失足落在江中嗎？」

陶、許二人才明白在江邊打了一早晨，並無一個人去看，原來是大霧遮斷的緣故。隨便敷衍路人兩句，轉回家去。

二人才進中廳，忽然眼前一亮，朱梅、元元大師、素因、瑩姑四人已經降下。許鉞髮妻故去已經四年，遺下衣物甚多。留下一兒一女，俱在親戚家附讀。家事由一個老年姑母掌管。便請眾人坐定，一面命人端茶備酒。急忙將姑母請出，叫她陪瑩姑去更換濕衣。自己也將濕衣重新換好，出來陪坐。大師已不食煙火食。素因吃素。朱梅、陶鈞倒是葷酒不忌，而且酒量甚豪，酒到杯空。

移時瑩姑換好衣服出來，她在山中本未斷葷，常打鹿烤肉來吃，大師也命她入座。自己隨便吃了點果子，便囑咐瑩姑好生跟素因學劍，同朱梅訂好在新正月前成都相會，將腳一蹬，駕劍光破空而去。

瑩姑不知青霓劍是否還在朱梅手中，抑或被師父一怒收了回去，見師父一走，也不敢問，好生著急。

素因見瑩姑坐立不安，心知為的是兩口寶劍，便對瑩姑道：「師妹的兩口寶劍，俱是當世稀有之物，加上元元師叔的真傳，賢妹的天資，自必相得益彰。適才元元師叔命我代為保管，早晚陪賢妹用功。從今以後，我的荒庵，倒是不愁寂寞的了。」

瑩姑聞言，知二劍未被師父收去，才放寬心。

這時陶、許二人都陪朱梅痛飲，殷殷相勸，無暇再講閒話。那素因心中有事，幾番要說出話來，見朱梅酒性正豪，知這老頭兒脾氣特別，不便插嘴攔他高興。

那陶鈞在觀戰時，忽然素因喚他乳名，好生不解，本想要問，也因為朱梅飲在高興頭上，自己拿著一把壺，不住地替他斟，沒有工夫顧到說話。大家只好悶在肚裡。這一頓酒飯，從未正直飲到酉初。

素因本不用葷酒，瑩姑飯量也不大，陶、許二人也早已酒足飯飽。因都是晚輩，只有恭恭敬敬地陪著。

到了掌上燈來，朱梅已喝得醉眼模糊，忽然對素因說道：「你們姊弟不見面，已快二十年了，回頭就要分別，怎麼你們還不認親呢？」

素因聞言，站起答道：「弟子早就想問，因見師伯酒性正豪，不敢耽誤師伯的清興，所以沒有說出來。」

朱梅哈哈大笑道：「你又拘禮了！我比不得李鬍子，有許多臭規矩。骨肉重逢，原是一件快活事，有話就說何妨？」

素因聞言，便對陶鈞道：「陶師弟，請問堂上尊大人，是不是單諱一個鑄字的呢？」

陶鈞聞言，連忙站起答道：「先父正是單名這一個字，師姊何以知之？」

素因聞言，不禁淚道：「想不到二十年光陰，我姑父竟已下世。姑母王大夫人呢？」

陶鈞道：「先父去世之後，先母第二年也相繼下世去了。小弟年幼，寒家無多親故。師姊何以這般稱呼，請道其詳。」

素因含淚道：「龍官，你不認得身入空門的表姊了？你可記得十九年前的一個雪天晚上，我在姑父家中，同你玩得正好，忽然繼母打發人立逼著叫我回家過年，你拉我哭，不讓我走，我騙你說，第二日早上準來，我們一分手，就從此不見面的那個秦素因麼？」

陶鈞聞言，這才想起幼年之事，也不禁傷心。答道：「你就是我舅家表姊，乳名玉妮的麼？我那舅父呢？」

素因道：「愚姊自先母去世，先父把繼母扶正之後，平素對我十分虐待。多蒙姑父姑母垂愛，接到姑父家中撫養，此時我才十二歲，你也才五歲。先父原不打算做異族的官的，經不住繼母的朝夕絮聒，先父便活了心。我們分別那一天，便是先父受了滿奴的委用，署理山東青州知府。先父也知繼母恨我，本打算將愚姊寄養姑母家中，繼母執意不肯。先父又怕姑父母用大義責難，假說家中有事，硬把愚姊接回，一同上任。

「誰想大亂後，人民雖屈於異族暴力淫威，勉強服從，而一般忠義豪俠之士，大都心存故國，志在匡復。雖知大勢已去，但見一般苦難同胞受滿奴官吏的苛虐，便要出來打抱不平。先父為人忠厚，錯用了一個家奴，便是接我回家的石升。他自隨先父到任之後，勾連幾個喪盡天良的幕賓，用繼母作為引線，共同蒙蔽先父，朋比為奸，鬧得怨聲載道。

「不到一年，被當地一個俠僧，名叫超觀，本是前明的宗室，武功很好，夜入內室，本欲結果先父的性命。誰知先父同他認得，問起情由，才知是家人、幕賓作弊，先父蒙在鼓裡。他說雖非先父主動，失察之罪，仍是不能寬容，便將先父削去一隻耳朵，以示儆戒。那惡奴、幕賓，俱被他梟去首級，懸掛在大堂上。先父知事不好，積威之下，又不敢埋怨繼母，費了許多情面，才將惡奴、幕賓被殺的事彌縫過去。急忙辭官，打算回家，連氣帶急，死在路上。

「繼母本是由妾扶正，又無兒女，她見先父死去，草草埋葬，把所有財物變賣銀兩，本打算帶我回到安徽娘家去。走到半路，又遇見強人，將她殺死。正要將我搶走，恰好恩師四川岷山凝玉峰神尼優曇大師走過，將強人殺死，將我帶到山中修道。面壁十年，才得身劍合一。奉師命下山，在成都碧筠庵居住。兩年前，又奉恩師之命，將碧筠庵借與醉師叔居住，以作異日各位師伯師叔、兄弟姊妹們聚會之所，叫我來這漢陽白龍庵參修行道。

「適才見賢弟十分面熟，聽說姓陶，又被我發現你耳輪後一粒朱砂紅痣，我便叫了賢弟的乳名，見你答應，便知決無差錯，正要問前因後果，對你細說時，朱師伯已顯現出法身。以後急於救人，就沒有機會說話了。朱師伯前輩是劍仙中的神龍嵩山二老之一，輕易不收徒弟，你是怎生得拜在門下？造化真是不小！」

陶鈞聞言，甚是傷感，也把別後情形及拜師的經過，仔細說了一遍。

那許鉞見眾人俱是有名劍仙的弟子，心中非常羨慕，不禁現於詞色。

朱梅看了許鉞臉上的神氣，對他笑道：「你早晚也是劍俠中人，你忙甚麼呢？將來峨嵋鬥劍，你同瑩姑正是一對重要人物。你如不去做癲和尚的徒弟，白骨箭誰人去破呢？我不收你，正是要成就你的良緣，你怎麼心中還不舒服呢？」

許鉞聞朱梅之言，雖然多少不解，估量自己將來也能側身劍俠之門，但不知他說那俠僧軼凡劍術如何。

便站起身來，就勢問道：「弟子承老前輩不棄，指示投師門徑。所說三遊洞隱居這位師父，但不知他老人家是哪派劍仙？可能收弟子這般庸才麼？」

朱梅道：「你問癲和尚麼？他能耐大得緊呢！尤其是擅長專門降魔。我既介紹你去，他怎好意思不收？不過他的脾氣比我還古怪，你可得留點神。如果到時你不能忍受，錯過機會，那你這輩子就沒人要了。」許鉞連忙躬身答應。

朱梅又對素因道：「破慈雲寺須是少不得你。天已不早，你同瑩姑回庵，我這就同陶鈞到青城山去。我們大家散了吧。」許鉞雖然惜別，知朱梅脾氣特別，不敢深留。

當下眾人分手，除許鉞明春到三遊洞投師，暫時不走外，素因同瑩姑回轉白龍庵，朱梅便帶了陶鈞，駕起劍光，往青城山金鞭崖而去。

第二章　陶鈞學劍

矮叟朱梅的大弟子紀登，在師父下山後，因恐金光鼎等又來煩擾，輕易不肯出門。這日清晨算計師父快要回來，便在崖前站定。果然不多一會，天邊有兩粒黑點朝崖前飛來，朱梅攜著陶鈞在金鞭崖前降下。紀登連忙上前拜見。朱梅叫陶鈞見過師兄，一同進了觀門。

朱梅命紀登將打坐並練氣口訣，日夕傳與陶鈞用功。又到雲房內取出一柄長劍賜與陶鈞，叫他按照劍訣練習。陶鈞拜謝之後，接過寶劍一看，連頭帶尾，有三尺六寸長。劍柄上有七個金星，上面刻著「金犀」兩個篆字。用手一攥劍柄，微一用力，已自錚然出匣，寒光凜凜，鑑人毛髮，端的是柄好劍，心中高興已極。從此每日跟隨紀登早晚用功。

矮叟朱梅在觀裡住了幾日，單把紀登叫過一旁，囑咐了幾句，便自下山，往成都而去。

這時成都碧筠庵醉道人，自同追雲叟分別後，雖寶劍被污，卻蒙追雲叟將太乙鉤贈他使用，較原來寶劍還要神化。這日正在院中閒立，遠遠看見空中一道青光飛來，定睛一看，正是追雲叟帶到衡山，去用千年朱靈草替自己洗煉的寶劍，心中大喜，手一抬，那寶劍業已落在手中。仔細看時，居然返本還原，仍是以前靈物，暗暗感激追雲叟的高義。心想：「這口劍雖是自己煉就神物，並不似三仙二老他們的劍，完全用五行真氣，採煉五金之精而成。衡山相隔數千里，怎得認主歸來，不爽毫釐？」正在驚奇，忽聽破空的聲音，抬頭看時，周淳業已駕劍光從空中降下，見了醉道人，上前拜見。

醉道人道：「周道友休得如此客氣。我們相隔不久，道友功行，竟能這樣猛進，雖然白老前輩有超神入化之能，然而道友的根基稟賦，也就可想而知了。」

周淳躬身答道：「師叔休得過獎。弟子自蒙家師收錄，因自己年歲老大，深怕不能入門，心中非常恐懼。那日隨家師回到衡山，便蒙家師指示祕訣，又賜我丹藥數粒。到第七天上，家師又命我到後山最高峰紅沙崖下，去採千年朱靈草。走到崖前，忽然紅霧四起，當時一陣頭昏眼花，神志昏沉，堪堪臥倒。猛想起弟子初遊慈雲寺時節，遇一個身材矮小的老前輩，用土塊打弟子數次，將弟子打急，隨後追趕，並未追上。

「那位老前輩留與弟子一個紙包，內有兩粒丹藥，紙包上面寫著『留備後用，百毒不侵』八個字。弟子此時已是兩腳麻痹，幸喜雙手還能動轉，連忙將那兩顆丹藥取出嚼碎，咽了下去，立時覺著神志清朗異常。可是紅霧依舊未消，心知那崖必非善地。而衡山頂上一年到頭，俱是白雲封鎖，每年只有兩次雲開。如採不著藥草，誤了家師之命，恐受責罰，依舊在崖前尋找。忽聽崖旁洞內有小兒啼聲，走向前一看，只見一個山洞，高寬各約二丈。洞口有一個沒有殼的大蠍子，長約七八尺光景，口中噴出紅霧，聲如兒啼。幸喜那東西才得出殼，行動極為笨緩。弟子服了靈丹，毒霧不侵，便用寶劍將牠斬為數段。忽見紅光從那東西身後的洞中發出。走近看時，正是一叢千年朱靈草，上面還結著七個橘子大小的果兒，鮮紅奪目。弟子便連根拔起，不敢再為遲延，急忙下山。走到半路回頭看時，業已雲霧滿山，稍遲一步，便無路下來了。家師見弟子取得仙草，甚是嘉獎。

「說起那蠍子時，家師起初本未料到有這樣怪物，幸喜尚未成形，又有靈丹護衛。不然一近牠身，怕不化為膿血？那靈草一千三百年結一回果，成熟七天，便入地無蹤。服了之後，益氣延年，輕身換骨，又抵百十年苦功。家師便將仙果七個賜與弟子。吃下去當時周身酥軟，連瀉三日。痊癒後力大身輕，遠勝尋常。如今可以力擒虎豹，手捉飛鳥。家師深恩，又傳弟子許多路劍法。另換了一口煉成的寶劍，照口訣勤習了四十九日，便能御劍飛行。師叔的劍也同時洗煉還原。又說起贈丹的老前輩，才知是家師的好友朱梅叔。

「今早命弟子前來送信，順便將師叔寶劍送回。行近成都，那寶劍好似認得家一般，一個不留神，便脫手飛去。弟子隨後追趕，見它往此地飛來，已知師叔收去，才放了心。家師說李師叔約請各派劍仙，不日陸續來到，請師叔代為招接。家師尚有他事，來年正月初五前準到。此番乃是邪正兩方正面衝突的開端，彼此約請的能人劍客不在少數。這第一次交手，必須要挫他們的銳氣，同時把他們用作根據地的慈雲寺一舉消滅，以減少他們的勢力。家師還請師叔除夕前到寺中探一探動靜，說他們那裡能人甚多，如被他們窺破，只說是特去通知比試日期，不可輕易地動手。弟子奉命轉達，請師叔斟酌辦理。」

醉道人聽罷，當下謝了周淳冒險採靈草之義。因為追雲叟不在峨嵋派系統之下，與峨嵋開山祖師長眉真人俱都是朋友稱呼。長眉真人飛升時，大弟子玄真子志在專修內功，稟明真人，願把道統讓給根基厚的師弟齊漱溟，自己卻同追雲叟、苦行頭陀二友前往東海隱居，同參上乘玄宗。醉道人是齊漱溟的師弟，他因追雲叟雖是師兄好友，到底人家得道的年代長，又與長眉真人有一面之識，平素總以晚輩自居。周淳稱他師叔，他不肯承受。周淳飲水思源，自己入門又淺，再三不肯改口，只得由他。

到了第三天，先是後輩劍仙中峨嵋派掌教劍仙乾坤正氣妙一真人的女兒齊靈雲，同著她的兄弟金蟬、髯仙李元化的弟子白俠孫南，奉了妙一夫人荀蘭因之命，前來聽候調遣。又過了幾天，髯仙同門師兄弟風赤道人吳元智，帶著大弟子七星手施林來到。施林與周淳本有一面之緣，當下周淳便謝了當日施林指引之恩，二人談得甚是投機。

第二天起，羅浮山香雪洞元元大師、巫山峽白竹澗正修庵白雲大師、陝西太白山積翠崖萬里飛虹佟元奇同他弟子黑孩兒尉遲火、坎離真人許元通、雲南昆明池開元寺哈哈僧元覺禪師同他弟子鐵沙彌悟修、峨嵋山飛雷嶺髯仙李元化先後來到。醉道人與周淳竭誠款待，松、鶴二童忙了個手腳不停。

到了除夕的那一天，醉道人同各位劍俠正在雲房閒話，羅浮七仙中的萬里飛虹佟元奇說道：「同門諸位道友俱都各隱名山，相隔數千里，每三年前往峨嵋聚首外，很少相見。這次不但同門師兄弟相聚，許多位全不在本門的前輩道友也來參加。同時小兄弟們也彼此多一番認識，將來互相得到許多幫助，可以算得一個大盛會了。只是相隔破寺之日不遠，嵩山二老、掌教師兄以及餐霞大師等，為什麼還不見到來呢？」

髯仙李元化答道：「師兄有所不知。此次追雲叟道友，原是受了掌教師兄之託，替他在此主持一切。一來掌教師兄要準備最後峨嵋鬥劍時一切事務，現在東海煉寶，不能分身。二來這次慈雲寺邀請的人，出類拔萃的有限，只二老已足夠應付。所以這次掌教師兄來不來還不能一定。餐霞大師就近監視許飛娘，這次飛娘如不出面，大師也未必前來。她單指派她一個得意女弟子名叫朱梅，前來參加，想必日內定可來到。」

醉道人道：「餐霞大師女弟子，怎麼會與矮叟朱老前輩同名同姓？雖說不同門戶，到底以小輩而犯前輩之諱，多少不便。餐霞大師難道就沒有想到這一層，替她將名字改換麼？」

髯仙聞言，哈哈大笑道：「醉道友，你在本門中可算是一個道行深厚，見聞最廣的人，怎麼你連那朱前輩同餐霞大師女弟子朱梅同名同姓這一段前因後果，都不知道呢？」

醉道人便問究竟，各位劍仙也都想聽髯仙說出經過。

髯仙道：「起初我也不知道。前數月我奉追雲叟之命，去請餐霞。她說要派弟子朱梅參加破寺，同各位前輩劍仙以及同門師兄弟見一見面，將來好彼此互助。我因她的弟子與朱前輩同名，便問大師何不改過？大師才說起這段因果。原來大師的女弟子朱梅與朱老前輩關係甚深，她已墜劫三次，就連拜在大師門下，還是受朱老前輩所託呢。」

大家正要聽髯仙說將下去，忽然一陣微風過處，朱梅業已站在眾人面前，指著髯仙說道：「李鬍子，你也太不長進，專門背後談人陰私。你只顧說得起勁，你可知道現在危機四佈了麼？」眾劍仙聞言大驚，連忙讓座，請問究竟。

朱梅道：「不用忙，少時自有人前來報告，省得我多費這番唇舌。」言還未了，簷前有飛鳥墜地的聲息，簾起處進來一人，面如金紙，見了諸位劍仙，匍匐在地。

矮叟朱梅連忙從身上取出一粒百草奪命神丹，朝那人口中塞了進去。

醉道人與髯仙見來人正是岷山萬松嶺朝天觀水鏡道人的門徒神眼邱林，不知為何這樣狼狽。急忙將他扶上雲床，用一碗溫水將神丹灌了下去。待了半盞茶時，邱林腹內咕嚕嚕響了一陣，臉上由金紫色漸由白而紅，這才恢復原狀。睜眼見諸位劍俠在旁，便翻身坐起。

這時各派劍俠中小兄弟們，本同周淳、孫南等在前面配殿中談話，聽說矮叟朱梅與邱林先後來到，便都入房相見。邱林坐起之後，先謝了矮叟朱梅賜丹之恩，然後說起慈雲寺中景況及他脫險情形。

第三章　黑月會妖

原來醉道人與張老四父女護送周雲從打邱林豆腐店中走後，慈雲寺中人因周雲從逃得奇怪，寺周圍住戶店舖差不多都是寺中黨羽，決不會見了逃犯不去通報。惟獨邱林在寺旁小道上，離寺較遠，不在其範圍之中，未免有些疑心。曾經派人去盤查數次，也問不出一些端倪，也就罷了。

自周輕雲夜鬧慈雲寺，斷去毛太一隻左臂，俞德受傷後，法元趕到，知道峨嵋派厲害，囑咐智通約束門下眾人，不許輕易出廟；他自己又親自出去約請能人，前來與峨嵋派見個高下。

法元去後，俞德傷勢業已痊癒，便要告辭回滇西，去請師父毒龍尊者出來，與他報仇雪恨。智通恐他去後，越發人單勢孤，勸他不必親自前往。可先寫下書信一封，就說他受了峨嵋派門下無故的欺負，身受重傷，自己不能親往，求他師父前來報仇。

俞德本是無主見的人，便依言行事，懇懇切切寫了一封書信。就煩毛太門徒無敵金剛賽達摩慧能前往，自己同毛太每日閉門取樂。過了好些日子，轉瞬離過年只有八九天，不但慧能沒有音信，連金身羅漢法元也沒有回來。所請的人，也一個未到。智通心中焦急萬狀。到了二十三這天晚上，智通、俞德正在禪房談話，忽然一道黑煙過處，面前站定二人。俞德是驚弓之鳥，正待放劍。智通已認清來人正是武夷山飛雷洞七手夜叉龍飛，同他弟子小靈猴柳宗潛，連忙止住俞德，與三人介紹。

這龍飛乃是九華山金頂歸元寺獅子天王龍化的兄長，與智通原是師兄弟。自從他師父五台派教祖太乙混元祖師死後，便歸入廬山神魔洞白骨神君教下，煉就二十四口九子母陰魂劍，還有許多妖法。那日打廬山回洞，小靈猴柳宗潛便把智通請他下山相助，與峨嵋派為敵之事說了一遍。

龍飛聞言大怒說：「我與峨嵋派有不共戴天之仇，當年太乙混元祖師就是受他們的暗算。如今他見五台派失了首領，還要斬盡殺絕。前些日，我師弟羅梟到九華山採藥，又被齊漱溟的兒子斷去一臂，越發仇深似海。事不宜遲，我們就此前去，助你師伯一臂之力。」說罷，帶了隨身法寶，師徒二人駕起陰風，直往慈雲寺走來。見了智通，談起前情，越發憤怒。依龍飛本心，當晚便要去尋峨嵋派中人見個高下。

還是智通攔阻道：「那峨嵋派人行蹤飄忽，又無一定住所。自從到寺中擾鬧兩次，便沒有再來。師弟雖然神通廣大，到底人單勢孤。莫如等金身羅漢回來，看看所約的人如何，再作商議。」龍飛也覺言之有理，只得暫忍心頭之怒。

第二日起，前番智通所約的人，嶗山鐵掌仙祝鶚、江蘇太湖洞庭山霹靂手尉遲元、滄州草上飛林成祖、雲南大竹子山披髮狻猊狄銀兒、四川雲母山女崑崙石玉珠、廣西鉢盂峰報恩寺莽頭陀，同日來到。智通見來了這許多能人，心中大喜，便問眾人，如何會同日來得這樣巧法？

披髮狻猊狄銀兒首先答道：「我們哪裡有什麼未卜先知。先前接到你的請柬，我們雖恨峨嵋派刺骨，到底鑑於從前峨嵋鬥劍的覆轍，知道他們人多勢眾，不易抗敵，都想另外再約請幾個幫手。日前各位道友先後接到萬妙仙姑許飛娘飛劍傳書，她說她有特別原因，恐怕萬一到時不能前來，她另外約請了兩位異派中特別能人前來相助，峨嵋派無論如何厲害，決無勝理，請我們大家安心前去，準於臘月二十四日趕到慈雲寺。

「飛娘自教祖死後，久已不見她有所舉動，有的還疑心她叛教，有些道友接信後，不大相信。後來又接著曉月禪師輾轉傳信的證明，又說他本人屆時也要前來，我們這才按照書信行事。這飛劍傳書，當初除了教祖，普天下劍仙只有四五個人有此本領。想不到飛娘才數十年不見，便練到這般地步，真是令人驚奇了。」

智通道：「以前大家對於飛娘的議論，實在冤屈了她。人家表面上數十年來沒有動靜，骨子裡卻是臥薪嘗膽這麼多年，我也是今年才得知道。」便把前事又說了一遍。當下因為法元未到，龍飛本領最大，先舉他做了個臨時首領。

龍飛道：「我們現在空自來了許多人，敵人巢穴還不曾知道。萬一他們見我們人多，就藏頭不露面，等我們走後，又來仗勢欺人，不似峨嵋門劍，訂有約會。我看如今也無須乎閉門自守。第一步，先打聽他們巢穴在哪裡，或是明去，或是暗去，先給他們一個下馬威如何？」

智通終是持重，商量了一會，便決定先派幾個人出去打聽峨嵋派在成都是幾個什麼人，住在哪裡。然後等曉月禪師、金身羅漢回來再說。議定之後，因為狄銀兒道路最熟，小靈猴柳宗潛則成都是他舊遊之地，便由他二人擔任，到成都城鄉內外打探消息。

又隔了一天，法元才回廟。除曉月禪師未到外，另外約請了四位有名劍仙：第一位是有根禪師，第二位是諸葛英，第三位是癲道人，第四位是滄浪羽士隨心一，皆是武當山有名的劍仙。

大家見面之後，法元便問龍飛道：「令弟龍化不是和雷音道友一向在九華金頂歸元寺修煉麼？我這一次原本想約他們幫忙，誰想到了那裡不曾遇見他，反倒與齊漱溟的女兒爭打起來。到處打聽他二人的下落，竟然打聽不出來。你可知道他二人現在何處？」

龍飛聞言，面帶怒容道：「師叔休要再提起我那不才兄弟了，提起反倒為我同門之羞。我現在不但不認他為手足，一旦遇見他時，我還不能輕易饒他呢！」說罷，怒容滿面，好似氣極的樣子。

法元知他兄弟二人平素不睦，其中必有緣故，也就不便深問。當下便朝大眾把追雲叟在成都出現，峨嵋派門下兩次在寺中大鬧，恐怕他們早晚要找上門來，所以特地四處約請各位仙長相助的話，說了一遍。又說：「這次雖不似前番峨嵋鬥劍，預先定下日期，但是我深知追雲叟這個老賊決不能輕易放過。與其讓他找上門來，不如我們準備齊備之後，先去找他報仇。他們巢穴雖多，成都聚會之所只碧筠庵一個地方。我早就知道，當初不說，一則恐怕打草驚蛇，二則恐怕未到齊時，俞賢弟報仇心切，輕舉妄動。峨嵋派中人雖無關緊要，追雲叟這個老賊卻不好對付。如今我們人已到齊，是等他來，還是我們找上門去，或者與他約定一個地方比試，諸位有何高見？」

法元在眾人中輩份最大，大家謙遜了一陣，除龍飛自恃有九子母陰魂劍，俞德報仇心切外，餘人自問不是追雲叟的敵手，都主張等曉月禪師同毒龍尊者內中來了一個再說。好在人多勢大，也不怕敵人找上門來。當初既未明張旗鼓約定日期比試，樂得勻出工夫，籌劃萬全之策。

龍、俞二人雖不願意，也拗不過眾人。眾人正在議論紛紛，只見一溜火光，狄銀兒夾著一人從空飛下。小靈猴柳宗潛也隨後進來。

狄銀兒見了眾人，忙叫智通命人取繩索過來，把這奸細綑了。一回頭看見法元，便走將過來施禮。這時被擒的人業已綑好，眾人便問狄銀兒究竟。

狄銀兒道：「我自昨日出去打聽敵人住所，走過望江樓，便上去飲酒，聽見樓上有些酒客紛紛議論道：『適才走的這位道爺真奇怪，無冬無夏，老是那一件破舊單道袍。他的酒量也真好，喝上十幾斤，臨走還帶上一大葫蘆。他那紅葫蘆，少說著也裝上十七八斤酒。成都這種大麴酒，多大量的人也喝不上一斤，他竟能喝那麼多，莫非是個酒仙嗎？』

「我覺得他們所說那人，頗似那年峨嵋門劍殺死我師兄火德星君陸大虎的醉道人。正打算明日再去暗中跟隨，尋查他們的住所，誰知我同柳賢姪下樓走了不遠，便覺得後面有人跟隨。我二人故作不知，等到離我們不遠，才回頭問那廝，為何要跟我們。這廝不但口不服輸，反同柳賢姪爭鬥起來。別看模樣不濟，武功還是不弱，若非我上前相助，柳賢姪險些遭了他毒手。本待將他殺死，因不知他們窩藏之地，特地擒回，請諸位發落。」

眾人聞言，再朝那人看時，只見那人生得五短身材，白臉高鼻，一雙紅眼，普通買賣人打扮，雖然被擒，英姿勃勃，看去武功很有根底。

當下法元便問那人道：「你姓甚名誰？是否在峨嵋派門下？現在成都除追雲叟外，還有些什麼人？住在何處？從實招來，饒你不死。」

那人聞言，哈哈大笑道：「你家大爺正是峨嵋門下神眼邱林。若問本派成都人數，除教長乾坤正氣妙一真人外，東海三仙、嵩山少室二老，還有本門以及各派劍俠，不下百位，俱在成都，卻無一定住所。早晚蕩平妖窟，為民除害。我既被獲遭擒，殺剮聽便，何必多言？」

龍飛、俞德性情最暴，見邱林言語傲慢，剛要上前動手，忽聽四壁吱吱鬼聲，一陣風過處，燭焰搖搖，變成綠色。眾人毛髮皆豎，不知是吉是凶，俱都顧不得殺人，各把劍光法寶準備，以觀動靜。一霎時間，地下陷了一個深坑，由坑內先現出一個栲栳大的人頭，頭髮鬍鬚絞做一團，好似亂草窩一般；一雙碧綠眼睛，四面亂閃。眾人正待放劍，法元、俞德已知究竟，連忙攔住。一會現出全身，那般大頭，身體卻又矮又瘦，穿了一件綠袍，長不滿三尺，醜怪異常。不是法元、俞德預先使眼色止住，眾人見了這般怪狀，幾乎笑出聲來。

法元見那人從坑中出現，急忙躬身合掌道：「不知老祖駕到，我等未曾遠迎，望乞恕罪。」說罷，便請那人上座。那人也不謙遜，手一拱，便居中坐下。這時鬼聲已息，燭焰依舊光明。

法元、俞德便領眾人上前，又相介紹道：「這位老祖，便是百蠻山陰風洞綠袍老祖便是。練就無邊魔術，百萬魔兵，乃是魔教中南派開山祖師。昔年在滇西，老祖與毒龍尊者鬥法，曾顯過不少的奇蹟。今日降臨，絕非偶然，不知老祖有何見教？」

綠袍老祖答道：「我自那年與毒龍尊者言歸於好，回山之後，多年不曾出門。前些日毒龍尊者與我送去一信，言說你們又要跟峨嵋派鬥法，他因一樁要事不能分身，託我前來助你們一臂之力。但不知你們已經交過手了沒有？」說時聲音微細，如同嬰兒一般。

法元道：「我等新近一二日才得聚齊，尚未與敵人見面。多謝老祖前來相助，就煩老祖作我等領袖吧。」

綠袍老祖道：「這有何難！我這數十年來，煉就一樁法寶，名叫百毒金蠶蠱，放將出去，如同數百萬黃蜂，遮天蓋地而來。無論何等劍仙，被金蠶蠱咬上一口，一個時辰，毒發攻心而死。峨嵋派雖有能人，何懼之有？」

眾人聞言大喜。惟獨邱林暗自心驚，只因身體失卻自由，不能回去報信，不由便嘆了一口氣。綠袍老祖聞得嘆息之聲，一眼看見地下綑的邱林，便問這是何人。法元便把邱林跟蹤擒獲，正在審問之間，適逢老祖駕到，未曾發落等情說了一遍。又問老祖，有何高見？

綠袍老祖道：「好些日未吃人心了，請我吃一碗人心湯吧。」

法元聞言，便叫智通命人取冷水盆來，開膛取心。邱林知道不免於死，倒也不在心上，且看這群妖孽如何下手？

智通因為要表示誠心，親自動手，將冷水盆放在邱林身旁，取了一把牛耳尖刀。剛要對準邱林脅下刺去，忽然面前一亮，一道金光，如匹練般電也似疾地捲將進來。智通不及抵擋，忙向後倒縱出去。眾人齊都把劍光法寶亂放出來時，那金光如閃電一般，飛向空中。龍飛、俞德等追出看時，只見一天星斗，廟外寒林被風吹得嘩嘩作響，更無一些兒蹤跡。再回看地上綁的邱林，已不知去向，只剩下一攤長長短短的蛟筋繩。幸喜來人只在救回被擒的人，除挨近邱林站立的知客僧了一被金光掃著了一下，將左耳削去半邊外，餘人皆未受傷。眾人正在興高采烈之際，經此一番變動，銳氣大挫，愈加知道峨嵋派真有能手。連俞德的紅砂都未能損傷來人分毫，可以想見敵人的厲害。便都面面相覷，不發一言。

話說邱林正在瞑目待死之際，忽然眼前一亮，從空降下一道金光，將他救起。在飛起的當兒，忽然覺得一股腥味刺鼻，立時頭腦昏眩。心中雖然清楚，只是說不出話來。不一會工夫，那駕金光的人已將他帶到一個所在，放將下來，對邱林仔細一看，忙說：「不好！輕雲快把我的丹藥取來。」話言未了，便有一個十七八歲的妙齡女子，從丹房內取了九粒丹藥。那人便用一碗清水，將丹藥與邱林灌了下去，然後將他扶上雲床，臥下歇息。

這時邱林業已人事不知，渾身酸痛已極，直睡到第二日早起，又吃了幾次丹藥，才得清醒過來。睜眼一看，只見面前站定一個美麗少女，生就仙骨英姿，看去功行很有根底，便要下床叩謝救命之恩。

那女子連忙阻止道：「師兄，你雖然醒轉，但是你中了俞德陰魂劍，毒還未盡，不可勞頓。待我去與你取些吃食來。」說罷，掉頭自去。

邱林也覺周身疼痛難忍，只得恭敬不如從命。聽那女子稱他師兄，想是同門之人，只不知她姓甚名誰，是何人弟子。小小年紀，居然能不怕俞德紅砂及綠袍老祖等妖法，在虎穴龍潭中，將自己救出，小弟兄中真可算是出類拔萃的人物了。想到這裡，又暗恨自己，不應錯殺了人，犯了本門規矩，被師父將寶劍追去，戴罪立功。自己入門三十年，還不如後輩新進的年幼女子，好生慚愧。

正在胡思亂想之際，那女子已從外面走進，端了兩碗熱騰騰的豆花素飯來與他食用。邱林腹中正在饑餓，當下也不客氣，接過便吃。吃完覺得精神稍好，便先自口頭上道謝救命之恩，又問這是什麼所在。

那女子道：「師兄休得誤會，我哪有這大本事？此間是辟邪村玉清觀。昨晚救你的，便是玉清大師。我名周輕雲，乃是黃山餐霞大師的弟子。師兄不是名叫神眼邱林的麼？昨日玉清大師打從慈雲寺經過，順路探看敵人虛實，見師兄被擒，便用劍光將師兄救出。不想師兄肩頭上還是沾了一點紅砂，若不是大師的靈藥，師兄怎得活命？大師今早因有要事出門了，臨行時，吩咐請師兄就在此地休息，每日用靈藥服用，大約有七八天便可復原了。」

邱林聞言，才知道自己被玉清大師所救。只是一心惦記著回碧筠庵報告敵人虛實，便和輕雲商量，要帶病前去。

輕雲道：「聽玉清大師說，此番破慈雲寺，三仙、二老都要前來，能前知的人很多，慈雲寺虛實，那裡想必早已知道。師兄病體未痊，還是不勞頓的好。我等大師回來，過年初三四也要前去，聽候驅遣，屆時同行，豈不甚好？」

邱林因昨日同醉道人分別時，知道三仙、二老一個未到，慈雲寺有好些妖人，恐怕眾劍俠吃了暗虧，執意要去。輕雲勸說不下，只得陪他同行。邱林病勢仍重，不可讓他去冒天風，只得同他步行前去，好在辟邪村離碧筠庵只有二十餘里遠近。到了晚飯時分，輕雲同邱林起身上路。

二人剛走到一片曠野之間，只見風掣電閃般跑過一雙十六七歲的幼男女，後面有四個人，正在緊緊追趕。及待那一雙男女剛剛跑過，邱林已認出追的四個當中，有一個正是那萬惡滔天的多寶真人金光鼎。便對輕雲道：「師妹快莫放走前面那個採花賊道，那便是多寶真人金光鼎。」正說時，金光鼎同著獨角蟒馬雄、分水犀牛陸虎、關海銀龍白縉等四人業已到了面前。

輕雲見來人勢眾，知道邱林帶病不能動手，便說道：「師兄快先走一步，等我打發他們便了。」說罷，便迎上前去。

第四章　力誅四寇

話說那金光鼎四人，本是好色淫賊，因法元叫智通約來寺中眾人，不許出外生事，他四人在寺中住了多日，天天眼見智通、俞德淫樂不休，只是不能染指。寺中婦女雖多，但都是些禁臠。欲待出來採花，又被智通止住。雖恨智通只顧自己快活，不近人情，好生不忿。但是寄人籬下，惟有忍氣吞聲，看見人家快活時心癢癢，嚥一口涎沫而已。

這日卻來了許多能人，他四人班輩又小，本領又低，除奴才似地幫助合寺僧徒招待來賓外，眾人會談，連座位都無一個，越加心裡難受。同時淫慾高漲，手指頭早告了消乏。昨天看見邱林被金光救去，眾人毫無辦法。就平日所見所聞，慈雲寺這群人決非峨嵋派敵手，便安下避地為高之心。今早起來，四人商量停妥，假說要上青城山聘請紀登前來相助。智通因見他等一向表面忠誠，毫不疑心，還送他四人很豐厚的川資，叫他四人早去早回。

四人辭別智通出寺之後，金光鼎道：「我等因被軼凡賊和尚迫逼，才投到此地。實指望借他們勢力，快活報仇。誰想到此盡替他們出力，行動都不得自由，還不把我們當人。如今他們同峨嵋派為仇，雙方都是暗中準備。莫如我們抽冷子，到城內打著慈雲寺旗號，做下幾件風流事，替雙方把火藥線點燃，我們也清清火氣。然後遠走高飛，投奔八魔那裡安身。你們看此計可好？」

這些人原是無惡不作的淫賊，金光鼎會劍術，眾人事事聽他調遣，從來不敢違抗。又聽說有花可採，自然是千肯萬肯。當下便分頭去踩盤子，調線，當日便訪出有四五家，俱是絕色女子。馬雄、陸虎本主張晚上三更後去。白縉偏說：「今天該大開葷，天色尚早，何妨多訪幾家？」

也是他等惡貫滿盈，那幾家婦女家門有德，不該受淫賊污辱。他等四人會齊之後，信步閒遊，不覺出了北門。彼時北門外最為荒涼。馬雄道：「諸位，你看看我們踩盤子踩到墳堆裡來了。快些往回路走，先找地方吃晚飯吧。有這四五家，也夠我們快活的了，何必多跑無謂的路呢？況且天也快黑了，就有好人，也不會出來了。」言還未了，忽聽西面土堆旁有兩個幼年男女說笑的聲音道：「大哥，你看兔子才捉到三個，天都黑了。我們快些回莊吧，回頭婆婆又要罵人了。」聲音柔脆，非常好聽。

眾淫賊聞聲大喜，便朝前面望去，只見從土堆旁閃出一男一女，俱都佩著一口短劍，手上提三隻野兔，年紀約在十六七歲，俱都長得粉裝玉琢，美麗非常。四淫賊色心大動。

馬雄一個箭步縱上前去，攔住去路，說道：「你們兩個小乖乖不要走了，跟我們去享福去吧。」言還未了，面上已中了那男孩一拳，打得馬雄頭眼直冒金星，差點沒有栽倒在地。不由心中大怒，罵道：「好不識抬舉的乖乖，看老子取你狗命！」言還未了，那一雙男女俱都拔劍在手。馬雄也將隨身兵刃取出迎敵。金光鼎、陸虎、白緍也都上前助戰。

誰想這兩個小孩不但武藝超群，身體靈便，還會打好幾種暗器，見淫賊一擁而上，毫無懼色。不一會工夫，四淫賊已有兩個帶傷。馬雄中了那男孩一飛蝗石，陸虎中了那女子一枝袖箭，雖不是致命傷，卻也疼痛非凡。金光鼎見勢不佳，跳過一旁，將劍光放起。這一雙男女俱都識貨，喊一聲：「不好！」將腳一蹬，飛縱倒退三五丈遠，撥轉頭，飛馳電掣般落荒逃走。

那金光鼎因要擒活的受用，收起劍光，緊緊追趕，打算追上，再用劍光截他歸路。正趕之間，只見前面站定一個絕色少年美女，估量是兩個小孩同黨，哪裡放在心上。正待一擁齊上，只見來人並不動手，微微把肩膀一搖，便有一道青光飛出。金光鼎忙喊：「留神！」已來不及，再看馬雄、白緍，業已身首異處。陸虎因走在最後，得延殘喘。金光鼎見來人飛劍厲害，也把劍放出，一青一黃，在空中對敵。

那兩個少年男女正慌不擇路地逃走，忽見敵人不來追趕。回頭看時，見一個女子用一道青光，同敵人的黃光對敵，四個敵人已死了兩個。心中大喜，重又回轉。那陸虎迷信金光鼎飛劍，還在夢想戰勝，擒那女子來淫樂報仇。他見金光鼎與那女子都在神志專一，運用劍光，在旁看出便宜，正待施放暗器。這兩個幼年男女業已趕到，腳一縱，雙雙到了陸虎跟前，也不答言，兩人的劍一上一下，分心就刺。陸虎急忙持刀迎敵，不到兩個照面，被那男孩一劍當胸刺過，陸虎屍橫就地。金光鼎見那一雙幼年男女回轉，已是著忙。又見陸虎喪命，微一分神，黃光便被青光擊為兩段，喊一聲：「不好！」想逃命時已是不及，青光攔腰一繞，把金光鼎腰斬兩截。

這兩個少年男女見四淫賊俱已就戮，心中大喜，走將過來，朝著輕雲深施一禮，道謝相助之德。輕雲見這一雙年少男女長得丰神挺秀，骨格清奇，暗中讚賞。當下互相通了姓名。原來那少年男女是同胞兄妹，男的名叫張琪，女的名叫張瑤青，乃是四川大俠張人武的孫兒女，父母早已下世，只剩下祖母白氏在堂，也是明末有名的俠女。

張琪兄妹自幼受祖母的訓練，學就一身驚人本領。今天因為出來打野兔，遇見淫賊，若非輕雲相助，險遭不測。瑤青見輕雲年紀同她相仿，便學成劍術，好生欲羨，執意要請輕雲到家，拜她為師，學習劍法。輕雲因自己年幼，不得師父允許，怎敢收徒，答應破了慈雲寺之後，替他二人介紹。

這時邱林也在路旁僻靜處走了出來，大家又各互相介紹。邱林便對輕雲道：「師妹，你看這裡雖是偏僻之地，但是這四具死屍若不想法消滅，日後被人發現，豈不株連好人？」

輕雲道：「師兄但放寬心，我自有道理。」便從腰中取出一個瓶兒，倒出一些粉紅色的藥粉，彈在賊人身上。說道：「這個藥，名為萬黯消骨散，乃是玉清大師祕製之藥。我在觀中雖住日子不多，承大師朝夕指教，又送我這一瓶子藥。彈在死人身上，一時三刻，便化成一灘黃水，消滅形跡，再好不過。」

正說時，忽見前面一亮，便有一道金光。四人定睛一看，玉清大師已來到面前，朝著輕雲笑道：「雲姑初次出馬，便替人間除害，真是可喜可賀。」邱林先跪謝得救之恩。輕雲領著張琪兄妹二人拜見。

玉清大師道：「我不為他們，我還不來。我適才在棋盤峰經過，無意中偷聽得兩個異派中人要往成都北門外張家場去收他兄妹二人為徒。我料知他兄妹根基必定很好，我顧不得辦事，匆匆趕到張家場，見了他們祖老太太之後，才知道不是外人，他令祖母便是追雲叟老前輩的姪曾孫女。後來聽說他兄妹出門打野兔去了，我趕到此地，你已將四賊殺死。他兄妹二人根基頗好，學劍術原非難事。但須破了慈雲寺之後，替他們介紹吧。」

張琪兄妹見玉清大師一臉仙風道骨，又同自己外高祖父相熟，知道決非普通劍俠可比。她既垂青自己，豈肯失之交臂，互相使了個眼色，雙雙走將過來，跪在地下，執意非請大師收他們為徒不肯起來。

玉清大師道：「二位快快請起。不是我不肯，因為我生平未收過男弟子。所以要等破寺之後，見了眾道友，看你二人與誰有緣，就拜誰為師，你二人何必急在一時呢？」張琪兄妹見大師不肯，還是苦苦哀求不止。

玉清大師見二人如此誠心，略一尋思，便對張琪說道：「你二人既然如此向道心誠，我也正愁你二人回家難免被異派劫騙了去。這麼辦，我先收你妹子為徒。你呢，不妨先隨同我到觀中，我先教你吐納運氣之法。破寺之後，再向別位道友介紹便了。」張琪兄妹聞言大喜，又叩了幾個頭，起來垂手站立一旁。

邱林病未痊癒，又在野外受了一點晚風，站了多時，不住地渾身抖戰。玉清大師忽對他說道：「我只顧同他們說話，忘了你的病體。你要知道受毒已深，危在旦夕，我的藥方無非苟延殘喘而已。我今早出門，就為的是去尋靈藥與你解毒，救你性命。也是你吉人天相，我在棋盤峰回轉時，路遇嵩山二老之一矮叟朱老前輩，他有專破百毒的仙丹，比我尋得的勝強百倍。他也是往碧筠庵去，你要想活命，趁這天色昏黑之際，勉力施展你平生本領飛跑。哪怕多累，多難受，也不能在半路停留緩氣。你只連縱帶跳地跑進碧筠庵，先讓你渾身死血活動一下，那時再得朱老前輩仙丹，便可活命，切記切記！我和雲姑在後暗中護送便了。」

又對輕雲說：「你送邱林師兄到了碧筠庵，你無須進去，可先回觀等我。我領他兄妹二人去見他們祖老太太，說明一切情形，隨後就來。」

說罷，邱林便辭別眾人，也顧不得周身疼痛，眼目昏花，飛一般往前快跑，雖然累得氣喘吁吁，也不敢停留半步。到了碧筠庵，看那丈許的圍牆，估量自己還可縱得上去，便不走大門，咬緊牙關，提著氣，越牆而過。輕雲見邱林到了目的地，知已無礙，便自回轉。

邱林進房以後，見許多劍仙都在，頭昏眼花，也分不出誰是誰來，心中一喜，氣一懈怠，一個支持不住，暈倒在地。等到服了矮叟靈藥，經了些許時辰，才悠悠醒轉，覺得周身疼痛稍減。當下坐起，謝了矮叟朱梅活命之恩，隨把慈雲寺情形說了一遍。眾人聽完邱林報告之後，便問矮叟朱梅有何高見？

朱梅道：「諸位不要害怕。綠袍老祖的妖法與俞德的紅砂雖然厲害，屆時自有降他們的人。不過他們既來到，早晚必要前來擾鬧一番。碧筠庵地方太小，又在城內，大家雖然能夠抵禦一陣，附近居民難免妖法波及。再者小弟兄們根行尚淺，一個支持不住，中了暗算，便不好施治，豈不是無謂的犧牲？如今事不宜遲，我們大眾一齊往辟邪村玉清觀去。那裡地方又大，遠在郊外山岩之中，一旦交起手來，也免殃及無辜。同時今晚請二位道友先到慈雲寺去，同他們訂好決鬥日期，並說明我們全在辟邪村玉清觀中。或是他們來，或是我們登門領教，順便觀察虛實。諸位意下如何？」

眾劍俠聞言，俱各點頭稱善。因為醉道人輕車熟路，便推定他前去訂約。

朱梅道：「醉道友前去，再好不過。不過敵人與我們結怨太深，他們又是一群妖孽，不可理喻。此去非常危險，還須有一位本領超群之人去暗中策應才好。」言還未了，一陣微風過處，忽聽一人說道：「朱矮子，你看我去好麼？」眾人定睛看時，面前站定一個矮胖道姑，粗眉大眼，方嘴高鼻，面如重棗，手中拿著九個連環，叮噹亂響，認出是落雁山愁鷹澗的頑石大師，俱各上前相見。

這時朱梅已離座上前，指著頑石大師說道：「你這塊頑石也來湊熱鬧麼？你要肯陪醉道友去，那真是太好不過。如今事不宜遲，你二位急速去吧。我同大眾，到辟邪村靜候消息便了。」

說罷，醉道人和頑石大師別了眾人，逕往慈雲寺而去。

第五章　百毒金蠶

話說這時法元通知俞德等，正同眾人陪著綠袍老祖在大殿會商如何應敵。先前龍飛自邱林逃走後，本要約同綠袍老祖同俞德等三人，各將煉成的法寶，先往碧筠庵去施展一番，殺一個頭陣。法元總說曉月禪師到後，再作通盤計畫。好在幫手能人，俱都來了不少，慈雲寺已如銅牆鐵壁一般，進可以戰，退可以守，樂得等人到齊，把勢力養足，去獲一個全勝。

龍飛性情暴躁，心中不以為然，執意要先去探個虛實。當下約同俞德，帶了柳宗潛，前往碧筠庵。剛剛走到武侯祠，便見前面白霧瀰漫，籠罩里許方圓，簡直看不清碧筠庵在哪裡。可是身旁身後，仍是晴朗朗的，疑是峨嵋派的障眼法兒。正要將九子母陰魂劍放出，往霧陣中穿去，忽然從來路上飛來萬朵金星。這時正在丑初，天昏月暗，分外鮮明。俞德一見大驚，忙喊：「道兄仔細！」一面說，一面把龍飛拉在身旁，從身上取出一個金圈，放出一道光華，將自己同龍飛圈繞在金光之中。龍飛便問何故。俞德忙叫噤聲，只叫他在旁仔細看動靜便了。

二人眼看那萬朵金星飛近自己身旁，好似那道光華擋住它的去路。金星在空中略一停頓，便從兩旁繞分開來，過了光華，又復合一。龍飛耳中但聽得一陣吱吱之音，好似春蠶食葉之聲一般。那萬道金星合成一簇之後，更不遲慢，直往那一團白霧之中投去。

在這一剎那當兒，忽見白霧當中冒出千萬道紅絲，與那一簇金星才一接觸，便聽見一陣極微細的哀鳴，那許多碰著紅絲的金星紛紛墜地，好似正月裡放的花炮一般，落地無蹤，煞是好看。而後面未接觸著紅絲的半數金星，好似深通靈性，見事不祥，電掣一般，撥回頭便往來路退去。那千萬道紅絲好似白霧中有人駕駛，也不追趕，仍舊飛回霧中。把一個俞德看了個目定口呆，朝著龍飛低喊一聲：「風緊，快走！」龍飛莫名其妙，還待問時，已被俞德駕起劍光帶回來路。

俞德到了慈雲寺前面樹林，便停了下來，朝著龍飛說道：「好險哪！」

龍飛便問：「適才那是什麼東西，這樣害怕？」

俞德輕輕說道：「起初我們看見那萬道金星，便是綠袍老祖費多年心血煉就的百毒金蠶蠱。這東西放將出來，專吃人的腦子。無論多厲害的劍仙，被它咬上一口，一個時辰，準死無疑。適才金身羅漢請大家等曉月禪師到後再說，我見綠袍老祖臉上跟你一樣，好似很不以為然的樣子。果然他見我們走後，想在我們未到碧筠庵之前，將金蠶蠱放出，咬死幾十個劍俠，顯一點奇蹟與大家看。

「誰想人家早有防備，先將碧筠庵用濃霧封鎖，然後在暗中以逸待勞。放出來的那萬道紅絲，不知是什麼東西，居然會把金蠶制死大半。綠袍老祖這時心中不定有多難受。他為人心狠意毒，性情特別，不論親疏，翻臉不認人。我們回去，最好晚一點，裝作沒有看見這一回事，以防他惱羞成怒，拿我們出氣，傷了和氣，平白地又失去一個大幫手。我看碧筠庵必有能人，況且我們虛實不知，易受暗算，今晚只可作罷，索性等到明張旗鼓，殺一個夠本，殺多了是賺頭，再作報仇之計吧。」

龍飛聞言，將信將疑，經不住俞德苦勸，待了一會，方各駕劍光，回到寺中。見了眾人，還未及發言，綠袍老祖便厲聲問道：「你二人此番前去，定未探出下落，可曾在路上看見什麼沒有？」

俞德搶先答道：「我二人記錯了路，耽誤了一些時間。後來找到碧筠庵時，只見一團濃霧，將它包圍。怎麼設法也進不去，恐怕中了敵人暗算，便自回轉，並不曾看見什麼。」

綠袍老祖聞言，一聲怪笑，伸出兩隻細長手臂，如同鳥爪一般，搖擺著栲栳大的腦袋，睜著一雙碧綠的眼睛，慢慢一步一步地走下座來，走到俞德跟前，突地一把將俞德抓住，說道：「你說實話，當真沒有瞧見什麼嗎？」聲如梟號一般。眾人聽了，俱都毛髮森然。

俞德面不改色地說道：「我是毒龍尊者的門徒，從不會打誑語的。」綠袍老祖才慢慢撒開兩手。他這一抓，幾乎把俞德抓得痛徹心肺。

綠袍老祖回頭看見龍飛，又是一聲怪笑，依舊一搖一擺，緩緩朝著龍飛走去。俞德身量高，正站在綠袍老祖身後，便搖手作勢，那個意思，是想叫龍飛快躲。

龍飛也明白綠袍老祖要來問他，決非善意，正待想避開時，偏偏智通派來伺候大殿的一個凶僧頭目，名喚「盤尾蠍」了緣的，正端著一盤點心，後面跟著知客僧了一，端了一大盤水果，一同進來，直往殿中走去，恰好走到綠袍老祖與龍飛中間。法元要打招呼，已來不及。了緣因在了一前頭，正與綠袍老祖碰頭，被綠袍老祖一把撈在手中。了緣一痛，手一鬆，噹的一聲，盤子打得粉碎，一大盤的肉包子，撒了個滿地亂滾。

在這時候，眾人但聽一聲慘呼，再看了緣，已被綠袍老祖一手將肋骨抓斷兩根，張開血盆大口，就著了緣軟脅下一吸一呼，先將一顆心吸在嘴內咀嚼了兩下。隨後用嘴咬著了緣胸前，連吸帶咬，把滿肚鮮血，帶腸肝肚肺吃了個淨盡。然後舉起了緣屍體，朝龍飛打去。

龍飛急忙避開，正待放出九子母陰魂劍時，俞德連忙縱過，將他拉住道：「老祖吃過人心，便不妨事了。」再看綠袍老祖時，果然他吃完人血以後，眼皮直往下搭，微微露一絲綠光，好似吃醉酒一般，垂著雙手，慢慢回到座上，沉沉睡去。

眾人雖然凶惡，何曾見過這般慘狀。尤其是雲母山女崑崙石玉珠，大不以為然，若非估量自己實力不濟，幾乎放劍出去，將他斬首。知客僧了一也覺寺中有這樣妖孽，大非吉兆。法元暗叫智通把了緣屍首拿去掩埋，心中也暗暗不樂。

到了第二天，大家對綠袍老祖由敬畏中，便起了一種厭惡之感。除法元外，誰也不敢同他接近說話。而綠袍老祖反不提起前事，好似沒事人一般。俞、龍二人見不追問，才放了心。到了晚間，又來兩個女同道：一個是百花女蘇蓮，一個是九尾天狐柳燕娘，俱都是有名的淫魔，厲害的妖客。法元同大眾引見之後，因知綠袍老祖愛吃生肉，除盛設筵宴外，還預備了些活的牛羊，與他享用。

晚飯後，大家正升殿議事之際，忽然一陣微風過處，殿上十來支粗如兒臂的大蠟，不住地搖閃。燭光影裡，面前站定一個窮道士，赤足芒鞋，背上揹著一個大紅葫蘆，斜插著一支如意金鉤。眾人當中，一多半都認得來人正是峨嵋門下鼎鼎大名的醉道人。見他單身一人來到這虎穴龍潭之中，不由暗暗佩服來人的膽量。

法元正待開言，醉道人業已朝大眾施了一禮，說道：「眾位道友在上，貧道奉本派教祖和三仙、二老之命，前來有話請教。不知哪位是此中領袖，何妨請出一談？」

法元聞言，立起身來，厲聲道：「我等現在領袖，乃是綠袍老祖。不過他是此間貴客，不值得與你這後生小輩接談。你有什麼話，只管當眾講來。稍有不合理處，只怕你來時容易去時難，有些難逃公道。」

醉道人哈哈大笑道：「昔日太乙混元祖師創立貴派，雖然門下品類不齊，眾人尚不失修道人身分。他因誤信惡徒周中匯之言，多行不義，輕動無明，以致身敗名裂。誰想自他死後，門下弟子益加橫行不法，姦淫殺搶，視為家常便飯，把昔日教規付於流水。除掉幾個潔身自好者改邪歸正外，有的投身異端，甘為妖邪；有的認賊作親，仗勢橫行。我峨嵋派扶善除惡，為世人除害，難容爾等胡作非為！現在三仙二老同本派道友均已前往辟邪村玉清觀，明年正月十五夜間，或是貴派前去，或是我們登門領教，決一個最後存亡，且看還是邪存，還是正勝！諸位如有本領，只管到十五晚上一決雌雄。貧道此來，赤手空拳，乃是客人，諸位聲勢洶洶何來？」

言還未了，眾中惱了秦朗、俞德、龍飛等，各將法寶取出，正待施放。醉道人故作不知，仍舊談笑自如，並不把眾人放在心上。法元雖然怒在心頭，到底覺得醉道人孤身一人，勝之不武。忙使眼色止住眾人道：「你也不必以口舌取勝。好在為日不久，就可見最後分曉。明年正月十五，我們準到辟邪村領教便了。」

醉道人答道：「如此甚好。貧道言語莽撞，幸勿見怪。俺去也。」說罷，施了一禮，正要轉身，忽聽殿當中一聲怪笑，說道：「來人慢退！」

醉道人未曾進來時，早已留心，看見綠袍老祖居中高坐。此時見他發話攔阻，故作不知，問道：「這位是誰？恕我眼拙，不曾看見。」

綠袍老祖聞言，又是一聲極難聽的怪笑，搖擺著大腦袋，伸出兩隻細長鳥爪，從座位上慢慢走將下來。眾人知道醉道人難逃毒手，俱都睜著大眼，看個究竟。法元心中雖然不願意綠袍老祖去傷來使，但因他性情特別古怪，無法阻攔；又恨醉道人言語猖狂，也就惟有聽之。不過醉道人來者不善，善者不來，便暗使眼色，叫眾人準備。

那綠袍老祖還未走到醉道人身旁，只見一道匹練似的金光飛進殿來，便聽一人說道：「醉道友，這般妖孽不可理喻，話已說完，還不走，等待何時？」眾人情知來了幫手，那道金光來去迅速非常。這一剎那間，看殿上，醉道人已不知去向。眾人便要追趕。

綠袍老祖一聲長嘯，從腰中抓了一把東西，望空中灑去。法元、俞德忙喊眾人快收回劍光法寶，由老祖一人施為。眾人用目看時，只見綠袍老祖手放處，便有萬朵金星，萬花筒一般，電也似疾，飛向空中。接著綠袍老祖將足一蹬，無影無蹤。

俞德、龍飛、秦朗三人便飛往空中看時，只見最前面一道青光，飛也似地逃走。後面這萬朵金星，雲馳電掣地追趕。看看已離青光不遠，忽見萬朵金星後面，飛起萬道紅絲，比金星還快，一眨眼間，便已追上那萬朵金星。好似遇見勁敵，想要逃回，後路已被紅絲截斷。在空中略一停頓，萬道紅絲與萬朵金星碰個正著。但聽一陣吱吱亂叫之聲，那萬朵金星如同隕星落雨一般，紛紛墜下地來。接著便是一聲怪嘯，四面鬼哭神號，聲音淒厲，愁雲密佈，慘霧紛紛。

俞德喊一聲：「不好！諸位快降下地來，切莫亂動！」一面將圈兒放起，化成畝大光華，將眾人圍繞在內。只見地面上萬朵綠火，漸漸往中央聚成一叢。綠火越聚越高，忽地分散開來。綠火光中，現出綠袍老祖栲栳大的一張怪臉，映著綠火，好不難看。

綠袍老祖現身以後，便從身上取出一個白紙旛兒，上方繪就七個骷髏，七個赤身露體的魔女。旛一搖動，俞德等三人便覺頭目昏眩，非常難過。

綠袍老祖正待將旛連搖，忽地一團丈許方圓的五色光華往旛上打到，將旛打成兩截。那五色光華也同時消滅。接著一道匹練似的金光從空降下，圍著綠袍老祖只一繞，便將綠袍老祖分為兩段，金光也便自回轉。倏地又見東北方飛起一溜綠火，飛向老祖身前，疾若閃電，投向西南方而去。這一幕活電影，把三人看了個目定口呆。俞德知事不祥，喊一聲：「快走！」收起圈兒，不由分說，拖了秦、龍二人，飛回慈雲寺而去。

這裡再說醉道人，見綠袍老祖搖擺著往自己身旁走來，便知不好，正準備迎敵時，忽被一道金光引出。剛剛出了寺門，便聽那人說道：「醉道友，你快往回路誘敵，待我與頑石大師除此妖孽。」醉道人即便答應。回頭看那人時，只見此人身若十一二歲幼童，穿著一件鵝黃短衣，項下一個金圈，赤著一雙粉嫩的白足，活像觀音菩薩座前的善才童子，並非峨嵋本派中人，看去非常面熟，卻是素昧平生，好生驚奇。

這時，後面綠袍老祖已將金蠶放出，那人只顧催醉道人快走。醉道人也不及請問來人姓名，便駕起劍光，往前逃走。偶然回頭看後面追的萬朵金星發出卿卿之聲，漫天蓋地而來，知是金蠶蠱，暗自驚心。看看被那些金蠶追上，忽見蠶後面又飛出千萬道紅絲，把金蠶消滅了個淨盡。便回轉劍光，來看動靜。只見一道金光過處，將綠袍老祖分為兩段。知是那人所為，心中大喜。急忙走近前看時，只見地下倒著綠袍老祖的下半截屍身，上半截人頭已不知去向。剛才用金光救自己出險的那人，同頑石大師正在說話。

頑石大師一見醉道人回轉，便趕上前來說道：「醉道友，快來拜見這位老前輩，便是雲南雄獅嶺長春岩無憂洞內極樂童子李老前輩。這次若非老前輩大發慈悲，這綠袍老祖妖孽的金蠶，怕不知道要傷若干萬數生靈，而我們也不知有多少同道要遭大劫呢！只是我多年煉就，全仗它成名的一塊五雲石，深深被業障斷送了。」

醉道人聞言，才知這人便是當年青城派鼻祖極樂真人李靜虛。昔日陪侍長眉真人，曾經見過，怪不得面熟。那時真人劍術自成一家，與峨嵋派鼻祖長眉真人不相上下。因為收錯了兩個徒弟，胡作非為，犯了教規，他卻不像混元祖師那樣庇護惡徒，親自出來整頓門戶，把惡徒擒回青城，遍請各位劍仙到場，按家法處治。從此無意收徒傳道，退隱到雲南雄獅嶺長春岩無憂洞靜參玄宗。數十年工夫，悟徹上乘，煉成嬰兒，脫去軀殼，成了散仙，從此便自號「極樂童子」。

他本想在洞中一意精進，上升仙闕，一來外功未滿，二來青城派劍法尚無傳人，終覺可惜，打算物色一位真正根基深厚、心端品正的人承繼道統。那日偶遇玄真子，談起各派情形，知道不久各派在成都有一場惡鬥。便來到成都，想到他們兩下住處，都去觀察一番，順便看看有無良緣者在內。

他剛到慈雲寺，便見綠袍老祖居中高坐，即此一端，已分出兩家邪正。剛離慈雲寺，又遇見神尼優曇，說綠袍老祖妖法厲害，知道真人有煉就三萬六千根乾坤針，請他相助一臂之力。真人因不願偏袒一方，只答應除去綠袍老祖，代世人除害。因算就綠袍老祖要將金蠶放出來害人，先將碧筠庵用霧封鎖。後來從霧中放出乾坤針，將金蠶除了一小半。知道綠袍老祖決不甘心，便在暗中監視。今晚見醉道人冒險入寺，又見頑石大師跟在後面，便上前去相見。

他叫頑石大師藏在暗處，聽他招呼，再行動手。然後進去將醉道人救出，叫他逃走誘敵，他後面用乾坤針去殺金蠶，以防逃走，而絕後患。後來綠袍老祖展動修羅旛，頑石大師知道厲害，便想乘其不備，從暗中用五雲石將他打死。誰想旛倒被他打折，五雲石受妖旛污穢，也同歸於盡，真成了一塊頑石，把多年心血付於一旦，好不可惜。醉道人拜見真人之後，又謝了相助之德。

真人道：「為世除害，乃是份內之事，這倒無須客氣。不過這妖孽煉就一粒玄陰珠，藏在後腦之中，適才不及施放，便被我將他斬死，被一個斷臂的妖人，連頭偷了逃走，必定拿去為禍世間。我做事向來全始全終，難免又惹下許多麻煩了。」

醉道人聽罷真人之言，便恭恭敬敬地請真人駕臨辟邪村去，相助破慈雲寺。

真人道：「你們各派比劍，雖有邪正之分，究竟非妖人可比。我當初曾因收徒不良，引為深憾，怎好意思代死去的朋友（指混元祖師）整頓門戶？況且他們很少出類拔萃之人能同你們抵敵，這個我萬萬不能奉陪。」

醉道人不敢勉強，便請真人駕到辟邪村小坐一會，好讓一班後輩瞻仰金容。真人也本想看看峨嵋後進中根行如何，答應同去。朱梅早已聽人說遠遠半空中滿天金星，同萬道紅絲相鬥。出來看時，已認出是真人的乾坤針，正破金蠶。便回來招呼眾人，迎上前去。才離觀門不遠，便見醉道人和頑石大師陪著真人駕到，當下接了進去。

真人遍觀峨嵋門下，果然有不少根行深厚之人在內，尤以周輕雲和金蟬為最好。但是一個是餐霞大師愛徒，一個是齊漱溟前生愛子，俱與他無緣。知道峨嵋派門戶將來一定能夠發揚光大，好生讚賞，愈加動了覓一個佳材，以傳衣缽之想，不願見各派劍仙自相殘殺。坐了一會，便要走。眾人挽留不住，只得隨送出了觀門。真人袍袖一展，一道金光，宛如長虹，照得全村通明，起在空中，便自不見。矮叟朱梅向不服人，自問也望塵不及。其餘眾人，更是佩服不已。

第六章　祕笈誤友

眾人回觀之後，醉道人把前事說了一遍。又說自己業經擅作主張，與他們訂下十五之約。他們人雖眾多，看不出有什麼特別人物在內。但不知他們所請的人到齊沒有？

矮叟朱梅道：「哪裡會到齊？如今來的，差不多俱是無名之輩。那厲害的，如許飛娘、曉月禪師、毒龍尊者，俱都還未露面呢。」眾人談了一會，便議定由玉清大師、醉道人、頑石大師、髯仙李元化四人，分班每日前往慈雲寺探看虛實。

轉眼光陰，便到了正月初五。雙方陸續又來了不少幫手。辟邪村玉清觀來的是：餐霞大師弟子女空空吳文琪同女神童朱梅，東海三仙之一玄真子的大弟子諸葛警我，東海三仙之一苦行頭陀的大弟子笑和尚，神尼優曇的大弟子素因等。慈雲寺那邊來的是：許飛娘門徒三眼紅蜺薛蟒，曉月禪師的兩個門徒通臂神猿鹿清、病維摩朱洪，武當山金霞洞明珠禪師，飛來峰鐵鐘道人等。許飛娘因有特別原因，不能前來。曉月禪師日內準到。法元聞訊之後，稍放寬心。

到了初九那一天，追雲叟白谷逸才到了辟邪村。眾人上前，分別拜見之後，追雲叟又謝了矮叟朱梅先到之情。隨後便問素因與玉清大師：「令師神尼優曇何不肯光降？」

素因答道：「家師說此番比試，不過小試其端，有諸位老前輩同眾道友，已盡夠施為，家師無加入的必要。如果華山烈火禪師忘了誓言，滇西毒龍尊者前來助紂為虐時，家師再出場不晚。但是家師已著人去下過警告，諒他們也決不敢輕舉妄動了。」

追雲叟聞言道：「烈火、毒龍兩個業障接著神尼警告，當然不敢前來，我們倒省卻了不少的事。許飛娘想必也是受了餐霞大師的監視。不過這到底不是根本辦法，我向來主張除惡務盡，這種惡人，決沒有洗心革面的那一天，倒不如等他們一齊前來，一網打盡的好。」說罷，女神童朱梅忽然走將過來，朝著追雲叟跪了下去，隨將手中一封書信呈上，起來侍立一旁。

追雲叟接過餐霞大師書信，看了一遍，點了點頭，朝著矮叟朱梅說道：「朱道友，這是餐霞大師來的信。她說這次教她兩個門徒到成都參加破慈雲寺，一來為的是讓她們增長閱歷。二來為的是好同先後幾輩道友見見面，異日積外功時，彼此有個照應。三來她門徒女神童朱梅在幼小時，原是你送去託餐霞大師教養，當時她才兩歲，餐霞大師要你起名，你回說就叫她朱梅吧，說完就走了，於是變成和你同名同姓。你何以要讓她與你同名，以及你二人經過因果，我已盡知，所以託我給你二人將惡因化解，並把她的名字改過，以免稱呼上不方便。你看好麼？」

矮叟朱梅面帶喜容道：「這有什麼不好，我當初原是無心之失，不意糾纏二世，我度她兩次，她兩次與我為仇。直到她這一世，幸喜她轉劫為女，我才將她送歸餐霞門下。如今你同餐霞替我化解這層孽冤，我正求之不得呢。」

這一番話，眾人當中，只有一二人明白，連女神童朱梅本人也莫名其妙。不過她在山中久聞三仙、二老之名，並且知道二老中，有一個與她同名同姓。不知怎的，日前見了矮叟朱梅以後，心中無端起了萬般厭惡此人之感，自己也不知什麼緣故。現在聽追雲叟說了這一番話，估量其中定有前因，又不敢問，盡是胡猜亂想。

忽聽追雲叟說道：「人孰無過？我輩宅心光明，無事不可對人言，待我把這事起因說了吧。在百數十年前，矮叟朱梅朱道友同女神童朱梅的前生名叫文瑾，乃是同窗好友。幼年同是巍科，因見明末奸臣當道，無意作官，二人雙雙同赴峨嵋，求師學道。得遇峨嵋派鼻祖長眉真人的師弟水晶子收歸門下，三年光陰，道行大進。同時，師父水晶子也兵解成仙。有一天，二人分別往山中採藥，被文道友在一個石壁裡發現了一部瑯環秘笈，其中盡是吐納飛升之術。文道友便拿將回來，與朱道友一同練習。練了三年工夫，俱都練成嬰兒，脫離軀殼，出來遊戲。山中歲月，倒也逍遙自在。

「當時文道友生得非常矮小，朱道友卻是一表非凡。道家剛把嬰兒練成形時，對於自己的軀殼，保護最為要緊。起初他二人很謹慎，總是一個元神出遊，一個看守門戶，替換著進行。後來膽子越來越大，常有同時元神出遊的時候，不過照例都是先將軀殼安置在一個祕密穩妥的山洞之中。也是文道友不該跟朱道友開玩笑，他說那瑯環秘笈乃是上下兩卷，他拿來公諸同好的只是第一卷，第二卷非要朱道友拜他為師，不肯拿出來。朱道友向道心誠，不住地央求，也承認拜文道友為師。文道友原是一句玩笑話，如何拿得出第二卷來？朱道友卻認為是文道友成心想獨得玄祕，二人漸漸發生意見。

「後來朱道友定下一計：趁文道友元神出遊之時，他也將元神出竅，把自己軀殼先藏在山後一個石洞之中，自己元神卻去佔了文道友的軀殼，打算藉此挾制，好使文道友將第二卷瑯環秘笈獻了出來。等到文道友回來，見自己軀殼被朱道友所佔，向他理論，朱道友果然藉此挾制，非叫他獻出原書不可。等到文道友賭神罰咒，辨證明白，朱道友也打算讓還文道友軀殼時，已不能夠了。原來借用他人軀殼，非功行練得極深厚，絕不能來去自如。這一下，文道友固然嚇了個膽落魂飛，朱道友也鬧了個惶恐無地，彼此埋怨一陣，也是無用。

「還是朱道友想起，雙方將軀殼掉換，等到道成以後，再行還原。這個法子同打算原本不錯，等到去尋朱道友本身軀殼時，誰想因為藏得時候疏忽了一點，被野獸鑽了進去，吃得只剩一些屍骨。文道友以為朱道友是存心謀害，誓不與朱道友甘休。但是自身僅是一個剛練成形的嬰兒，奈何他不得。每日元神在空中飄蕩，到晚來依草附木，口口聲聲喊朱道友還他的軀殼。山中高寒，幾次差一點被罡風吹化。朱道友雖然後悔萬分，但也愛莫能助。日日聽著文道友哀鳴，良心上受刺激不過，正打算碰死在峨嵋山上，以身殉友。恰好長眉真人走過，將文道友元神帶往山下，找一個新死的農夫，拍了進去。

「朱道友聽了這個消息，便將他接引上山，日夕同在一處用功。怎奈那農夫本質淺薄，後天太鈍，不能精進。並且記恨前仇，屢次與朱道友拚命為難，想取朱道友的性命，俱被朱道友逃過。他氣忿不過，跳入捨身岩下而死。又過了數十年，朱道友收了一個得意門徒，相貌與文道友生前無二，愛屋及烏，因此格外盡心傳授。誰想這人心懷不善，學成之後，竟然去行刺朱道友。那時朱道友已練得超神入化，那人行刺未成，便被朱道友元神所斬。等到他死後，又遇見長眉真人，才知果然是文道友投生，朱道友後悔已是不及。

「又隔了若干年，朱道友在重慶市上，看見一雙乞兒夫婦倒斃路側，旁邊有一個兩歲女孩，長得與文道友絲毫無二。這時朱道友已能前知，便算出來果是文道友三次託生。當時原想將她帶回山中撫養，又鑑於前次接二連三地報復不休，將來難免麻煩；欲待不管，一來良心上說不過去，二來見這女孩生就仙骨，資稟過人，如被異教中人收了去，同自己冤冤相報，還是小事，倘或一個走入歧途，為禍世間，豈不孽由己造？自己生平從未帶過女徒弟，為難了好一會，才想起黃山餐霞大師。當下便買了兩口棺木，將女孩父母收殮，將這女孩帶往黃山，拜託餐霞大師培養教育。

「餐霞大師見這女孩根基厚，頗為喜歡，當下便點頭應允。那女孩因在路上受了風寒感冒，頭上有些發熱。朱道友的丹藥本來靈異，便取了一粒，與那女孩調服。那女孩服了朱道友靈藥之後，不消片刻，便神志清醒過來，居然咿呀學語，眉目又非常靈秀，餐霞大師與朱道友俱各歡喜非常。朱道友見那女孩可愛，便用手撫弄。誰想那女孩前因未昧，一眼認清朱道友面目，惡狠狠睜著兩隻眼，舉起兩隻小手，便往朱道友臉上一抓，竟自氣暈過去。朱道友知她懷恨已深，自己雖用許多苦心，難於解脫，不由得嘆了口氣，回身便走。

「餐霞大師因這女孩沒有名字，忙將朱道友喚轉，叫他與女孩取名。朱道友為紀念前因起見，又不知那女孩生身父母名姓，便說就叫她朱梅，說完走了。直到今日，才與這女孩二次見面。這便是女神童朱梅與朱道友的一段因果。

「這女神童朱梅因今年在華山去除毒蟒，誤中了白骨箭，得服肉芝之後，把她生來惡根，業已化除淨盡。雖然異日決不會再發生什麼舉動，但是你們兩人俱都應當由我把話說明。因為峨嵋派著眼門戶光大，女神童朱梅是後輩中最優良的弟子。她的險難也太多，很有仰仗朱道友相助的時候。我既受餐霞大師委託，與你們兩家化解，依我之見，莫如朱道友破一回例，收這女神童為門下弟子，以後如遇危險，朱道友責無旁貸，努力扶她向上，把昔日同門之好，變為師生之誼。把她的名字，也改過來，以便稱呼。了卻這一件公案，豈不兩全其美？」

矮叟朱梅聞言，微笑不語。那女神童朱梅這才恍然大悟，聽到前生傷心處，不由掉下兩行淚珠來。她自服了肉芝之後，久已矜平躁釋，再加餐霞大師日常訓導之力，心地空靈已極。平日常聽師父說，自己根行甚厚，異日必可大成，但是多災多難。師父三十年內便要飛升，巴不得有這一個永遠保鏢的，時常照護於她。見追雲叟要叫她拜矮叟朱梅為師，這種莫大良機，豈肯失之交臂。一時福至心靈，便不等招呼，竟自走了過來，朝著追雲叟與朱梅二人雙膝跪下，口稱：「師父在上，受弟子一拜！」

矮叟朱梅見她跪倒，想起前因，不禁淚下。也不像往日滑稽狀態，竟然恭恭敬敬站起，用手相攙，說道：「你快快起來。我昔日原是無心之失，適才你也聽師伯說個明白。你我昔為同門，今為師生，自與尋常弟子不同。此後只要你不犯教規，凡我力量所能及者，無不盡力而為。你的名字，本可不改，因不好稱呼，你前生原姓文，我看你就叫朱文吧。我除你一人外，並無女弟子。你以後仍在黃山修煉，我隨時當親往傳授我平生所學。」

說罷，從懷中取出一面三寸許方圓的銅鏡，說道：「這面鏡子，名喚天遁。你拜師一場，我無他傳授，特把來賜與了你。有此一面鏡子，如遇厲害敵人，取將出來，按照口訣行事，便有五色光華，無論多麼厲害的劍光法寶，被鏡光一照，便失其效用，同時敵人便看不見你存身之處。此乃五千年前廣成子煉魔之寶，我為此寶，尋了三十年，才得發現。

你須要好生保管，不可大意。過一日，我再將口訣傳授於你。」

女神童朱梅跪接寶鏡以後，又謝了師父賜名之恩。小輩劍俠中，俱都代女神童朱梅慶幸這一番異數，彼此又互賀了一回。從此，女神童朱梅，便改名朱文。不提。

追雲叟與矮叟朱梅率領眾劍俠，在辟邪村玉清觀又住了數日，不覺已是燈節期近。

到了十三日下午，醉道人回來，報導：「後日便是十五，他們那裡請的主要人物，如曉月禪師、毒龍尊者、烈火祖師、萬妙仙姑許飛娘等，俱都一個未到，不解何故。」追雲叟聞言，尋思一會，仍囑咐他們四人隨時留意打探，不可輕敵妄動。

這時候最難受的，是小一輩的劍俠。初來時，以為一到便要與慈雲寺一干人分個高下，一個個興高采烈。誰想到了成都，一住已有二十天，不見動靜。每日隨侍各位老前輩，在玉清觀中行動言語俱受拘束，反不如山中自由自在。

金蟬性質最為活潑淘氣，估量就是到了十五，有眾位老前輩在場，自己又有姊姊管束，未必肯讓他出去與人對敵。臨來時，母親賜給他一對鴛鴦霹靂劍，恨不能擇個地方，去開個利市。無奈單絲不成線，孤木不成林，打算約請兩個幫手，偷偷前往慈雲寺去，殺掉兩個妖人，回來出出風頭。姊姊靈雲又寸步不離，難以進行，好生焦悶！

偏巧這日醉道人奉命走後，齊靈雲因女神童朱文約她下棋，靈雲便要金蟬前去觀陣。金蟬假裝應允，等到齊、朱二人聚精會神的時候，偷偷溜了出來。小弟兄中，他同周輕雲、孫南、張琪兄妹、苦行頭陀的大弟子笑和尚最說得來。他因張琪兄妹年幼，劍術未成，不便約人家涉險。先去找著了輕雲、孫南，又對笑和尚使了個眼色，四人一同走到觀後竹園中，各自尋了一塊石頭坐下。輕雲、笑和尚便問他相邀何事？

金蟬道：「我到此最早，轉眼快一月了。起初原想到此就同敵人廝殺，誰想直到現在，並未比試交手。每日住在觀中，好不氣悶死人。我看到了十五那日，有諸位老前輩在場，未必有我們的事做。適才聽醉師叔說，他們那邊厲害一些的一個未來，現在所剩的，盡是一些飯桶，這豈不是我等立功機會？我本想約朱文姊姊同去，她起初和我感情再好不過，也曾經幫過我的大忙。自從斬罷妖蛇，身體復元之後，竟變成大人了。又跟我姊姊學了一身道學氣，也不和我玩了。我若找她同往慈雲寺，她不但不去，恐怕還要告訴姊姊。我想我跟三位師兄師姊最莫逆，情願把功勞分給你們三位一半。今晚三更時分，同往慈雲寺，趁他們厲害的人未到以前，殺一個落花流水，豈不快活煞人？不知你們四位意下如何？」

孫南知道事情非同小可，以追雲叟那麼大法力，尚主持重，這樣大事，豈是幾個小孩子所能辦的？但是他知道金蟬小孩脾氣，不敢駁回，只拿眼望著別人，不發一言。輕雲天資穎異，在餐霞大師門下，入門雖淺，功夫最深。新近又跟玉清大師學了許多法術，藝高人膽大。雖然覺得事情太險，但去否都可，並不堅持一面。

那笑和尚本是書中一個主要人物，他的出身甚奇，留待後敘。年才十四五歲，為苦行頭陀生平唯一弟子。五歲從師，練就一身驚人藝業。性情也和金蟬差不多，長就一個圓臉，肥肥胖胖，終日笑嘻嘻，帶著一團和氣。可是他膽子卻生來異乎尋常之大。再加以苦行頭陀輕易未收過徒弟，因他生有異質，便不惜把自己衣缽盡心傳授，平日又多所獎勵。此次奉命前來到場，曾有信與二老，說他可以隨意聽候調遣，那意思就是他均可勝任。他本領大，心也大，自然是巴不得去闖個禍玩玩。

他聽完了金蟬之言，見孫南、周輕雲俱不發言，便站起身來說道：「金蟬師弟所說，正合我意。但不知孫師兄、周師姊意下如何？」

輕雲本是無可無不可的，見笑和尚小小年紀這般奮勇，怎肯示弱，當下也點頭應允。孫南見二人贊同，便也不好意思反對。又商量了一會，定下三更時分，一同前往。金蟬又叫笑和尚到時故意約自己同榻夜話，以免靈雲疑心攔阻，不叫他去。

四人剛把話說完，齊靈雲、朱文、吳文琪三人一起，又說又笑，並肩走入後園。見他四人在這裡，靈雲便上前問金蟬道：「怎麼你不去看下棋，就溜走了？跑到這後園作甚？你打算要淘氣可不成。」

金蟬聞言，冷笑道：「怎麼你可找朋友玩，就不許我找朋友玩？適才我要看笑師兄的劍法，同他來到後園一會工夫，孫師兄同周師姊也先後來到，我們互談自己山中景致。難道說這也不是嗎？」

靈雲正要回答，吳文琪連忙解勸道：「你們姊弟見面就要吵嘴，金蟬師弟也愛淘氣，無怪要姊姊操心。不過小弟兄見面，親熱也是常情，管他則甚？」

靈雲道：「師姊你不知道。這孩子只要和人在一起，他就要犯小孩脾氣，胡出主意，無事生非，闖出禍來，我可不管了。」

金蟬道：「一人做事一人當，誰要你管？」說完，不等靈雲開言，竟自走去。

靈雲過來，剛要問笑和尚，金蟬與他說些什麼。笑和尚生平從不會說假話，也不答應，把大嘴咧著，哈哈一聲狂笑，圓腦袋朝著眾人一晃，無影無蹤。

第七章　密室被困

眾人見他這般滑稽神氣，俱都好笑。孫、周二人也怕靈雲追問，俱各託故走開。靈雲越發疑心金蟬做有文章，知道問他們也不說，只得作罷。雖然起疑，還沒料到當晚就要出事。她同朱文、吳文琪二人又密談了一會，各自在月光底下散去。

靈雲回到前殿，看見金蟬和笑和尚二人並肩坐在殿前石階上，又說又笑，非常高興，看去不像有什麼舉動的樣子。金蟬早已瞥見靈雲走來，故意把聲音放高一點，說道：「這是斬那妖蛇的頭一晚上的事情，下餘的回頭再說吧。」猛回頭看見靈雲，便迎上前來說道：「笑師兄要叫我說九華誅妖蛇的故事，今晚我要和笑師兄同榻夜話，功課我不做了。姊姊獨自回房去吧。」

靈雲心中有事，也巴不得金蟬有此一舉，當下點頭答應。且先不回房，輕輕走到東廂房一看，只見坐了一屋子的人，俱都是晚輩師兄弟姊妹，在那裡聽周淳講些江湖上的故事。大家聚精會神，在那裡聽，好不熱鬧。靈雲便不進去，又從東偏月亮門穿過，去到玉清大師房門跟前，正趕上大師在與張琪兄妹講演內功，不便進去打擾。正要退回，忽聽大師喚道：「靈姑為何過門不入？何不進來坐坐？」

靈雲聞言，便走了進去。還未開言，大師便道：「昔年我未改邪歸正以前，曾經煉了幾樣法寶。當初若非老伯母妙一夫人再三說情，家師怎肯收容，如何能歸正果？此恩此德，沒齒不忘。如今此寶留我這裡並無用處。峨嵋光大門戶，全仗後起的三英二雲。輕雲師妹來此多日，我也曾送了兩件防身之物。靈姑近日紅光直透華蓋，吉凶恐在片刻。我這裡有一件防身法寶，專能抵禦外教中邪法，特把來贈送與你，些些微物，不成敬意，請你笑納吧。」

玉清大師說罷，從腰間取出一個用絲織成的網子，細軟光滑，薄如蟬翼，遞在靈雲手中。說道：「此寶名為烏雲神鮫絲，用鮫綢織成，能大能小。如遇妖術邪法不能抵敵，取出來放將出去，便有畝許方圓，將自己籠罩，不致受人侵害，還可以用來收取敵人的法寶，有無窮妙用。天已不早，你如有約會，請便吧。」

靈雲聞言，暗自服她有先見之明，當下也不便深說，連忙接過，道謝走出。想去尋輕雲再談一會，這時已是二更左近，遍找輕雲不見。西廂房內燈光下，照見房內有兩個影子，估量是笑和尚與金蟬在那裡談天，便放了寬心，索性不去驚動他們。又走回上房窗下看時，只見坐了一屋子的前輩劍仙，俱各在盤膝養神，作那吐納的功夫。靈雲見無甚事，便自尋找朱文與吳文琪去了。

話說金蟬用詐語瞞過了姊姊，見靈雲走後，拉了笑和尚，溜到觀外樹林之中，將手掌輕輕拍了兩下。只見樹林內輕雲、孫南二人走將出來。四人聚齊之後，便商量如何進行。輕雲、孫南總覺金蟬年幼，不肯讓他獨當一面。當下便派笑和尚同孫南作第一撥，到了慈雲寺，見機行事。輕雲同金蟬作第二撥，從後接應。

笑和尚道：「慢來，慢來。我同金蟬師弟早已約定，我同他打頭陣。我雖然說了不一定贏，至少限度總不會叫金蟬師弟受著敵人的侵害。至於你們二人如何上前，那不與我們相干了。」

輕雲、孫南見笑和尚這般狂妄，好生不以為然。輕雲才待說話，笑和尚一手拉著金蟬，大腦袋一晃，說一聲：「慈雲寺見。」頓時無影無蹤。他這一種走法，正是苦行頭陀無形劍真傳。輕雲、孫南哪知其中奧妙，又好氣，又好笑。知道慈雲寺能人眾多，此去非常危險，欲待不去，又不像話，好生為難。依了孫南，便要回轉，稟明追雲叟、朱梅等諸位前輩劍俠，索性大舉。輕雲年少氣盛，終覺不大光鮮。況且要報告，不應該在他二人走後。商量一陣，仍舊決定前往。當下二人也駕起劍光，跟蹤而去。

二人剛走不多一會，樹旁石後轉出一位相貌清癯的禪師，口中說道：「這一干年輕業障，我如不來，看你們今晚怎生得了！」話言未了，忽見玉清觀內又飛出青白三道劍光，到樹林中落下，看出是三個女子。只見一個年長一點的說道：「幸喜今晚我兄弟不曾知道。朱賢妹與吳賢妹，一個在我左邊，一個在我右邊，如果妖法厲害，可速奔中央，我這裡有護身之寶，千萬不要亂了方向。天已不早，我們快走吧。」說罷，三人駕起劍光，逕往慈雲寺而去。

三人走後，這位禪師重又現身出來，暗想：「無怪玄真子說，峨嵋門戶，轉眼光大，這後輩中，果然盡是些根行深厚之人。不過他們這般膽大妄為，難道二老就一些不知嗎？且不去管他，等我暗中跟去，助他們脫險便了。」當下把身形一扭，也駕起無形劍光，直往慈雲寺而去。

且說慈雲寺內，法元、智通、俞德等自從綠袍老祖死後，越發感覺到峨嵋派聲勢浩大，能人眾多，非同小可。偏偏所盼望的幾個救星，一個俱未到來。明知眼前一干人，決非峨嵋敵手，心中暗暗著急。就連龍飛也覺著敵人不可輕侮，不似出來時那般趾高氣揚，目空一切了。似這樣朝夕盼望救兵，直到十三下午，還沒有動靜。

法元還好一點，把一個智通急得像熱鍋上的螞蟻一般，不由地命手下一干凶僧到外面去迎接來賓，也無心腸去想淫樂，鎮日短嘆長吁。明知十五將到，稍有差池，自己若干年心血創就的鐵壁銅牆似的慈雲寺，就要化為烏有。起初尚怕峨嵋派前來擾鬧，晝夜分班嚴守。過了十餘天都無動靜，知道十五以前，不會前來，漸漸鬆懈下來。

寺中所來的這些人，有一多半是許飛娘輾轉請託來的。除了法元和女崑崙石玉珠外，差不多俱都是些淫魔色鬼。又加上後來的百花女蘇蓮、九尾天狐柳燕娘兩個女淫魔，更是特別妖淫。彼此眉挑目逗，你誘我引，有時公然在公房中白晝宣淫，簡直不成話說。那智通的心愛人兒楊花，本是智通、俞德的禁臠。因在用人之際，索性把密室所藏的歌姬舞女，連楊花都取出來公諸同好。好好一座慈雲寺，活生生變成了一個無遮會場。法元雖然輩份較尊，覺得不像話，也沒法子干涉，只得一任眾人胡鬧。

眾人當中，早惱了女崑崙石玉珠。她本是武當派小一輩的劍仙，因在衡山採藥，遇見一西川八魔的師父苗疆大麻山金光洞黃腫道人，見石玉珠長得美秀絕塵，色心大動，用禁錮法一個冷不防，將她禁住，定要石玉珠從他。石玉珠知他魔術厲害，自己中了暗算，失去自由，無法抵抗，便裝作應許。等黃腫道人收去禁法，她便放出飛劍殺他，誰想她的飛劍竟不是黃腫道人敵手。

正在危急之間，恰好許飛娘打此經過，她見石玉珠用的飛劍正是武當嫡派，便想藉此聯絡，但又不願得罪黃腫道人。當下把混元終氣套在暗中放起，將石玉珠救出險地，自己卻並未露面。石玉珠感飛娘相救之恩，立誓終身幫她的忙，所以後來有女崑崙二救許飛娘的事情發生。飛娘也全仗女崑崙，才得免她慘死。

這次石玉珠接了飛娘的請柬，她姊姊縹緲兒石明珠曾經再三勸她不要來。石玉珠也明知慈雲寺內並無善類，但是自己受過人家好處，不能不報，執意前來赴約。起初看見綠袍老祖這種妖邪，便知不好。一來因為既經受人之託，便當忠人之事，好歹等個結果再走；二來仗著自己本領高強，不致出什麼差錯。誰知蘇蓮與柳燕娘來了以後，同龍飛、柳宗潛、狄銀兒、莽頭陀這一班妖孽晝夜宣淫，簡直不是人樣。越看越看不慣，心中厭惡非常，天天只盼到了十五同峨嵋分個勝負之後，急速潔身而退。

那不知死活進退的小靈猴柳宗潛，是一個色中餓鬼，倚仗他師父七手夜叉龍飛的勢力，簡直是無惡不作。這次來到慈雲寺，看見密室中許多美女同蘇、柳兩個淫娃，早已魂飛天外。師徒二人，一個把住百花女蘇蓮，一個把住九尾天狐柳燕娘，朝夕取樂，死不撒手。旁人雖然氣憤不過，一則懼怕龍飛九子母陰魂劍厲害，二則寺中美女尚多，不必為此傷了和氣，只得氣在心裡。

原先智通便知道石玉珠不能同流合污，自她來到，便替她早預備下一間淨室，撥了兩個中年婦女早晚伺候。她自看穿眾人行徑後，每日早起，便往成都名勝地點閒遊，直到晚間才回來安歇。天天如此，很少同眾人見面。眾人也知道她性情不是好惹的，雖然她美如天仙，也無人敢存非分之想，倒也相安。

這日也是合該有事。石玉珠早上出來，往附近一個山上尋了一個清靜所在，想習內功。到了上午，又到城內去閒遊了一會。剛剛走出城關，她的寶劍忽然叮噹一聲，出匣約有寸許，寒光耀眼驚人。

這口寶劍雖然沒有她煉的飛劍神化，但也是周秦時的東西。石玉珠未成道以前，曾把來做防身之用。每有吉凶，輒生預兆，先作準備，百無一失。上次衡山採藥，因覺有了飛劍，用不著它，又嫌它累贅，不曾帶去，幾乎中了黃腫道人之暗算。從此便帶在身旁，片刻不離。今天寶劍出匣，疑心是慈雲寺出了什麼事，便回寺去看動靜。進寺後，天已快黑。看見法元等面色如常，知道沒有什麼，也不再問，談了幾句，便告辭回房。剛剛走到自己門首，看見一個和尚鬼頭鬼腦，輕手輕腳地從房內閃將出來。

石玉珠心中大怒，腳一點，便到那和尚跟前，伸出玉手，朝著和尚活穴只一點，那和尚已不能動了。石玉珠喝道：「膽大賊禿，竟敢侵犯到我的頭上來了！」說罷，便要拔劍將他斬首。那和尚被她點著活穴，尚能言語，急忙輕聲說道：「大仙休得誤會，我是來報機密的，你進房自知。」

石玉珠見他說話有因，並且這時業已認清被擒的人是那知客僧了一，知道他平日安分，也無此膽量敢來胡為，也不怕他逃，便將手鬆開，喝道：「有何機密，快快說來。如有虛言，休想活命！」

了一道：「大仙噤聲，你且進房，自會明白。」

石玉珠便同他進房，取了火石，將燈掌起。只見桌上一個紙條，上面寫著「龍、柳設計，欲陷正人，今晚務請嚴防」十幾個字，才明白他適才是來與自己送信的。心想：「龍飛師徒雖然膽大，何至於敢來侵犯自己？好生不解。」想了一想，忽然變臉，定要了一說個明白。

了一雖是智通門下，他為人卻迥乎不同，除了專心一意學習劍術外，從沒有犯過淫邪。他見連日寺內情形，知道早晚必要玉石俱焚，好生憂急。今天偶從龍飛窗下走過，聽見龍飛與柳宗潛師徒二人因愛石玉珠美貌，商量到了深夜時分，用迷香將石玉珠醉過去，再行無禮。

了一聽罷這一番話，心想：「石玉珠雖是個女子，不但劍術高強，人也正派。慈雲寺早晚化為烏有，我何不藉此機緣，與她通消息，叫她防備一二，異日求她介紹我到武當派去，也好巴結一個正果。」拿定主意以後，又不敢公然去說，恐事情洩漏，被龍飛知道，非同小可。便寫了一個紙條，偷偷送往石玉珠房中。偏偏又被石玉珠看見，定要他說明情由，才放他走。了一無法，只得把龍飛師徒定計，同自己打算改邪歸正，請她援手的心事，說了一遍。

石玉珠聞言，不禁咬牙痛恨。當下答應了一，事情證實之後，必定給他設法，介紹到武當同門下。了一聞言，心中大喜，連忙不停嘴地稱謝。因怕別人知道，隨即告辭走出。

石玉珠等了一走後，暗自尋思，覺得與這一干妖魔外道在一起，決鬧不出什麼好來；

欲待撒手而去，又覺著還有兩天就是十五，多的日子都耐過了，何在乎這兩天？索性忍耐些兒，過了十五再走。不過了一既那樣說法，自己多加一分小心罷了。

她一人在房內正在尋思之時，忽然一陣異香觸鼻，喊一聲：「不好！」正要飛身出房，已是不及，登時覺得四肢綿軟，動彈不得。忽聽耳旁一聲狂笑，神思恍惚中，但覺得身體被人抬著走似的。一會工夫，到了一個所在，好似身子躺在一個軟綿的床上。情知中了人家暗算，幾番想撐起身來，怎奈用盡氣力，也動轉不得。心中又羞又急，深悔當初不聽姊姊明珠之言，致有今日之禍。

又想到此次來到慈雲寺，原是應許飛娘之請，來幫法元、智通之忙。像龍飛師徒這樣胡鬧，法元等豈能袖手不管？看他們雖將自己抬到此間，並未前來侵犯，想必是法元業已知道，從中阻止，也未可知。想到這裡，不由又起了一線希望。便想到萬一不能免時，打算用五行真氣，將自己兵解，以免被人污辱。倘若得天見憐，能保全清白身體，逃了出去，再尋龍飛等報仇不晚。

石玉珠本是童女修道，又得武當派嫡傳，雖然中了龍飛迷香之毒，原是一時未及防備，受了暗算，心地還是明白。主意打點好後，便躺在床上，暗用內功，將邪氣逼走，因為四肢無力，運氣很覺費力。幾次將氣調純，又復散去，約過了半個多時辰，才將五行真氣，引火歸元，知道有了希望，心中大喜。這才凝神定氣，將五行真氣由湧泉穴引入丹田。也顧不得身體受傷與否，猛地將一雙秀目緊閉，用盡平生之力，將真氣由七十二個穴道內迸散開來，這才將身中邪毒驅散淨盡。只因耗氣傷神太過，把邪氣雖然驅走，元氣受了大傷。

勉強從床上站起身來，一陣頭暈眼花，幾乎站立不住。好在身體已能自由，便又坐將下來，打算養一會神再說。睜眼看四面，俱是黑洞洞的。用手一摸坐的地方，卻是溫軟異常，估量是寺中暗室。又休息了一會，已能行動。知道此非善地，便將劍光放出，看清門戶與逃走方向。

這一看，不由又叫了一聲苦。原來這個所在，是凶僧的行樂密室之一，四面俱是對縫大石，用銅汁灌就，上面再用錦繡鋪額。察看好一會，也不知道門戶機關在哪裡。把一個女崑崙石玉珠，急得暴跳如雷。

正在無計可施之際，忽聽身後一陣隆隆之聲，那牆壁有些自由轉動。疑心是龍飛等前來，把心一橫，立在暗處，打算與來人拚個你死我活。那牆上響了一陣，便現出一個不高的小門，只見一個和尚現身進來。石玉珠準備先下手為強，正待將劍放起，那和尚業已走到床前，口中叫道：「石仙姑我來救你，快些隨我逃走吧。」

第八章　暗藏機關

石玉珠聽去耳音甚熟，借劍光一看，果是了一，便問他怎能知道自己在此？了一道：「外面來了不少峨嵋派的劍仙，我們這邊人已死了好幾個。現在已不及細訴根由，快隨我逃出去再說吧。」

石玉珠聽說出了變故，不及再問詳情。當下了一在前，石玉珠在後，剛走到暗穴門口，忽地暗中飛來一個黑球。了一喊聲：「不好！」將頭一偏，正打在他肩頭上，覺得濕呼呼的，濺了一臉，聞著有些血腥氣，好似打進來的是個人頭，幸喜並未受傷。石玉珠因在暗處，免受了暗算，當下身劍合一，從洞中飛身出來。了一也飛起劍光，出了暗穴。

二人才得把腳站定，忽見前面一晃，突然站定一個小和尚，月光底下看去好生面熟。只見那小和尚道：「原來是你！」再一晃，業已蹤跡不見。石玉珠見那小和尚來去突兀，好生奇怪，便問了一寺中光景。

了一答道：「適才我從你房內出來，對面便遇見那個小靈猴柳宗潛朝我冷笑，他隨即往你窗下走去。我正要搶到前頭與你送信，忽然後面有人咳嗽一聲，我回頭看時，正是那龍飛同蘇蓮、柳燕娘三人在我身後立定。他帶著滿臉凶橫，朝我警告道：『你要多管閒事，休想活命！』我只得閃過一旁。後來見他用迷香將你迷倒，由蘇、柳兩淫婦抬往密室以內。那密室原是四間，各有暗門可通，十分堅固。全寺只有四五個人知道機關，能夠進出自如。早先原是我師父與楊花的住室，現在給與龍飛享用。

「我因聞聽師父說過，那迷香乃是龍飛煉來採花用的，人聞了以後，兩三個時辰，身體溫軟如棉，不能動轉。知道你必遭毒手，我便偷偷去告訴金身羅漢法元，請他前來阻止。等到法元趕到柳宗潛房中，解勸不到幾句，便同龍飛口角起來，幾乎動武。

「這時，後殿忽然先後來了六七個峨嵋劍仙，同前殿幾位劍仙動起手來。他們無心再打家務，同往前殿迎敵。誰想來人年紀雖輕，十分了得。當中有一個女子，尤其厲害，才一交手，便將草上飛林成祖斬為兩段，鐵掌仙祝鶚、小火神秦朗也受了重傷。後來金身羅漢法元與龍飛趕到，俞德也從後殿出來，俞德將紅砂祭起，龍飛也將九子母陰魂劍放出。這兩人法寶果然厲害。紅砂放將出去，便是紅塵漫漫，陰風慘慘。那九子母陰魂劍更是一派綠火，鬼氣森森。誰想那女子早有防備，從手上放出一個東西，化成畝許大的五色祥雲，將同來的人身體護著。所有法寶，俱都奈何他們不得。

「後來俞德出主意，將紅砂盡量放起，四面包圍，將他們困住再說。我偷空溜了出來救你。依我之見，這慈雲寺內，盡是一群妖邪，今晚雖得勢，但也不能把敵人怎麼樣；況且來人盡是一些年輕小孩子，尚且如此大的本領，三仙、二老更不必說。我看今晚情勢，來的這些人雖然被困，定有能人來救，眼看大勢危險萬分。但不知你有何高明主見？」

石玉珠聞言，沉思了一陣，說道：「無論他們行為如何，我總是應了萬妙仙姑許飛娘之請而來。就是有仇，也只有留為後報，不能在今晚去尋他們算帳，反為外人張目。我已無心在此留戀，打算再待一會，便回轉仙山，異日飛娘道及此事，也不能怪我有始無終。至於你同智通，本有師生之誼，相隨多年。雖然他多行不義，看他這情急勢孤之時，遽然棄之而去，情理上太說不過去。你莫如姑盡人事，以聽天命，往前殿相機行事，真到無可挽回之時，再行退下也還不晚。如果恐怕遭遇危險，我當在暗中助你脫險便了。」

了一道：「我也並非是貪生怕死之人，見人家勢危力薄之時，昧良心棄之而去。只恨我當初眼力不濟，誤入旁門。等到知道錯誤，已來不及，欲待中途退出，必有生命危險。惟有暫時隱忍，以待機會。去年有一個姓周的年輕舉子，同來的還有十六個年輕舉子、俱因誤入密室，被我師父將他們一齊殺死，只剩這姓周的一個。因為楊花、桃花兩個淫婦求情，才饒他全屍，關在石室之內。我因見那人根器甚厚，本想設法救了他一同逃走。誰知到了第二天晚上，大雷大雨，我在天方亮時去看，此人業已逃走。我當時急忙退出，也不敢聲張，恐怕他逃走不遠，又被擒回。

「過了不多幾天，便來了一個年輕女子，把多臂熊毛太斷去一臂；一鴛鴦劍靴，幾乎把俞德踢了個透心穿。我師父同俞德那般厲害，居然被她大獲全勝之後從容逃走。這才勾起峨嵋派舊恨。雙方雖明定交手日期，俱都暗中準備，勢不兩立。我便知慈雲寺早晚要化為灰燼，便想退身之計，只苦無門可入。承仙姑不棄，答應替我介紹到武當門下。現在已決定改邪歸正，不過我受智通傳授劍法，早晚必要圖報。今晚這個局面，決非像我這般能力薄弱之人所能迎敵，徒自犧牲，實無益處。我暫時不想到前面去，我自有一番打算，你日後自知我的心術。」

石玉珠聞言，也覺他言之有理。只因自己好奇心盛，想到前面去看看來的這些青年男女，都是什麼出奇人物，便同了一訂下後會之期。正要往前面走時，忽聽震天的一個大霹靂，就從前面發出，震得屋瓦亂飛，樹枝顫動。石玉珠便知事情不妙，一時顧不得再和了一說話，飛身往前殿走去。原打算將身體藏在大殿屋脊上去觀陣，誰知到了屋脊上面一看，空中地上，俱都是靜悄悄的，全無一些動靜。那院中兩行參天古柏，在月光底下，迎著寒風颯颯，響成一片濤聲。夜色清幽，全不像個殺人的戰場。

側耳一聽，大殿中人聲嘈雜，好似爭論什麼，也看不見被俞德紅砂圍住的青年男女在什麼地方。正要探頭往殿中看去，忽地一道青光，從殿中飛將出來。石玉珠何等機警敏捷，連忙運動自己劍光迎敵。才一接觸，便將敵人飛劍斬為兩截，餘光如隕星一般墜下地來。

石玉珠不知殿中是仇是友，剛要退轉身去，忽聽腦後一聲斷喝道：「峨嵋後輩，休得倚勢逞強，反覆無常。你們既不守信義，休怪老僧手辣。」話言未了，大殿內又飛出七八個人，將石玉珠團團圍住。石玉珠定睛一看，正是法元、智通、俞德、龍飛、蘇蓮、柳燕娘這一干人。

說話的那一個和尚，生得面如滿月，身材高大，正是那黃山紫金瀧暫居的曉月禪師。那龍飛本打算與曉月禪師敘罷寒溫之後，便往密室去尋石玉珠的快活，現在見她脫身出來，好生詫異，那石玉珠見了仇人，本要翻臉，估量自己人單勢孤，他們都是同惡相濟，難免不吃眼前虧，只得暫時隱忍。

九尾天狐柳燕娘本是在殿中與龍飛談話，忽見月光底下映出一個人影，疑是峨嵋派中人，還有餘黨在此。便想趁個冷不防，給來人一個暗算，好遮蓋剛才戰敗之羞。她煉的原是兩口飛劍，頭一口劍已被金蟬削為兩段，這口劍又毀在石玉珠手內。欲待不依，自己能力有限，不敢上前，惟有心中憤恨而已。

法元正愁石玉珠被龍飛所困，又不聽勸解，異日難免再與武當結下深仇，留下隱患。今見她安然逃出，好生痛快，便裝作不知前情，搶先說道：「原來是石道友，都是自己人，我們到殿中再說吧。」

石玉珠見曉月禪師之後，便隨同進了大殿。石玉珠留神往殿中一看，只見殿中情形很是雜亂。林成祖、柳宗潛業已被人腰斬，受輕重傷的有好幾個。一干凶僧，正在忙著收殮屍身，打掃血跡。才知道了一之言不假。適才那一個晴天霹靂，一會工夫，來人便在那時退去，真是神妙迅速，心中佩服已極！

大家入座之後，石玉珠便問法元：「怎麼今晚會傷了這許多人？」法元聞言，長嘆一聲，便把適才經過說了一遍。

原來今晚峨嵋派小兄弟們無形中暗自分成兩組，各自為謀。頭一組又分成兩起：第一起是金蟬與笑和尚，二人自從在辟邪村王清觀外的樹林之中，按照預定計畫商量停妥之後，笑和尚說了一聲「慈雲寺再見」，不等周輕雲、孫南二人答言，一手拉了金蟬，腦袋一晃，駕起劍光，不消片刻，便到了慈雲寺。久聞各位前輩劍仙言說，慈雲寺機關密佈，誤入緊要重地，就是精通劍術，也難免身入羅網，因此不敢大意。到了寺前，便先看出五行生剋，由中央戊己土降下劍光，落在殿房屋脊之上，恰好這殿便是法元眾人集會之所。

那法元因盼曉月禪師等的救兵不到，正在發愁，偏偏了一又來報告，說是七手夜叉龍飛和小靈猴柳宗潛師徒、百花女蘇蓮、九尾天狐柳燕娘四人商量詭計，用迷香將女崑崙石玉珠困在密室石洞之中，供其淫樂。法元聞信大驚，知道這件事非同小可，不但對不起人，並且還要因此與武當派結下深仇，那還了得！聞報之後，急忙往龍飛師徒房中勸解，請他二人急速收手，不要胡為。他走了不多一會，金蟬、笑和尚二人雙雙來到。

笑和尚見大殿之上，坐立著高高矮矮胖胖瘦瘦的三山五岳的劍客異人，連同寺內凶僧不下數十個，仗著藝高人膽大，打算在人前顯耀。便囑咐金蟬道：「師弟，你且伏在這鴟首旁邊，休要亂動。待我下去搗一個小亂，如果我將敵人引出，你便將你的鴛鴦霹靂劍放將出去，殺一個落花流水。」他原是怕金蟬涉險，才這樣說的。金蟬到底年輕，信以為真，自然依言埋伏。笑和尚駕起無形劍，輕輕走到大殿之中，忽地現出身形，笑嘻嘻地說道：「諸位檀樾辛苦，化緣的來了。」言罷，合掌當胸，閉目不動。

這時鐵掌仙祝鶚、霹靂手尉遲元、草上飛林成祖、小火神秦朗、披髮狻猊狄銀兒、三眼紅蜺薛蟒、通臂神猿鹿清、病維摩朱洪、明珠禪師、鐵鐘道人、本寺方丈智通以及他門下四大金剛等，俱都在場。那法元邀來的武當滄浪羽士隨心一、有根禪師、癲道人、諸葛英等四位劍仙，因那日醉道人前來訂約，知道為期尚早，又見綠袍老祖那般凶邪，寺中眾人多有淫惡行為，意趣不投，原想回山不管。只因當初與法元交情甚厚，已答應了人家幫忙，說不出「不算」二字。住了兩日，耐不慣寺中煩囂，託故他去，說是十五頭一天一定趕到。法元苦留不住，逕自作別走去。

俞德是在晚飯時，喝酒有了幾分酒意，勾動了酒字底下的那個字。他和莽頭陀最說得來，便拉了他往後面密室中，一人選了一個美女，互相比賽戰術戰略去了。除了以上六人不在外，慈雲寺全體人眾正談得很起勁時，忽然殿中現出了一個小和尚，也不知從哪裡進來的。

眾人見笑和尚唇紅齒白，疑心是寺中徒弟，還不在意。那智通早已認清來人不是本寺人。起初因未看清來人如何進殿，年紀又小，還未想到是峨嵋派中人，疑心是到本寺來掛單的和尚徒弟，無意中溜進大殿。見他那樣不守規矩，神態滑稽，又好氣，又好笑。以自己的身分，犯不著和他嘔氣，便向四金剛道：「前面這群東西，越來越糊塗了，難道不知我和眾位仙長在此議事，怎麼會讓這掛單禿驢的小和尚擅入大殿？還不與我拉了出去！」

四金剛聞言，哪敢怠慢。頭一個無敵金剛賽達摩慧能，邁步上前。心想這樣一個乳臭未乾的小和尚還經得起動手，打算用手抓起，再走到殿外，將他拉出廟外。他這一種想頭不要緊，差點沒把自己的命就此送掉。

笑和尚聽智通說完話，偷偷用目四外一看，見有一個身材高大、凶神惡煞般的凶僧朝自己走來。因不知來人本領如何，便想了一條妙計對付。

那智通剛說完話，忽然想起自從去年周雲從逃走，毛太、俞德受傷，就不准別廟僧人前來掛單。況且從前殿到大殿，隔了好幾層殿宇，有不少的暗藏機關，到處又有人把守，這個小和尚如何能夠溜了進來？而且態度安詳，神態又非常可笑，好似存心前來搗亂似的。情知有異，正要止住慧能，那慧能已將笑和尚抓在手中，要往殿外走去。正好笑自己多疑，忽聽一聲大叫道：「疼死我也！」再看慧能，業已栽倒在地。那小和尚忽然合掌當胸，口念「阿彌陀佛」。

原來慧能抓起笑和尚，正要往殿外走去，忽覺手臂上猛地一涼，奇痛異常。撲搭一聲，一條抓人的手臂業已同自己分家，斷了下來。接著小肚腹間中了一拳。負痛已極，不由狂叫一聲，倒在地上，血流如注。眾人見慧能手臂被人斬去，並未看出來人用的什麼兵刃，好生奇怪。

智通等見這小和尚竟敢傷人，心中大怒，十幾道劍光同時飛出，那笑和尚見了這般景況，哈哈大笑，便往殿外一縱，眾人急忙收了劍光，追將出來。只見月明星稀，清光如晝。再找笑和尚時，業已蹤跡不見。

大家抬頭往四處觀看，忽見殿脊上站定一人，高聲說道：「你們這群凶僧業障，快來讓小爺發個利市吧！」月光下看清來人又是一個小孩子。這樣寒天，赤著雙足，穿了一雙多耳麻鞋，一身白色繡邊的對襟露胸短衣褲，頸項上帶著一個金圈，梳著兩個沖天髻，手中拿著一對寶劍。生得白嫩清秀，活似觀音座前善才童子。

智通因聽法元說過他的長相打扮，忙道：「諸位休得看輕這個乳臭頑童，他便是齊漱溟的兒子，千萬不可放他逃走。」話言未了，只見小孩將劍往下一指，便有兩道紅紫色的劍光從劍尖上發出。智通知道是他母親妙一夫人荀蘭因用的鴛鴦霹靂劍，別人難以抵敵，忙喊大家留神已來不及。劍光到處，草上飛林成祖已分為兩段；小火神秦朗不及躲閃，掃著一點劍芒，左臂連衣帶肉削去一片，疼得哇哇怪叫。

這時眾人俱已將劍光放出迎敵。智通急忙喚人去請法元、俞德，一面咬牙迎敵，那金蟬抖擻精神，一手舞起劍光，護著全身；一手運用劍光迎敵。畢竟妙一夫人煉的寶劍與眾不同，任人多勢眾，也討不了一絲便宜。那紅紫兩道光華，舞起來好似兩條蛟龍，夭矯飛舞。根行差一點的劍光，碰著霹靂劍，便似媳婦見了惡婆婆，面無人色。

金蟬戰了一會，雖然殺死一個，仍不滿意。偏偏笑和尚把人引出，就不曾出現，估量他隱身在旁。一面迎敵，一面口中喚道：「敵人太多，笑師兄快幫忙吧！」連喚數聲，不見答應。猛想起自己人單勢孤，有些著慌。小靈猴柳宗潛，為人最是奸狡。他正從那房中出來，見金蟬劍光厲害，自忖不是敵手，但欺金蟬年輕，又是孤身一人，別無幫手，想找便宜。繞到殿屋脊後，打算趁金蟬一個冷不防，給他一劍。

那金蟬在屋脊上和眾人對敵，全神貫注在前面，哪想到後面有人暗算。柳宗潛見金蟬毫無準備，心中大喜，便將他師父七手夜叉龍飛傳給他的喪門劍一搖，一道綠沉沉的劍光，直往金蟬頭上飛去，以為敵人萬不能倖免。誰知一道青光從天而下，與柳宗潛的劍光碰個正著，將柳宗潛的劍光斬為兩截。接著一聲呼叱道：「賊子竟來暗箭傷人，俺周輕雲來也！」說罷，便有一雙青年男女飛在殿上面，運動青白劍光，朝著柳宗潛飛來。柳宗潛見勢不妙，正要撤身走時，已來不及，劍光過處，將柳宗潛分為兩段。

金蟬見來者二人正是白俠孫南與周輕雲，心中大喜，越發奮起神威，將紅紫兩道霹靂劍光揮動，同孫、周兩人的劍光聯成一氣，如閃電飛虹般，把慈雲寺一干劍客逼得氣喘吁吁，抵敵不住。不一會工夫，鐵掌仙祝鶚一個疏神，被輕雲的劍光往下一壓，將他的劍光圈住。祝鶚便知不妙，「不好」兩個字未曾出口，被孫南看出便宜，運動飛劍，從斜刺裡飛進。祝鶚急忙躲閃，往旁跳開。

智通見祝鶚處境危險，忙收回空中飛劍，抵住孫南的劍時，祝鶚已被孫南的劍連肩帶臂削去一大片，大叫一聲，倒在地上。同時他的劍也被輕雲削為兩段。周輕雲、孫南、金蟬三位小俠，見賊人挫敗，正在得意洋洋，忽聽一聲怪叫道：「大膽峨嵋小孽種，敢到此地猖狂！」話到人到，一個相貌凶惡的道人，從殿旁月亮門跑將出來，手起處，一道綠陰陰的劍光，連同八道灰白色的劍光，鬼氣森森地飛上屋脊。

孫南與輕雲的劍光，才與來人接觸，便覺暗淡無光，知道事情不妙。且喜金蟬霹靂劍不怕邪污，還能抵擋一二，急忙上前支援。來人正是七手夜叉龍飛。因為與柳燕娘鬥氣，將石玉珠用迷香困入密室。自己原也知把事情做錯，但他天生淫惡，性情剛愎，又經兩個女淫魔架弄，哪裡想到異日因此遭下殺身之禍。正計議痛飲一番，再去採補石玉珠的貞元，誰知了一走漏了消息，法元跑去勸解。龍飛勢成騎虎，如何肯聽，兩下幾乎爭鬥起來。正在口角間，忽聽前面僧人報信，峨嵋派前來尋釁，大眾抵敵不住，請他們前去策應。顧不得再同室操戈，龍飛搶先出來，不及和同黨說話，便將九子母陰魂劍放將出去。妖術邪法，倒也厲害。眾人見峨嵋失勢，同時又各耀武揚威，把劍光飛起，一齊到屋脊上面，以防來人趁空逃走。這時龍飛已看見愛徒柳宗潛慘死，愈加咬牙痛恨，非將今晚來的三人擒捉，凌遲碎剮，以報此仇不可。

同時法元從後趕來，也把劍光祭起。輕雲、孫南、金蟬三人見勢不佳，欲待逃走，四面俱被敵人劍光圍住。又加上法元的劍非同小可，龍飛的劍只有金蟬一人能夠抵敵。法元的劍，合輕雲、孫南二人之力，尚且不是對手，何況智通等俱不是平常之輩。眼看敵人勢盛，自己的劍光被人家壓迫得走投無路，光芒頓減。三人俱都氣喘吁吁，汗流不止。金蟬暗恨笑和尚不夠朋友，也不知跑向何方去了。

正在危急之間，忽聽一聲哈哈大笑道：「蟬弟休要驚慌，我同齊師姊等三位在此多時了。」言罷，便有兩道金光，同一青一白兩道劍光從南面飛下。同時，笑和尚、齊靈雲、朱文、吳文琪俱各現出身來。登時峨嵋派又復聲威大震。原來笑和尚的無形劍尚未登峰造極，只能借劍隱身，不能似苦行頭陀可以身劍同隱。他將敵人引出後，因聽金蟬說霹靂劍天下無敵，他想看此劍妙用，隱身不動。及至後來金蟬喚他，本要出來，又見輕雲、孫南二人趕到，正在得勢之時。他同苦行頭陀是一個脾氣，不願再錦上添花，所以仍是不動。

猛回頭看見齊靈雲等三位女俠飛來，他便上前說知經過。

齊靈雲這時也看清金蟬等三人在與那一群異派中人惡鬥，心中又是愛又是氣；愛的是金蟬小小年紀，竟有這樣膽力，深入虎穴龍潭，從容應敵，毫無一些懼色；氣的是他一絲也不聽話，瞞著自己，任性而行。依了笑和尚，本要叫靈雲加入，即時上前動手。靈雲因見金蟬初出犢兒不怕虎，如果由他任性，將來說不定闖出什麼禍來；又見慈雲寺這一干人，並無什麼出奇本領，索性讓金蟬著一點急，好警戒他下次。便止住大眾，隱身屋脊後面，不到他們危急時，不要出去。這一來不要緊，差點沒惹出亂子。起初金蟬三人尚能得手。不到一會工夫，龍飛出來施展九子母陰魂劍，靈雲、孫南二人先不是來人敵手，劍光退了下來。金蟬霹靂劍雖然厲害，到底雙拳難敵四手。

笑和尚見勢不佳，不等靈雲吩咐，便將手一指，飛出去一道金光。正巧法元頭頂紅絲飛劍，與金光迎個正著。同時靈雲等三人一聲嬌喊，各人將自己劍光放將出去。金蟬見救兵來到，心中大喜，便同孫南、輕雲，三人一面迎敵，一面與靈雲等湊在一起。齊氏姊弟的劍不怕污穢，便抵住了龍飛的九子母陰魂劍。笑和尚見法元的劍是五道紅絲，便將自己煉成的五道劍光同時發出。金紅兩樣顏色，十道劍光絞作一團。朱梅、吳文琪、孫南、周輕雲四人便去迎戰其餘人等。

法元見今晚所來這些峨嵋派年紀俱都不大，各有一身驚人本領；更不知他們後面，還有多少人未來。雖然知道來人難佔自己便宜，卻也心驚。

這時，俞德與莽頭陀正在密室之中，一人摟了楊花，一人摟了一個歌女，自在快樂。忽然接連兩三次緊急報告，說是前面來了好些峨嵋派，俱都是年輕小孩子，本領非常厲害，請他們前去。他二人正在得趣之時，起初以為不過又是些峨嵋派小輩，到寺中探聽動靜，前面有那許多人，還怕來人跑上天去？滿不放在心上。後來接連幾次警報，說是寺中一連死傷了好幾個，七手夜叉與金身羅漢全都上去，竟然不能取勝，才有些著慌；當下便喊莽頭陀一同前往迎敵。

那莽頭陀恰與他一樣心思，正摟著一個年輕美貌歌女，赤身露體在床上幹那快活勾當，緊要關頭，如何捨得丟開。故意穿衣著襪，假裝忙亂。俞德正催他快穿時，前面又來急報。俞德知勢不妙，顧不得等莽頭陀，逕自先行。莽頭陀見俞德先走，正合心意，也不及再脫衣襪，餓虎撲羊般重又奔到床前，撩起長衣，撲向那女子身上，說道：「乖乖快來吧，管什麼峨嵋派，我先死在你肚皮上吧。」言罷，重又縱樂起來。他這一句話，不一會自然會應驗。

那俞德雲雨之後，因事在緊急，也不顧得受了寒，拋了楊花，直往前面走去。才到天井，便見上面五顏六色數十道劍光，如蛟龍戲海一般，滿空飛舞。其中有兩道金光，同兩道紅紫劍光，尤為出色。他將身一縱，便到殿角，手起處，將圈兒飛起，化成一道華光，將敵人的劍光圈在中間。龍飛見齊氏姊弟的劍光被俞德圈住，心中大喜，將手一指九子母陰魂劍，正想朝齊氏姊弟頭上飛去，忽聽得嗆一聲，俞德的如意圈，竟被金蟬的劍光震碎，化作流光四散。

俞德心中大怒，高喝一聲：「諸位道友後退，待俺俞某來擒這一干業障！」慈雲寺方面一干人等聞聽此言，知道俞德要放紅砂。除法元同龍飛兩人，俱是練就旁門劍法，不怕邪污，還是緊緊與敵人拚命爭持外，餘人口中一聲呼哨，各將自己劍光收轉。

俞德將身縱起空中，一把紅砂撒將下來，頓時天昏地暗，星月無光，一片黃霧紅雲，夾著隆隆雷震之聲，漫天著地，朝著靈雲等七人，當頭罩將下來。笑和尚抬頭一看，叫聲：「不好！」原想拉著金蟬借無形劍光逃走，誰知相隔有數丈遠近，已來不及，也就顧不得金蟬，把腦袋一晃，無影無蹤。

齊靈雲適才見俞德上來時打扮異樣，早已留心；又聽得他喊眾人後退，便知敵人要施展妖術邪法，暗中早作準備。她見俞德紅砂來得厲害，急忙伸手到懷中，摸出玉清大師所贈的烏雲神鮫網。

第九章　火焚色界

這時紅砂離眾人頭頂不到三尺，急忙中隨手將烏雲神鮫網往空中一拋。立時一團烏雲起向空中，有畝許方圓，護著眾人頭頂，將紅砂托住，不得下來。那法元、龍飛也怕自己劍光為紅砂所傷，情知靈雲等必定死於紅砂之下，各將劍光收轉，觀看動靜。

靈雲見紅砂出手，已知來人便是俞德，怕中了紅砂污穢，也知會各人將劍光收轉；由那烏雲神鮫網護著大家全身。靈雲見神網靈異，知不妨事。再檢點同來人數時，只不見了笑和尚一個，事在危急，也無法兼顧，只得且自由他。

法元見齊靈雲放起一片烏雲，紅砂不能侵害，暗自驚奇。知會龍飛，各人將劍光重又放起，打算從下面攻將進去。誰知二人劍光飛到靈雲等眼前，好似被什麼東西攔住，只在網外飛騰，不能越雷池一步。俞德心中大怒，便將葫蘆內所有追魂奪命紅砂全數放將出來，將靈雲等六人團團圍住，打算將他等困住，再行設法擒拿。支持約有半個時辰，靈雲等雖然未曾受傷，後來俞德連放紅砂，工夫一大，漸漸顯出烏雲神鮫網有點支持不住，頭上面這塊烏雲受了紅砂壓迫，眼看慢慢往頭上壓將下來。

俞德見了大喜。靈雲等正在危險萬分之際，忽然空中震天價一個霹靂，只震得屋瓦亂飛，窗根皆斷，一霎時黃霧無蹤，紅雲四散。靈雲等怕敵人又有什麼邪術，一面收回神鮫網，各人運動劍光，把周身護住；一面留神朝前面看時，只見從空中降下兩人：一個是相貌清秀的禪師；一個是白鬚白髮的胖大和尚。靈雲認得來人是東海三仙中苦行頭陀同黃山紫金瀧的曉月禪師，但不知他二人一正一邪，怎生會同時來到？

金蟬畢竟魯莽，估量來人定是慈雲寺的幫手，不問情由，便將霹靂劍朝著那胖大和尚一指，便有一道紫光飛將過去。苦行頭陀忙喝道：「孺子不得無禮！」說罷，手一招，金蟬的雙劍倏地飛入苦行頭陀袍袖中。靈雲急忙止住金蟬，一面告知他來人是誰。

法元等見曉月禪師、苦行頭陀同時來到，不知是何用意，好生不解。正待上前說話，只見苦行頭陀朝著曉月禪師說道：「師兄犯不著與他們這些後輩計較，適才之言，務必請你三思。如果不蒙允納，明後日我同二老諸道友在玉清觀候教便了。」說罷，不等曉月禪師答言，將袍袖一展，滿院金光，連同靈雲等六人俱各破空而去。

法元等率領眾人上前拜見之後，便請曉月禪師到大殿升座。一面令人將死屍連同受傷諸人抬入殿內，或裝殮，或醫治。內中除龍飛因愛徒慘死，心中悲憤，執意要當晚就到辟邪村報仇外，餘人自知能力不夠，俱都惟曉月禪師馬首是瞻。

曉月禪師入座以後，便將來意說了一遍。原來他自連受許飛娘催請後，決意前來相助。他的耳目也甚為靈通，聞說峨嵋方面有二老同許多有名劍仙在內，自審能力，未必以少勝眾，有些獨力難支。一面先叫門下兩個弟子到時先往。自己便離了黃山紫金瀧，去到四川金佛寺，尋他最投契的好友知非禪師，並請他代約川東隱名劍仙鍾先生。另外自己還約有幾個好友。他知道峨嵋派準在正月十五日破慈雲寺，他同知非禪師約定十四晚上在慈雲寺相會。自己在十三晚上，便從金佛寺駕劍光先行趕到。

正走到離慈雲寺不遠，忽見有數十道劍光，電閃一般在一空中刺擊盤旋，疑心峨嵋派與慈雲寺中人業已交手。正要催動劍光前往，忽聽耳旁有人道：「師兄到何方去？可能留步一談麼？」以曉月禪師的功行，竟然有人在雲路中追上來和他說話，不由大吃一驚。連忙按住劍光。

回頭看時，才看出來人是東海三仙中的苦行頭陀。早知他自收了個得意門徒之後，有人承繼衣缽，已不再問人間閒事。今天突然出現在雙方衝突激烈之時，他的來意可知，不由大吃一驚。知道行藏被人窺破，索性實話實說。當下答道：「貧僧久已不問外事，只因當年受了一個朋友之助，現在他同峨嵋派有些爭執，約貧僧前去相助一臂之力，義不容辭，也不容貧僧再過清閒歲月了。久聞師兄承繼衣缽有人，早晚間成佛升天，怎麼也有此清興到紅塵中遊戲呢？」

苦行頭陀聞言，哈哈笑道：「我也只為有些俗緣未了，同師兄一樣，不能置身事外呀。依我之見，此番兩派為敵，實在是邪正不能兩立的緣故。師兄昔日與峨嵋派道友也有同門之誼，長眉真人遺言猶在，師兄何苦加入漩渦，為人利用呢？」

曉月禪師道：「師兄言之差矣！峨嵋派自長眉真人飛升後，太以強凌弱了。尤其是縱容後輩，目中無人，叫人難堪。即如今晚，你看前面劍光，難保不是峨嵋派來此尋釁。今日之事，不必多言，既然定下日期，勢成騎虎，少不得要同他們周旋一二了。」

苦行頭陀見曉月禪師不聽良言，嘆了一口氣道：「劫數當前，誰也不能解脫。今晚究非正式比試，待我同師兄前去，停止他們爭鬥。到了十五晚上，我等再行領教便了。」

曉月禪師聞言，冷笑一聲，說道：「如此甚好。」不俟苦行頭陀答言，駕起劍光先行。剛到了慈雲寺半空，便聽見震天的一個霹靂，震散紅砂。原來苦行頭陀在一眨眼的工夫，業已趕到他的前面，用五行真氣太乙神雷，破了紅砂，將靈雲等救出險地。曉月禪師雖然心驚苦行頭陀厲害，又恨他不加知會，竟自恃強，用神雷破法，分明是示威於他看。正待質問兩句，苦行頭陀已搶先交代幾句話，率領來人破空而去。曉月禪師恨在心裡，也是無可如何。只得率領眾人來到殿中，飾辭說了一遍。又說自己請了幾個幫手，早晚來到。眾人聽了大喜。因有辟邪村候教之言，便議定反主為客，十五晚上同往辟邪村去對敵。

這時石玉珠脫身出來之後，本不想露面再見眾人，即刻回去。只因一時好奇心盛，又見曉月禪師來到，打算聽一聽適才交戰新聞，不知不覺也隨眾人跟了進來，那法元見石玉珠逃出羅網，心中為之一寬。不料龍飛見石玉珠安然出險，疑心法元所放，勾起適才口角時惱怒。又見石玉珠的一副俏身材，在大殿燈光之下，越發顯得嬌媚。心想：「好一塊肥羊肉眼看到口，又被她脫逃出來。」好生不快。

石玉珠聽完曉月禪師說明經過，猛想起自己身在龍潭虎穴之中，如何還要留連？便站起身來，朝著曉月禪師和眾人施罷一禮，說道：「我石玉珠在武當門下，原不曾與別的宗派結過冤仇。只因當初受了萬妙仙姑援助之德，連接她兩次飛劍傳書，特到慈雲寺，稍效些微之勞。誰想今日險些被奸人陷害，差點將我多年苦功廢於一旦，還幾乎玷辱師門，見不得人。幸仗我真靈未昧，得脫陷阱。本想尋我那仇人算帳，又恐怕任事不終，耽誤大局，有負萬妙仙姑盛意。好在如今曉月禪師駕到，日內更有不少劍仙到來，自問功行有限，留我無用。青山不改，後會有期，我就此告辭吧。」說罷，腳一蹬，駕起劍光，破空便走。

龍飛見石玉珠語中有刺，本已不容；如今見她要走，情知已與武當派結下冤仇，索性一不作二不休。喝道：「賤婢吃裡爬外，往哪裡走？」當下一縱身趕到殿外，手起處，九子母陰魂劍便追上前去。

石玉珠正待駕劍要走，忽見後面龍飛追來，知道九子母陰魂劍厲害，自己不是敵手，正在為難。偏偏龍飛十分可惡，他也不去傷她，只用劍光將她團團圍住，一面叫她急速降順，免遭慘死。

石玉珠落在殿脊上面，好生狼狽，知道若被敵人生擒，難免不受污辱。當下把心一橫，正要用劍自刎，忽聽耳旁有人說道：「女檀樾休得害怕，只管隨他下去，少時自有人來救你。」聽去十分耳熟，四面一看，不見一人。下面龍飛連連催促。曉月禪師已聽法元說知究竟，同眾人走出殿外，先勸石玉珠下來，免傷和氣。

石玉珠無可奈何，只得下來，隨定眾人，仍歸殿內。往殿中一立，朝著龍飛大罵道：「你們這群無知邪魔！你把仙姑請將下來，又待怎樣？我與你有殺身之恨，這世界上有你無我，早晚自有人來報應於你。」說完，氣得粉面通紅，淚流不止。

曉月禪師見龍飛這樣胡來，好生不以為然。怎奈石玉珠出言傷眾，大家犯過淫孽的，自然都怒容滿面。自己雖然輩分最尊，不便明作偏向。略一尋思，不俟龍飛再與石玉珠口角，搶先說道：「石道友此番到此，原是好意，誰知與龍道友又發生誤會。你回去原不要緊，怎奈後日便與峨嵋交鋒，此中有好些關係。說不得，看老僧薄面，屈留道友三日，三日之後任憑去留，一切有老僧作主。不知石道友意下如何？」這個意思，原是緩和二人暫時爭執，得便再讓石玉珠逃走，以免用人之際得罪龍飛。

石玉珠這時已看透慈雲寺俱非良善之輩，她把曉月禪師好意誤會，正要破口大罵。忽聽遠遠人聲嘈雜，接著一個凶僧前來報導：「後面大殿火起。」智通連忙親自帶人去救時，一會工夫又紛紛來報，倉房、密室四面火起，一霎時火焰沖天。

龍飛、俞德聞報密室火起，其中有兩個女子，俱是二人最心愛之人，俞德聞報先去。龍飛便指著石玉珠對法元說道：「這個雛兒交與了你，如果被她逃走，休怪我無情無義！」言罷，隨同眾人救人去了。

這時大殿上人聽說密室起火，因各有心上愛人，都忙去救火，只剩下法元、石玉珠和曉月禪師師徒等人未動。石玉珠見龍飛走後，本要逃走，因龍飛臨行之言氣糊塗了，又知法元厲害，自己敵不過，曉月禪師更是此中能手，冒昧行動，自取其辱，只在一旁乾生氣。

這時外面紅光照天，火勢愈甚，眼看一座慈雲寺要化為灰燼。其實曉月禪師原有救火能力，只因他雖入異派，只為當年一時氣憤，天良未昧。今番拉攏各派和峨嵋派對敵，原想利用機會存心報仇。一到慈雲寺，見了眾人，已知難成氣候。見四面大火起來，明知是峨嵋派中人所放，落得藉此掃蕩淫窟。這座寺如留作和峨嵋派對敵的大本營，原無多大用處，索性任它毀滅。等到燒得差不多時，再親手去擒拿奸細。

本想示意石玉珠，叫她逃走。誰想剛一張口，石玉珠就破口傷人，知她情急誤會，也就不好再說。那朱洪、鹿清隨侍曉月禪師座前，見石玉珠口出不遜，好生憤怒。因見他師父含笑不言，也不敢有所動作。

這時外面火勢經這許多異派劍仙撲救，火頭已漸漸小了下去。石玉珠正在尋思如何逃走時，忽聽耳旁又有人說道：「我是苦行頭陀弟子笑和尚，在東海曾同你見過幾面，因知你幫助好人，陷身難脫，特來救你，可是我不似我師父能用無形劍斬人，只能用無形劍遁飛行。你等我現身出來，拉住我的衣袖，我便能帶你同走。」石玉珠聞言，恍然大悟，適才在密室逃出所遇小和尚就是此人，心中大喜，便聚精會神以等機會。

武當派中本有幾個能人，曉月禪師與他們差不多均有一面之緣，尤其石玉珠的師父半邊老尼尤為厲害，所以不願與石玉珠結仇。可是在用人之際，龍飛九子母陰魂劍同他的師父，將來幫助甚多，也不願公然同他反目。正在想善法解決，忽聽殿中哈哈一聲大笑，現出一個年幼矮胖和尚，轉眼間已到石玉珠跟前。法元認出是適才峨嵋派來人當中最厲害的一個，不及招呼眾人，一面先將腦後劍光飛出，一面喊：「禪師，休得放來人逃走！」

那小和尚已到了石玉珠跟前，法元劍光才往下落。小和尚把頭一晃，已是無影無蹤。曉月禪師見石玉珠同笑和尚借無形劍遁逃去，袍袖一展，便駕劍光從後追了出來。

那笑和尚是怎樣來的呢？他先前在屋脊上和慈雲寺中人鬥劍正酣之際，見俞德紅砂來得厲害，顧不及拉金蟬逃走，先借無形劍遁起在空中。後見靈雲在寺中飛起一片烏雲，護著六人身體，便知道於事無礙。本想回辟邪村去請救兵，又想此番私自出來，不曾取得二老同意，事敗回去，難免碰一鼻子灰。況且這邊紅光照天，辟邪村本派有醉道人等隨時探報，不愁沒人來救他們。他生性嫉惡如仇，便想趁眾人全神注意前面時，去到後面搗一個大亂。當下飛身走入後殿，忽見一個和尚探頭探腦，往一堆假山後面走去。此人就是了一。

笑和尚本想將他殺死，因為要探他作些什麼，不曾下手。隱起身形在了一後面，跟他走入石洞。只見了一到了石洞中間，伸手將一塊石頭撥開，露出一個鐵環。將這鐵環往左連轉三次，便聽見一陣軋軋之聲。一霎時現出一個地穴，裡面露出燈光，有七八尺見方，下面設有整齊石階。

笑和尚仍然隱身跟在後面，見了一走進有兩丈遠近，便有一盞琉璃燈照路，迎面一塊石壁，上面刻有「皆大歡喜」四個斗大的字。只見了一先走到「歡」字前面，摸著一個銅鈕一擰，便有一扇石門敞開了。了一伸頭往裡一看，口中低低說了一聲「該死」，便自回轉頭來。笑和尚估量這裡定是凶僧供淫樂的密室，不知了一為何說「該死」二字。等了一轉身，便也伸頭一看，不由怒氣上沖。原來是密室，共分四處。了一、笑和尚所看這一處，正是俞德、莽頭陀與楊花等行樂之地。

莽頭陀自俞德走後，重新和一個淫女行樂。等到雲散雨收，忽然想起楊花是個尤物，因為爭的人多，輕易撈不上手。如今眾人俱在前面迎敵，楊花現在套間之內，無人來爭這塊禁臠，何不趁此機會親近一番？一面想，一面便往套間走去。

那楊花與俞德在緊要關頭上，忽被人來將俞德喚走，好生不快。又因為同俞德調笑時，吃了幾杯酒，渾身覺得懶洋洋的，不大得勁，只好慢慢一步一步地移到床前躺下，打算趁空閒時先睡一會。不知怎的，翻來覆去總睡不著。起初以為莽頭陀也隨俞德往前面迎敵去了，及至後來忽聽隔壁傳來一陣微妙的聲息，越加鬧得她不能安睡，只好用兩隻玉手抓緊被角，不住地在嘴邊使勁猛咬，藉以消恨。一會隔壁沒有了響動。又停了一陣，忽聽有人往自己房中走來，知是莽頭陀要趁眾人不在來討便宜。

她生就淫賤，在無聊的當兒，樂得有人來替她解悶。一個凶僧，一個蕩婦，淫樂了一陣，還嫌不足，又由套間中走到外面床前，同先前女子一同取樂。正在得趣的當兒，偏被了一同笑和尚先後撞見。了一雖然厭惡，一來司空見慣，二來自己能力有限，不敢輕易發作。而那笑和尚天生正直，嫉惡如仇，哪裡見得這般醜態。當下縱到室中，喝道：「膽大凶僧！擅敢宣淫佛地。今日你的報應到了。」

莽頭陀見有人進來叫罵，知事不好，正待招架，已被笑和尚劍光將他同楊花二人的首級斬落。笑和尚看見床角還躺著一個赤身女子，已是嚇暈過去。不願多事殺戮，便提了莽頭陀腦袋，縱身出來。再尋了一，已不見蹤跡。他也照樣走至原來的石壁跟前，到處摸按，尋那暗室機關。居然無意之中被他發現，但聽得一陣隆隆之聲，石壁忽然移動，現出一個可容一人出入的甬道。

笑和尚藝高人膽大，便不假思索地走了進去。走不數步，便見又是一間石室，且喜門戶半關，他便探頭一看。只見牆角躲著一個女子，適才那個和尚正朝床前走去，一面口中說個不住。這便是那了一去救石玉珠的時候。笑和尚聽罷了一之言，起初還疑心了一與石玉珠有什麼私情，又見二人舉動不像，未敢造次。便想同他們開個玩笑再說。知他二人要走將出來，自己先退到甬道外面，用莽頭陀人頭朝著了一打去。

及至二人從甬道中縱將出來，笑和尚才在月光底下認清那個女子是石玉珠。她是武當後輩中有數人物，昔日曾在東海見過她們姊妹。自己常聽師父說她姊妹根行甚厚，但不知她怎麼會到此地。當下隱身在旁，及至聽完二人言語，方明白了一半。

正要往前殿去看靈雲等動靜時，忽一聲雷震，聽出是師父到來，心中大喜。急忙縱往前殿看時，果是師父苦行頭陀，並已將靈雲等救出，往辟邪村而去。本想跟蹤前往，因見曉月禪師等在大殿會議，便想探一個究竟。他知曉月禪師厲害，不敢近前，只在殿角隱身，聽他們講些什麼。後見石玉珠同眾人告辭，龍飛出來攔阻，他才明白石玉珠到此原因。因知她不是壞人，想設法救她，便在她耳邊說了幾句。等到石玉珠下去後，他在殿脊上，忽見後殿一片火光，好生不解。原來是後殿點的一盞琉璃燈，被適才雷聲震斷銅鏈，倒下地來，火光燃著殿中紙錢。大家因在忙著救傷埋死，無人注意，被這火引著窗檻，越燃越大。等到發現，火勢已成燎原了。

笑和尚見後殿起火，忽然靈機一動，急忙從殿角飛身下來，前往東西配殿，將火點起。又飛到密室之內，扭開機關，走進去一看，只見數十個穿紅著綠的女子，圍在楊花、莽頭陀屍體旁邊。適才嚇昏過去的那一個女子已緩醒過來，正同眾人在說莽頭陀、楊花被殺時情形呢！

這慈雲寺殿房，共有三百多間。另外有四個密室，專供智通行樂之用。最後一間密室，連接三處地道。一處通到方丈室內，由方丈室，又可由山洞走到後殿階前。這裡便是昔日周雲從被陷之所。還有兩處，直通廟牆以外，那裡另有數十間華麗房子，便是這一干婦女的住處。她們住的所在有四面高牆，除了由這一條地道出進，去陪侍和尚枕席外，其餘簡直無門可出。

這其中有大多數女子都是被凶僧搶來，逼迫成姦。雖然吃穿不愁，哪有不想家鄉父母的？日子一多，自然也有想由她們住所翻牆逃走的。誰知智通這廝非常歹毒，他在這高牆左近，設了不少祕密機關；又養了百十惡犬，散佈牆外。一面故意顯出許多逃走的機會，讓這些可憐婦女去上當，以儆將來。那逃走的人，不是中了祕密機關，身遭慘死，便是被惡狗分屍。這一干婦女嚇得一個個亡魂喪膽，除了含淚忍痛供凶僧糟踐外，誰也不敢作逃走之想。

這四個密室之中，各有一個總鈴，總鈴一響，全體婦女都要來到，以供凶僧選擇。適才陪莽頭陀淫樂的那個女子名叫鳳仙，本是一個贓官女兒，她老子卸任時，船至川東，被智通知道，叫人搶來。因她姿色出眾，頗受凶僧們寵愛，夜無虛夕。今晚正玩得起勁，忽見一個小和尚飛身進來，將莽頭陀、楊花二人殺死，當下被嚇得暈死過去。醒來看見兩具屍首，心驚膽裂。無意中擰動總鈴，眾婦女一聞鈴聲，趕到密室，問起原因，估量寺中出了差錯。知道外面出口，祕密機關層層密佈，並且鐵壁石牆，無法出去。一個個面無人色，珠淚盈盈。

正在惶恐無計，忽聽一聲長笑，飛進一個小和尚來，眾婦女疑心是寺內小和尚，尚不在意。那鳳仙認清來人便是適才殺人的人，不由心驚膽落，急忙朝著笑和尚跪下，不住央告：「小佛爺、小羅漢饒命！」一面對眾婦女說道：「殺楊花的便是這位小羅漢爺。快求他饒命，不要殺我們這般苦命人吧！」

笑和尚此來原是放火，見眾婦女苦苦央求，不忍下手。便道：「前面石門已開，爾等急速逃走，免得葬身火窟。」說罷，將密室中燈火拿到手中，朝著那容易燃燒之處放火。眾婦女見此情形，頓時紛紛奔竄，哭喊連天。笑和尚將四個密室中的火全引著後，才縱身出來。

眾婦人在百忙中走投無路，有幾個聽清了笑和尚之言的，便往前面跑去，果然看見石壁開放，露出門戶，便不計利害，逃了出來。有些膽小的，仍由地道逃回本人住所。這些密室，都蓋在地底下，本不易燃燒。只因慈雲寺中濕氣太重，智通又力求華麗，除了入門有機關的地方是石塊鐵壁外，其餘門窗、間壁以及地板，多半用木頭做成；再加上家具床帳，都是容易引火之物。點著不多一會，火焰便透出地面。這十幾個婦女逃出以後，便大喊起火救命。正在巡更僧人趕到，一面禁止眾婦女亂動，聽候發落；一面往前殿送信。

此時智通等正在各偏配殿救火，聞報密室火起，更為驚恐。因是他半生菁華所藏聚之所，又加上有許多「活寶」在內，便顧不得再救火，直往密室走來。恰好龍飛也同時趕到。還是他子母陰魂劍厲害，一面用劍光蔽住火勢，一面由眾凶僧用水潑救，等到把火勢撲滅，這密室已成一片瓦礫窖，無路可入。當下查問眾婦女起火原因，供出是一個小和尚進來，先殺了莽頭陀和楊花，然後二次進來放的火。智通知道不假，只得喝令眾凶僧將這些婦女押往別的殿中看守，明日打掃密室之後，再行發落。

這時前面的火經眾人撲救，也次第熄滅。那寺外居民，多半是寺中黨羽，見寺中起火，也紛紛趕到救火。火熄後，智通令人打發他們回去。這一場火，把慈雲寺殿房燒去三分之一，損失頗為嚴重。等到智通、龍飛等回到大殿時，見曉月禪師與石玉珠不在殿中，問起原因，知道又是被一個小和尚救去，分明中了人家調虎離山之計，只是曉月禪師當石玉珠走時，竟然不及覺察；追人去了多時，又不見回來，好生詫異。龍飛見石玉珠逃走，心中好生不快，遷怒於法元，由此結下嫌怨。

慈雲寺經這番紛擾後，天已大亮。忽然院中降下三人。一個正是曉月禪師；一個是飛天夜叉馬覺；還有一個生得龐眉皓首，鶴髮童顏，面如滿月，目似秋水，白中透出紅潤，滿身道家打扮的老人，眾人當中十有九都不認識他。曉月禪師請那老道人進殿坐定後，同眾人引見，才知那人便是巫山神女峰玄陰洞的陰陽叟。俗家雙姓司徒，單名一個雷字。

他自幼生就半陰半陽的身體，上半月成男，下半月成女。因為荒淫不法，被官府查拿，才逃到巫山峽內，遇著異人傳授三卷天書。學到第二卷時，不知怎的，一個不小心，第一卷天書就被人偷去。他師父說他緣分只此。他嘆了一口氣，從此，出去不再回來。他在巫山十二峰中，單擇了這神女峰玄陰洞做修煉之所，把洞中收拾得百般富麗。每三年下山一次，專一選購各州府縣年在十五六歲的童男童女，用法術運回山去，上半月取女貞，下半月取男貞，供他採補。

百十年間，也不知被他糟蹋了多少好兒女。所買來的這些童男童女，至多只用三年。而三年之中，每月只用一次。到了三年期滿，各贈金銀財寶，根據男女雙方的情感和心願，替他們配成夫妻。結婚後三日，仍用法術送還各人家鄉。只是不許向人家洩漏真情，只說是碰見善人，收為義子義女，代主婚姻。善人死後，被族中人逐出，回來認祖歸宗。那些賣兒女的都是窮人，一旦兒女結婚回來，又帶了不少金銀，誰再去尋根問底。也有那口不緊的，立時便有殺身之禍。他以為這樣採補，既不損人壽數，又成全了許多如意婚姻，於理無虧。誰知罪犯天條，終難倖免呢。

第十章　燕娘動情

智通等經曉月禪師介紹後，知道來人神通廣大，非同小可，一個個上前參拜。又問曉月禪師，石玉珠可曾追上？

曉月禪師道：「說起來真也慚愧，我今天居然會栽在一個小和尚手裡。我以為只有東海三仙會用無形劍，而他們三人素來光明正大，從不暗地傷人。不曾想到他們後輩中也有這樣人，一時大意。如果早知有此事發生，我便將劍光放出，他如何進得殿來？等到他將石玉珠帶走，我追到辟邪村附近，眼看快要追上，卻迎面碰見峨嵋派中醉道人同髯仙李元化。這二人與我昔日有同門之誼，當初都幫過我的大忙，曾經答應必有以報答他們，事隔多年，俱無機會。今日他們二人上來攔阻講情，我不能不答應，只得藉此勾銷前情。我回來時，見此地火勢漸小，諒無妨礙。忽然想起這位老友，打算去請他出來幫忙。恰好在路上遇見馬道友，業已請他同來。」

原來這馬覺到慈雲寺住了多日，那日出寺閒遊，忽然遇見他多年不見的師叔鐵笛仙李昆吾，馬覺大喜，便請他到寺中相助。李昆吾道：「你我二人俱非峨嵋敵手。最好你到巫山神女峰玄陰洞去請陰陽叟，你就說峨嵋派現下收了數十名男女弟子，俱是生就仙骨，童貞未壞。問他敢不敢來參加，討一點便宜回去？此人脾氣最怪，容易受激，又投其所好，也許能夠前來。有他一人，勝似別人十倍。現在敵人方面有我的剋星，不但我不能露面，就連你也得加意留神，見機而作。」說罷，與馬覺訂下後會之期而去。

馬覺因為事無把握，便不告訴眾人，親身前往。到了神女峰，見著陰陽叟，把前情說了一遍。陰陽叟冷笑道：「李昆吾打算借刀殺人，騙我出去麼？你叫他休做夢吧！」

馬覺見話不投機，正要告辭。忽然外面氣急敗壞跑進來一個道童，說道：「那個小孩被一個道人救走。師兄也被道人殺死了。」陰陽叟聞言，也不說話，只在屋子裡轉來轉去。轉了一會，倏地閉目坐定，不發一言。

馬覺疑心他是不願理自己，站起來要走。那個道童低聲說道：「請稍等一會，師父出去一會就回來。」馬覺不知他的用意，正要問時，陰陽叟業已醒轉，自言自語道：「真走得快，可惜逃走已遠了，不然豈肯與他甘休！」說罷，站起身來，拉著馬覺的手，說道：「你且少待一會，等我收拾收拾，再同你到慈雲寺去。」馬覺見他反覆無常，好生詫異。

陰陽叟道：「你覺得我沒有準主意嗎？我這人一向抱的是利己主義，我也不偏向何人，誰於我有益，我就和誰好。昨天我擒著一個小孩子，根基甚好，於我大有益處。誰想今日被人救去，反傷了我一個愛徒。適才運用元神追去，已追不上，看見一些劍光影子，知是峨嵋派中人所為。我不去傷他，他反來傷我，情理難容，我才決定去的。」當下便叫道童與馬覺預備休息之所。他便走進後洞，直到半夜才出來，而且喝得醉醺醺的，臉上鮮明已極，腰間佩了一個葫蘆。他把門下許多弟子召集攏來，囑咐了幾句，便同馬覺動身。走到半路，遇見曉月禪師，他二人本是好友，見面大喜，一同來到慈雲寺商議應敵之策。

到了當日下午，慈雲寺中又陸續來了幾個有名的厲害人物：一個是新疆天山牝牛嶺火雲洞赤焰道人，同著他兩個師弟金眼狒狒左清虛和追魂童子蕭泰；一個是雲南苦竹峽無髮仙呂元子；還有貴州苗疆留人峒的火魯齊、火無量、火修羅三個峒主，還帶領著門下幾個有名劍仙同時來到。這都是異教中有數人物，有的是受了許飛娘的蠱惑，有的是由曉月禪師輾轉請託而來。慈雲寺中增加了這許多魔君，聲勢頓盛。

依了赤焰道人的意思，當晚就要殺奔辟邪村去。曉月禪師認為還有邀請的幾個有名劍仙尚未來到，仍是主張等到十五上半日再行定奪。這其中有好些位俱已不食人間煙火，惟獨苗疆三位峒主以及隨同他來的人，不但吃葷，而且仍是茹毛飲血，過那原始時代的野蠻生活。

當下曉月禪師代智通作主人，吩咐大排筵宴，殺豬宰羊，款待來賓。慈雲寺本來富足，什麼都能咄嗟立辦，一會兒酒筵齊備。曉月禪師邀請諸人入座，自己不動葷酒，卻在下首相陪。等到酒闌人散，已是二更時分。有的仍在大殿中閉目養神，運用坐功；有的各由智通安頓了住所，叫美女陪宿。

龍飛知道陰陽叟會採補功夫，打算跟他學習，便請陰陽叟與他同住一起。除了百花女蘇蓮與九尾天狐柳燕娘，是慕名安心獻身求教外，另由智通在眾婦女中選了幾個少年美女前來陪侍。陰陽叟不拒絕，也不領受，好似無可無不可的神氣。他這間房本是一明兩暗，陰陽叟與龍飛分住左右兩個暗間。

龍飛、蘇蓮、柳燕娘齊朝陰陽叟請教，陰陽叟只是微笑不言。後來經不起龍、蘇、柳三人再三求教，陰陽叟道：「不是我執意不說，因為學了這門功夫，如果自己沒有把握，任性胡為，不但無益，反倒有殺身之禍的。」龍、蘇、柳三人見陰陽叟百般推卻，好生不快，因他本領高強，又是老前輩，不便發作。

那陰陽叟坐了一會，便推說安歇，告辭回房。龍、蘇、柳三人原想拉他來開無遮大會，見他如此，不再挽留，只好由他自去。他房中本有智通派來的兩名美女，他進房以後，便打發她們出來，將門關閉。龍、蘇、柳三人見了這般舉動，與昔日所聞人言說他御女御男，夜無虛夕的情形簡直相反，好生詫異，不約而同地都走到陰陽叟窗戶底下去偷看。這一看不要緊，把龍、蘇、柳三人看了個目眩心搖，做聲不得！

先是看見陰陽叟取過腰間佩帶的葫蘆，把它擺在桌上，然後將葫蘆蓋揭開，朝著葫蘆連連稽首，口中唸唸有詞。不大一會工夫，便見葫蘆裡面跳出來有七個寸許高的裸身幼女，一個個脂凝玉滴，眉目如畫，長得美秀非常。那陰陽叟漸漸把周身衣服褪將下來，朝著那七個女子道一聲：「疾！」那些女子便從桌上跳下地來，只一晃眼間，都變成了十六七歲的年幼女孩。

其中有一個較為年長的，不待吩咐，奔向床頭，朝天臥著。陰陽叟便仰睡在她身軀上面。那六個女子也走將過來，一個騎在陰陽叟的頭上，一個緊貼陰陽叟的胸前，好似已經合榫，卻未見他動作。其餘四個女子，便有兩個走了過去，陰陽叟將兩手分開，一隻手掌貼著一個女子的身體；還有兩個女子也到床上，仰面朝天睡下，將兩腿伸直，由陰陽叟將兩隻腳分別抵緊這兩個女子的玉股。這一個人堆湊成以後，只見陰陽叟口中胡言亂嚷不休；那七個女子，也由櫻口發出一種呻吟的聲息。

龍、蘇、柳三人不知他做什麼把戲，正看得出神之際，那陰陽叟口裡好似發了一個什麼號令，眾女子連翩起身，一個個玉體橫陳。陰陽叟站立床前，挨次御用，真個是顛倒鴛鴦，目迷五色。龍飛看到好處，不由得口中「咦」了一聲。忽覺眼前一黑，再看室中，只剩陰陽叟端坐床前，他佩的葫蘆仍在腰間，適才那些豔影肉香，一絲蹤影俱無。回想前情，好似演一幕幻影，並沒有那回事似的。

龍飛也不知陰陽叟所作所為，是真是幻，好生奇怪。還想看他再玩什麼把戲時，只見屋內燭光搖曳，而床上坐的陰陽叟也不知去向了。以龍飛的眼力，都不知他是怎麼走的，心中納悶已極。那蘇蓮與柳燕娘見了這一幕活劇，身子好似雪獅子軟化在窗前。見陰陽叟已走，無可再看，雙雙朝龍飛瞧了一個媚眼，轉身便朝龍飛房中走去。

龍飛心頭正在火熱，那禁得這種勾引，急忙跟了進去，一手抱定一個。正要說話，忽聽窗外有彈指的聲音，原來是曉月禪師派人請他們到大殿有事相商。蘇、柳二人聞言，各自「呸」了一聲，只得捺住心火，隨龍飛來到前殿。只見闔寺人等均已到齊，曉月禪師與陰陽叟，還有新來幾位有名異派劍仙，居中高坐。

龍飛定睛一看，一個是川東南川縣金佛山金佛寺方丈知非禪師，一個是長白山摩雲嶺天池上人，一個是巫山風箱峽獅子洞遊龍子韋少少。還有一個看去有四十多歲年紀，背上斜插雙劍，手中執定一把拂塵，生就仙風道骨，飄然有出塵之概。龍、蘇、柳三人俱不認識此人，經曉月禪師分別介紹，才知此人就是川東的隱名劍仙鍾先生，果然名不虛傳。大家見面之後，曉月禪師便把前因後果說了一遍。

知非禪師道：「善哉！善哉！不想我們出家人不能超修正果，反為一時義氣，伏下這大殺機。似這樣冤仇相報，如何是了？依我之見，我與苦行頭陀原有同門之誼，不如由我與鍾先生、苦行頭陀出頭與你們各派講和，解此一番惡緣吧。」

曉月禪師因知非禪師劍術高強，有許多驚人本領，曾費了許多唇舌，特地親身去請他前來幫忙，不想他竟說出這樣懈怠話來，心中雖然不快，倒也不好發作。這殿上除了鍾先生是知非禪師代約前來，天池上人與韋少少不置可否，陰陽叟是照例不喜說話。其餘眾人見請來的幫手說出講和了事的話，俱都心懷不滿，但都震於知非禪師威名，不好怎樣。

惟獨赤焰道人名副其實，性如烈火，聞言冷笑一聲，起來說道：「禪師之言錯了。那峨嵋派自從齊漱溟掌教以來，專一倚強凌弱，溺愛門下弟子，無事生非。在座諸位道友禪師，十個有八個受過他們的欺侮。難得今日有此敵愾同仇的盛會，真乃千載一時的良機。如果再和平了結，敵人必定以為我們怕他們，越加助長凶焰，日後除了峨嵋，更無我們立足之地了。依我之見，不如趁他們昨晚一番小得志之後，不知我們虛實強弱，不必等到明晚，在這天色未明前殺往辟邪村，給他們一個措手不及，出一點心中惡氣，是為上策。如果是覺得他們人多勢眾，自己不是敵手的話，只管自己請便，不必遊說別人，渙散人心了。」說罷，怒容滿面。

知非禪師見赤焰道人語含譏諷，滿不在意，倏地用手朝外殿角一指，眾人好似見有一絲火光飛出，一面含笑答道：「赤道友，你休要以為貧僧怕事。貧僧久已一塵不染，只為知道此番各派大劫臨頭，又因曉月禪師情意殷殷，到此助他一臂之力，順便結一些善緣。誰想適才見了眾位道友，一個個煞氣上沖華蓋，有一多半在劫之人。明日這場爭鬥，勝負已分。原想把凶氛化為祥和，才打算約請雙方的領袖和平排解。赤道友如此說法，倒是貧僧多口的不是了。明日之會，諸位只管上前，貧僧同鍾道友接應後援如何？」

赤焰道人還要還言，曉月禪師連忙使眼色止住。一面向知非禪師說道：「非是貧僧不願和平了結，只是他們欺人太甚，看來只好同他們一拚。師兄既肯光降相助，感恩不盡。不過他們人多勢眾，還是趁他們不知我們虛實時先行發動，以免他們知道師兄諸位等到此，抵敵不過，又去約請幫手。師兄以為如何？」

知非禪師道：「師兄你怎麼也小看峨嵋派，以為他們不知我們的虛實？哪一天人家沒有耳目在我們左右？一舉一動，哪一件瞞得過人家？諸位雖不容納貧僧的良言，貧僧應召前來，當然也不能因此置身事外。雙方既然約定十五日見面，那就正大光明，明日去見一個勝負，或是你去，或是他來好了。」

眾人因聽知非禪師說有峨嵋耳目在旁，好多人俱用目往四處觀看。知非禪師道：「諸位錯了，奸細哪會到殿中來呢？適才我同赤道友說話時，來人已被我劍光圈在殿角上了。」說罷，站起身來，朝著外殿角說道：「來人休得害怕，貧僧決不傷你。你回去寄語二老與苦行頭陀，就說曉月禪師與各派道友，準定明日前往辟邪村領教便了。」說罷，把手向外一招，便見一絲火光由殿角飛回他手中。

智通與飛天夜叉馬覺坐處離殿門甚近，便縱身出去觀看，只見四外寒風颼颼，一些蹤影俱無，只得回來。知非禪師又道：「無怪峨嵋派逞強，適才來探動靜的這一個小和尚，年紀才十多歲，居然煉就太乙玄門的無形劍遁。看這樣子，他們小輩之中前途未可限量呢！」

大家談說一陣。知非禪師知道劫數將應，勸說無效，當眾聲明自己與鍾先生只接後場，由別位去當頭陣。

龍飛同三位峒主不知知非禪師本領，疑心他是怕事，不住用言語譏諷。知非禪師只付之一笑，也不答理他們。曉月禪師仍還仗著有陰陽叟等幾個有名的幫手，也未把知非禪師的話再三尋思，這也是他的劫數將到，活該倒楣。當下仍由曉月禪師派請眾人，留下本寺方丈智通、明珠禪師、鐵掌仙祝鶚、霹靂手尉遲元、飛天夜叉馬覺幾個人在寺中留守；其餘的人均在十五申末酉初，同時往辟邪村出發。這且不言。

話說昨晚追雲叟與矮叟朱梅正同各位劍仙在玉清觀閒話，忽然醉道人與頑石大師匆匆飛進房來，說道：「適才我二人在慈雲寺樹林左近，分作東西兩面探看。不多一會，先後看見五人分別駕起劍光飛入慈雲寺。後來追上去看，才知是小弟兄中的齊靈雲姊弟，同著周輕雲、朱文、吳文琪、孫南、笑和尚等七人。起初頗見勝利。後來俞德、龍飛出來，我二人便知事情不好，果然俞德將紅砂放將出來。幸喜齊靈雲身旁飛起一片烏雲，將他們身體護住。雖未遭毒手，但是已被敵人紅砂困住，不能脫身。我二人力微勢孤，不能下去救援，特地飛回報告，請二老急速設法才好。」

髯仙李元化一聽愛徒有了紅砂之危，不禁心驚，說道：「這幾個孩子真是膽大包身，任意胡為！久聞俞德紅砂厲害，工夫一大，必不能支。我等快些前去救他們吧。」

矮叟朱梅笑道：「李鬍子，你真性急。這有什麼大不了的事，用得著這般勞師動眾嗎？」

李元化見朱梅嬉皮笑臉，正要答言，忽聽門外有人說道：「諸位前輩不必心憂，他們此番涉險，我事前早已知道，代他們占了一卦，主於得勝回來，還為下次邀來一位好幫手。如有差錯，惟我是問好了。」

髯仙聞言，回頭一看，見是玉清大師。雖知她占課如神，到底還是放心不下，便要邀請白雲大師同去看一看動靜。

追雲叟笑道：「李道兄，你真是遇事則迷。令徒孫南福澤甚厚，小輩中只有他同少數的幾個人一生沒有凶險。輕雲、靈雲姊弟與笑和尚，生具仙緣，更是不消說得。就連朱文、吳文琪二人，也不是夭折之輩。紅砂雖然厲害，有何妨礙？我等既然同人家約定十五之期，小弟兄年幼胡鬧，已是不該，我等豈能不守信約，讓敵人笑話？你不用憂驚，他們一會兒自然絕處逢生，化險為夷。落得借敵人妖法管教自己徒弟，警戒他們下次。你怕著何來？」

正說話間，忽聽遠遠一個大霹靂，好似從慈雲寺那面傳來。追雲叟笑道：「好了，好了，苦行頭陀居然也來湊熱鬧了。」說罷，掐指一算，便對醉道人、頑石大師、髯仙李元化三人說道：「苦行頭陀與曉月禪師同時來到慈雲寺，被苦行頭陀用太乙神雷破了紅砂，一會便同他們回來。他弟子笑和尚貪功心切，最後回來時，恐怕要遭曉月禪師毒手。三位道友在辟邪村前面一座石橋旁邊等候，如見曉月禪師追來，由頑石大師把笑和尚接回，醉、李二位道友就迎上前去。曉月禪師昔日曾受二位道友的好處，必不好意思動手，二位就此回來便了。」

醉道人等聽完追雲叟之言，各自依言行事。他三人才走不遠，苦行頭陀已將靈雲等六人救回。二老同各位劍仙，便率同小輩劍俠一齊上前拜見。苦行頭陀見了二老，各合掌當胸地把前事說了一遍。

苦行頭陀道：「阿彌陀佛！為峨嵋的事，我又三次重入塵寰了。」

矮叟朱梅道：「老禪師指日功行圓滿，不久就要超凡入聖，還肯為塵世除害，來幫峨嵋派的大忙，真正功德無量。只便宜了齊漱溟這個牛鼻子，枉自做了一個掌教教祖，反讓我們外人來替他代庖，自己卻置身事外去享清淨之福，真正豈有此理！」

苦行頭陀道：「朱檀樾錯怪他了。他為異日五台派有兩個特別人物，第三次峨嵋鬥劍，關係兩派興亡，不得不預先準備。因恐洩漏機密，才借玄真子的洞府應用。日前又把夫人請去相助。知道慈雲寺裡有許多會邪法妖術的異派人在內，叫貧僧來助二老同各位劍仙一臂之力。他不能來，正有特別原因，不過眼前不能洩漏罷了。」

矮叟朱梅道：「誰去怪他，我不過說一句笑話而已。」

大家入座以後，追雲叟便問靈雲適才在慈雲寺中情形。靈雲起初去的動機，原只想去暗中探一探虛實，並不曾料到金蟬、笑和尚等四人走在前頭會動起手來。因未奉命而行，深恐追雲叟怪罪，及至將適才情形說完，追雲叟同各位前輩並未見責，才放寬了心。對答完後，便退到室旁侍立。猛回頭見金蟬在門外朝她使眼色。靈雲便走出房來，問他為什麼這樣張惶？

金蟬道：「適才我們被紅砂所困時，笑和尚借無形劍遁逃走，我以為他早已回來。誰想我問眾位師兄師妹，皆說不曾看見他回轉。想是被困寺內，如今吉凶難定。姊姊快去請各位師伯設法搭救才好。」

靈雲起初也以為笑和尚先自逃回，聽了金蟬之言，大吃一驚，便進房報告，請二老派人去救。矮叟朱梅道：「還用你說，這個小和尚的障眼法兒是瞞不過曉月禿驢的，他偏要不知進退去涉險。適才你白師伯已經派人去接他去了，你放心吧。要不然小和尚有難，老和尚在這裡會不著急嗎？」靈雲、金蟬聞言，見房中各位前輩俱在，只不見了醉道人等三人，才放寬了心。

苦行頭陀道：「這個孽障也真是貧僧一個累贅。貧僧因見他生有夙根，便把平生所學盡數傳授。誰想他膽大包身，時常替貧僧惹禍。所幸他前因未昧，天性純厚，平生並無絲毫凶險，所以適才我也懶得去尋他一同回來。現在有醉道友等三位劍仙去替他解圍，貧僧更放心了。」

元元大師道：「老禪師輕易不收徒弟，一收便是有仙佛根基的高足，異日再不愁衣缽沒有傳人了。」接著各位劍仙也都誇讚苦行頭陀得有傳人。大家談了一陣。直到天色微明。

醉道人、髯仙、頑石大師同笑和尚先後回來。那女崑崙石玉珠同笑和尚到了玉清觀前，便自道謝作別而去。

笑和尚看見師父來了，心中大喜，急忙上前拜見。苦行頭陀又訓誡了他幾句。這時除了這些前輩劍仙外，餘人都分別安歇，回房做功夫去了。只有金蟬在門外靜等笑和尚回來。一會工夫，笑和尚回完了話，退出房來。二人見面之後，攜手同到前面，大家興高采烈地互談慈雲寺內情形。

到了這日晚間，追雲叟召集全體劍俠，說道：「只剩今日一夜，明日便要和敵人正式交手。何人願意再往慈雲寺去，探看敵人又添了什麼幫手，以便早作準備。」笑和尚仗著自己會無形劍遁，可以藏身，不致被敵人發現，便上前討令。

追雲叟笑道：「你倒是去得的，不過現在他們定來了不少能人，你只可暗中探聽虛實，不可露面生事。切記切記！」

笑和尚領命後，駕起劍光，飛到慈雲寺內，果然看見來了不少奇形怪狀之人。他藝高人膽大，本想還要下去擾亂一番，忽見從空中先後降下四人。笑和尚在殿角隱著身形，定睛一看，見有知非禪師在內，頓時嚇了一跳。昔日在東海曾經見過，知道他厲害，便不敢亂動。只把身體藏在殿角瓦壟之內，朝下靜觀。正聽得出神之際，忽聽知非禪師朝他說話，知道事情不妙。才待要走，已來不及，被知非禪師放出的劍光困住，脫身不得。還算好，敵人劍光只把他周身罩住，不往下落。他便把身劍合一，靜等機會逃走。後來知非禪師又對他說了幾句，撤回劍光。笑和尚知道厲害，不敢停留，急忙飛回辟邪村向大眾報告一切。

追雲叟道：「既然敵人約來了許多幫手，明日千萬不可大意。」說罷，又同大眾商量明日迎敵之計。

第十一章　頒束敕令

那辟邪村外有一座小山，山下有一片廣場，地名叫作魏家場。彼時在明末大亂之後，魏家場已成一片瓦礫荒丘，無一戶人家，俱是些無主孤墳，白骨燐燐，天陰鬼哭。因此人煙稀少，離城又遠，又僻靜，往往終日不見一個路人走過。峨嵋派眾劍仙便議定在這裡迎敵。當即把眾劍俠分為幾撥：左面一撥是髯仙李元化、風赤道人吳元智、醉道人、元元大師四位劍仙，率領諸葛警我、黑孩兒尉遲火、七星手施林、鐵沙彌悟修等分頭迎敵；右邊一撥是哈哈僧元覺大師、頑石大師、素因大師、坎離真人許元通四位劍仙，率領女神童朱文、女空空吳文琪、齊靈雲姊弟分頭迎敵。

嵩山少室二老追雲叟白谷逸、矮叟朱梅及苦行頭陀三人指揮全局；白雲大師率領周淳、邱林、張琪兄妹、松鶴二童在觀中留守，必要時出來助戰；玉清大師、萬里飛虹佟元奇二位劍仙率領笑和尚、周輕雲、白俠孫南三人，暗中前去破寺。分配已定，轉眼便過了一夜。

第二日清晨，小弟兄們一個個興高采烈，準備迎敵。到了申初一刻，便陸續照預定方向前去等候。這時，追雲叟又派玄真子的大弟子諸葛警我前往慈雲寺內送信，通知曉月禪師同慈雲寺各派劍仙，申末酉初在魏家場見面。這日天氣非常晦暗，不見日光。到了酉初一刻，各位劍仙俱已分別到齊，站好步位，靜候慈雲寺中人到來。

話說曉月禪師接了追雲叟通知後，召集全體人等商量了一陣，便照預定計畫，按時向魏家場進發。到了申初一刻，又回來了武當派有根禪師、諸葛英、滄浪羽士隨心一、癲道人等四位有名劍仙。法元見他四位果然按時回來，不曾失約，心中大喜。曉月禪師原巴不得為峨嵋派多套上幾個對頭，對於這四位武當派劍仙到來，自是高興。正在周旋之際，忽然庭心降下一道青光，光斂處，一個紅綃女子走進殿來。

法元不認識來人，正待上前相問，那女子已朝有根禪師等四人面前走來，說道：「四位師兄，俺妹子石玉珠，誤信奸人挑撥，幫助妖邪，險些中了妖人暗算。家師半邊大師已通知靈靈師叔。俺奉師叔之命，現有雙龍敕令為證，請四位師兄急速回山。」說罷，腳微蹬處，破空而去。

來的這個女子，正是女崑崙石玉珠的姊姊縹緲兒石明珠。原來石玉珠在慈雲寺脫險後，回轉武當山，見了半邊老尼哭訴前情。

那半邊老尼是武當派中最厲害的一個，聞言大怒，當下便要帶了石玉珠姊妹二人，找到慈雲寺尋七手夜叉龍飛報仇。恰好她師弟靈靈子來到，便勸半邊老尼道：「如今各派劍仙互相仇殺，循環報復，正無了期，我們何苦插身漩渦之內？慈雲寺這一干人，決非三仙、二老敵手，何妨等過了十五再說？如果龍飛死在峨嵋派手中，自是惡有惡報，劫數當然，也省我們一番手腳；倘或他漏網，再尋他報仇也還不遲。」半邊老尼覺得靈靈子之言甚為有理，便決定等過十五再說。

石玉珠總覺惡氣難消，便把有根禪師、諸葛英、癲道人、滄浪羽士隨心一也在寺中的話說了一遍。靈靈子聞言，甚是有氣，說道：「這四個業障，不知又受何人蠱惑，前去受人利用，真是可惡！」當下便向半邊老尼借用石玉珠姊姊縹緲兒石明珠，叫他們回來。臨行時，將雙龍敕令與她帶去，又囑咐了幾句話。那雙龍敕令本是一塊金牌，當中一道符籙有「敕令」二字，旁邊盤著兩條龍，乃武當派的家法，見牌如同見師一般，對於傳牌人所說的話，決不敢絲毫違背。

有根禪師等四人本是受了幾位朋友囑託，又經法元再三懇求，才來到慈雲寺中。後來見這一班人淫亂胡為，實在看不下去，非常後悔，住了不多幾日，便藉故告辭，說是十五前準到。原打算到了十五這日前來敷衍一陣，不過為踐前言，本非心願。他四人尚不知石玉珠同龍飛的這段因果，今日忽見縹緲兒石明珠帶了雙龍敕令前來傳達師父法旨，這一驚非同小可。等到朝著雙龍敕令下跪時，石明珠把話說完，便自騰空而去。

有根禪師等只得站起身來，朝著法元道：「貧僧等四人本打算為師兄盡力，怎奈適才家師派人傳令，即刻就要回山聽訓，不得不與諸位告辭了。」說罷，不待法元回言，四人同時將腳一蹬，破空便起。座中惱了龍飛，知道自己已與武當派結下深仇，索性一不作二不休，開口罵道：「你這干有始無終的匹夫往哪裡走！」手揚處，九子母陰魂劍飛向空中。癲道人在三人後面正待起身，看見龍飛劍光到來，知道厲害，不敢交鋒。口中一聲招呼，袍袖一展，四人身劍合一，電掣一般逃回武當山而去。

龍飛還待追時，曉月禪師連忙勸住，說道：「此等人有他不多，無他不少。現在時辰已到，何必爭這無謂的閒氣？急速前去辦理正事要緊。」龍飛這才收回劍光，不去追趕。可是從此與武當派就結下深仇了。曉月禪師又道：「峨嵋派下很有能人，我等此番前去，各人須要看清對手。如果自問能力不濟，寧可旁觀，也不可亂動。他等不在觀中等候，必是誘我前去偷襲。我等最好不要理他，以免上當。」說罷，便照預定方略，把眾人分作數隊，同往魏家場而去。知非禪師、天池上人、韋少少、鍾先生四人卻在後面跟隨。慈雲寺離魏家場只數十里路，劍光迅速，一會便到。

他們頭一隊是新疆牤牛嶺火雲洞的赤焰道人、金眼狒狒左清虛、追魂童子蕭泰，同雲南苦竹峽的無髮仙呂元子、披髮狻猊狄銀兒、小火神秦朗，以及苗疆留人峒峒主火魯齊、火無量、火修羅和金身羅漢法元等十人。到了魏家場一看，山前有一片荒地同青紅黃桷樹林，四面俱是墳頭，全無一戶人家，也不見一個行人。天氣陰沉得好似要下雨的神氣。

這座土山並不甚高，有兩團畝許方圓的雲氣停在半山腰中，相隔有數十丈遠近，待升不升的樣子。只是看不出敵人在哪裡，疑心峨嵋派還未到來。正待前進時，曉月禪師、陰陽叟率領第二隊的鐵鐘道人、七手夜叉龍飛、俞德、通臂神猿鹿清、病維摩朱洪、三眼紅蜺薛蟒、百花女蘇蓮、九尾天狐柳燕娘等均已到來。見了這般情狀，連忙止住眾人，吩咐不要前進，急速將全體人等分成三面展開。

正待說話，陰陽叟哈哈笑道：「我只道峨嵋派是怎樣的能人，卻原來弄些障眼法兒騙人。我等乃是上賓，前來赴約，怎麼還像大姑娘一般藏著不見人呢？」說罷，將手一搓，朝著那兩堆白雲正要放出劍光。倏地眼前一閃，現出兩個老頭兒。一個穿得極為破爛，看他年紀有六七十歲光景；一個身高不滿四尺，生得矮小單瘦，穿了一件破舊單袍，卻是非常潔淨。

這兩個老頭雖然不稱俗眼，可是在慈雲寺這一班人眼中，卻早看出是一身仙風道骨，不由便起了一種又恨又怕的心意。那陰陽叟估量這兩個老頭便是名馳宇內的嵩山少室二老追雲叟白谷逸和矮叟朱梅。他雖未曾見過，今日一見，也覺話不虛傳。便退到一旁，由追雲叟與曉月禪師去開談判。

只聽追雲叟說道：「老禪師，你同峨嵋派昔日本有同門之誼。那五台、華山兩派，何等凶惡奸邪，橫行不法，齊道友受了令師長眉真人法旨，勤修外功，鏟盡妖邪。你道行深厚，無拘無束，何苦插身異端胡作非為呢？你的意思我原也知道，你無非以為混元祖師死後，五台派失了重心，無人領袖，你打算借目前各派爭鬥機會，將他們號召攏來創成一派，使這一干妖孽奉你為開山祖師，異日遇機再同齊道友為難，以消昔日不能承繼道統之恨。是與不是？以玄真子之高明，勝過你何止十倍，他都自問根行不如齊道友，退隱東海。你想倒行逆施，以邪侵正，豈非大錯？依我之見，不如趁早回轉仙山，免貽後悔，等到把那百年功行付於一旦，悔之晚矣！」

曉月禪師聞言大怒，冷笑一聲，說道：「昔日長眉真人為教主時，何等寬大為懷。自從齊漱溟承繼道統以來，專一縱容門下弟子，仗勢欺人，殺戮異己。又加上有幾個助紂為虐的小人，倚仗本領高強，哪把異派中人放在眼裡。如今已動各派公憤，都與峨嵋派勢不兩立。貧僧並不想作什麼首領，不過應人之約，前來湊個熱鬧。今日之事，強存弱亡，各憑平生所學，一見高低。誰是誰非，暫時也談不到，亦非空言可了。不過兩方程度不齊，難以分別勝負。莫如請二位撤去霧陣，請諸位道友現身出來，按照雙方功夫深淺，分別一較短長。二位以為如何？」

追雲叟笑道：「禪師既然執迷不悟，一切聽命就是。」

矮叟朱梅便對追雲叟道：「既然如此，我等就無需客氣了。」說罷，把手朝後一抬，半山上左右兩旁，十六位劍仙現身出來。二老將身一晃，也回到山上。

話說那火雲洞三位洞主同苗疆留人峒三位峒主，原來是貴州野人山長狄洞哈哈老祖的徒弟，曉月禪師是他等六人的師兄。起初曉月禪師接著許飛娘請柬，知道三仙、二老厲害，本不敢輕易嘗試。後來又想起五台派門下甚多，何不趁此機會號召攏來，別創一派，一洗當年之恥？因為覺得人單勢孤，便到貴州野人山長狄洞去請他師父哈哈老祖相助。誰知哈哈老祖因走火入魔，身體下半截被火燒焦，不能動轉，要三十年後才能修煉還原。曉月便把這六個師弟約來，另外還請了些幫手相助。

他知道長眉真人遺留的石匣飛劍，是他致命一傷。卻偏偏無意中在黃山紫金瀧中，將斷玉鉤得到手中。此鉤能敵石匣飛劍，因而有恃無恐。適才同二老說話時，赤焰道人不知二老的厲害，見二老語含譏諷，幾番要上前動手，俱被曉月禪師使眼色止住。及至二老回轉山頭，曉月禪師便問眾人：「哪位願與敵人先見高低？」

當下留人峒三位峒主同赤焰道人口稱願往。曉月禪師再三囑咐小心在意。四人領命，才行不到數步，對面山頭已經飛下兩個道人、一個和尚、一個尼姑。來者正是醉道人、髯仙李元化、元覺禪師、素因大師四位劍仙。

原來追雲叟同曉月禪師見面後，知道曉月禪師心虛，願意一個對一個。正待派人出戰，忽見敵人那邊出來四個奇形怪狀的妖人，便問哪位道友願見頭陣。醉道人、髯仙李元化、元覺禪師、素因大師同稱願往。說罷，一同飛身下山。

那赤焰道人頭戴束髮金冠，身穿一件烈火道袍，赤足穿了一雙麻鞋，身高六尺，面似朱砂，尖嘴凹鼻，兔耳鷹腮，腰佩雙劍，背上還掛著藍色的葫蘆。火氏兄弟三人，頭上各紮了一個尺來長的大紅包頭，身穿一件大紅半截衣服，也是赤腳，各穿一雙麻鞋，身高丈許，藍面朱唇，兩個獠牙外露，腰中各佩一口緬刀。他三人俱是一個模樣，一個打扮，形狀凶惡已極。

四位劍仙見敵人打扮異樣，知道苗峒中人多會妖術邪法，愈加小心在意。

赤焰道人見了敵人，不待答話，用手一拍劍囊，便有一道藍光飛將出去。醉道人正在前面，連忙放出劍光迎敵。火氏弟兄也各把緬刀飛起空中，又是三道藍光，直朝髯仙等三人頭上落下。髯仙李元化、元覺禪師、素因大師三位劍仙更不怠慢，各將自己劍光迎敵。

戰場上二青二白四道劍光敵住四道藍光，在空中上下飛舞。不多時候，藍光漸漸不能支持。赤焰道人見不能取勝，心中焦急，拔開腰中葫蘆蓋，唸唸有詞，由葫蘆內飛出數十丈烈焰，直朝四位劍仙燒去。

素因大師哈哈大笑道：「妖術邪法，也敢前來賣弄！」用手朝著空中劍光一指，運用全神，道一聲：「疾！」她那道白光立時化成無數劍光，將赤焰逼住，不得前進。元覺禪師見這般景況，忽地收回劍光，身劍合一，電也似一般快，直朝赤焰道人身旁飛下。

赤焰道人見烈火無功，十分焦急。正待施展別的妖法時，忽見一道白光從空飛下，知道不好，想逃已來不及，「噯呀」一聲未喊出口，業已屍橫就地。

火氏兄弟見赤焰道人身死，大吃一驚，精神一分，三道藍光無形中減少若干光芒。看看難以抵抗，恰好自己陣中又飛出數十根紅線，將髯仙等劍仙敵住，才能轉危為安。火氏弟兄見添了幫手，重又打起精神，指揮刀光拚命迎敵。元覺禪師斬了赤焰道人，正待飛回助戰，敵人陣上，鐵鐘道人見赤焰道人身死，心中大怒，飛身上前，放出一道青光，與元覺禪師戰在一處。金身羅漢法元、小火神秦朗見火氏弟兄情勢危急，雙雙飛到陣前，各將劍光放起。端的金身羅漢劍術非比尋常，峨嵋三位劍仙的劍光堪堪覺著吃力。

那元覺禪師會戰鐵鐘道人，本是勢均力敵。三眼紅蜺薛蟒見自己這邊添了三個幫手，敵人陣上仍是適才那四個人，看出便宜，也將劍光飛出，同鐵鐘道人雙戰元覺禪師。元覺禪師一人獨戰兩個異派劍仙，雖不妨事，也很費手腳。雙方拚命支持，又戰了一會工夫。

那曉月禪師深知自己這邊人程度很不齊，願意同峨嵋派單打獨鬥，以免藝業低能的人吃虧，本不願大家齊上。誰知慈雲寺來的這一干人打錯了主意。先自恃自己這邊人多，峨嵋派那邊尚不見動靜。後來又見法元、秦朗、火氏弟兄聲威越盛，峨嵋派的劍光又漸漸支持不住，便想以多為勝，趁敵人不防，去佔一個便宜，先殺死幾個與赤焰道人報仇再說。大家不約而同地相互使了一個眼色，各人同時連人帶劍飛向戰場。

頭一個便是七手夜叉龍飛，他後面跟著俞德、披髮狻猊狄銀兒、百花女蘇蓮、九尾天狐柳燕娘、通臂神猿鹿清、病維摩朱洪。這七人剛剛飛到戰場，忽聽對面山頭上十數聲斷喝道：「無恥妖人，休要以多為勝！」接著電一般疾，飛下十來條劍光。登時戰場上更加熱鬧起來。

除了醉道人、髯仙李元化、素因大師仍戰火氏弟兄，元覺禪師仍戰鐵鐘道人外，峨嵋派這邊風赤道人吳元智接戰小火神秦朗，元元大師接戰金身羅漢法元，黑孩兒尉遲火接戰九尾天狐柳燕娘，女空空吳文琪接戰百花女蘇蓮，諸葛警我接戰病維摩朱洪，坎離真人許元通接戰俞德，鐵沙彌悟修接戰通臂神猿鹿清，女神童朱文接戰三眼紅蜺薛蟒，頑石大師接戰七手夜叉龍飛，七星手施林接戰披髮狻猊狄銀兒。一共是十三對二十六人，數十道金、紅、青、白、藍色光華，在這暮靄蒼茫的天空中龍蛇飛舞，殺了個難解難分。

曉月禪師見敵人陣上忽然出來許多能人，情知中了誘敵之計，業已無可挽回，便要請陰陰叟、知非禪師等出去與二老見一個勝負。知非禪師推說尚未到出去時候。陰陽叟卻只把一雙色眼不住向幾個年輕的峨嵋派劍仙身上注意，曉月禪師同他說話，好似不曾聽見。這幾個人正在商議之間，戰場上業已起了變化。

原來追雲叟因要看敵人虛實，早按預定計畫，讓敵人先上，好量力派人迎敵，以免小輩劍仙吃虧。及至見龍飛等一擁而來，知道再若遲延，場上四位劍仙難免吃虧，當下便派了十來位劍仙分頭迎敵。又悄悄對矮叟朱梅囑咐了幾句。朱梅聞言，隱身自去。

女神童朱文迎敵薛蟒，飛身到了他的面前，且不動手，一聲嬌叱道：「無知業障，你可認得俺麼？」

薛蟒住在黃山，知道朱文是餐霞大師得意門徒，不敢怠慢，急忙收回與元覺禪師對敵的劍光，向朱文頭上飛去。

朱文哈哈笑道：「鼠子不要害怕，你家姑娘決不暗算於你。」說罷，便將劍光放起，與薛蟒的劍光鬥在一起。

薛蟒的劍光原來不弱，怎奈朱文自服肉芝後，功行精進，又加上新近得了幾樣法寶，本領越加高強。她見敵人厲害，難以取勝，左手搖處，又將餐霞大師所賜的虹霓劍飛起空中。

薛蟒本自力怯，忽見一道紅光飛將過來，知道不好，忙喊：「師姊饒命！」朱文早先在黃山原常和他在一處玩耍，因為他心術險惡，又因他陷害他師兄苦孩兒司徒平，才不去理他。如今見他口稱饒命，不禁動了惻隱之心，急忙收回劍光時，劍光早已掃著薛蟒的臉，將他左眼刺瞎，連左額削下，血流如注。還算朱文收得快，不然一命早嗚呼了。

這時薛蟒空中的劍光已被朱文的劍光壓迫得光芒漸失。朱文喝道：「看在你師兄面上，饒你不死，急速收劍逃命去吧！」薛蟒僥倖得逃活命，哪敢還言，急忙負痛收回劍光，逃往黃山去了。

朱文戰敗薛蟒，便往中央戰場上飛來，正趕上通臂神猿鹿清、披髮狻猊狄銀兒與峨嵋派的七星手施林、鐵沙彌悟修對敵，四人五道劍光正殺了個難解難分。不曾料到朱文從後面飛來，劍光過處，狄銀兒屍橫就地。鹿清見狄銀兒已死，稍微疏神，便被鐵沙彌悟修的雙劍一絞，把劍光絞斷。鹿清知道不好，才待抽身逃走，正遇朱文一劍飛來，攔腰斬為兩段。

火氏弟兄三人會戰髯仙李元化、醉道人、素因大師，本嫌吃力，又被劍光逼住，急切間施展不得妖法。再加上施林、朱文、悟修三個生力軍，不由心慌意亂，一眨眼的工夫，火修羅被素因大師一劍斬為兩段。素因大師道：「二位前輩與三位道友，除卻這兩個妖人，待我去助頑石大師一臂之力。」說罷，飛身往頑石大師這邊，助她會戰龍飛。

火魯齊、火無量見兄弟慘死，又急又痛，一個不留神，火魯齊被醉道人連肩帶頭削去半邊，死於就地。火無量被髯仙、朱文、悟修三人的劍光一絞，將他的藍光絞為兩截。還算他見機得早，沒有步他兩個兄弟的後塵，施展妖法，一溜火光逃回苗疆去了。

百花女蘇蓮會戰女空空吳文琪，如何能是對手，只一會工夫，便被吳文琪破了劍光，死於就地。九尾天狐柳燕娘會戰黑孩兒尉遲火，剛剛打了一個平手。忽然百花女蘇蓮慘死，女空空吳文琪朝著自己飛來，知道不好，不敢戀戰，急忙從空中收回劍光，身劍合一，逃命去了。

這時龍飛戰頑石大師，施展了九子母陰魂劍。頑石大師眼看支持不住，正在危險之際，恰好齊氏姊弟趕來，才得抵擋一陣。原來金蟬在山頭上幾次想要上前助戰，都被姊姊靈雲攔住。他見頑石大師情勢危險，靈雲正在一心觀戰之際，倏地運動鴛鴦霹靂劍飛下山來。靈雲怕他有失，只得隨他上前，雙雙幫助頑石大師三戰龍飛。

龍飛的九子母陰魂劍一出手，便是一青八白九道光華，非常厲害。忽見敵人添了兩個幫手，一時性起，便將二十四口九子母陰魂劍同時放將出來，共是二百一十六道劍光飛舞空中，滿天綠火，鬼氣森森，將靈雲姊弟、頑石大師包圍在內。正在緊急之間，素因大師、髯仙李元化、醉道人先後趕到，他們三人才得轉危為安，努力支持。這且不言。

話說朱文戰勝之後，便打算跟隨醉道人等加入頑石大師這面，同戰龍飛。正待起身，忽地前面漆黑，接著便有一縷溫香，從鼻端襲來，使人欲醉，登時覺得周身綿軟，動轉不得，連飛劍也無從施展。正在驚異之間，忽見一道五彩光華從自己胸前透出，登時大放光明，把一個月黑星昏的戰場，照得清清楚楚。戰場上各派劍光仍在拚命相持。

又見離自己不遠，站定兩個老頭兒，手舞足蹈，又像比拳，又似在那裡口角。一個正是自己新認的師父矮叟朱梅。那一個生得龐眉皓首，鶴髮童顏，是男不男、女不女的打扮。猛想起適才曾有五彩光華從自己身上出來，破了妖法。便往身上去摸，正摸著矮叟朱梅給她的那一面天遁銅鏡。自從那日到手後，從未有機會用過，今日無意中倒救了自己。便從懷中將鏡取出，出手有五彩光華照徹天地。她便往矮叟朱梅這邊走來，打算看看他同那人說些什麼。

正往前走，矮叟朱梅忽地喝道：「朱文休得前進！快將天遁鏡去救各位道友脫險。這個妖人由我對付。」

朱文聞言，猛回首一看，把她嚇了一跳，只見滿天綠火、劍光、紅線、金光如萬道龍蛇，在空中飛舞不住。敵人那邊又飛出幾條匹練似的青光白光，直往劍光層上穿去。還未到達，小山頭上也飛下兩三道匹練般的金光，將白光敵住。

朱文知道頑石大師那邊勢弱，不敢怠慢，一手執著天遁銅鏡，向龍飛那邊飛去。

第十二章　子母陰魂

話說那曉月禪師見出去的人連連失利，火氏弟兄又死了二人，愛徒鹿清也被敵人劍光所斬，又急又痛，又愧又氣。當下不計利害，長嘆一聲，便把自己兩道劍光，運動先天一氣，放將出來。知非禪師、天池上人、遊龍子韋少少、鍾先生四位劍仙起初不動手，原是厭惡慈雲寺這一班妖人，想借峨嵋派之手除去他們。及至見出去的人死亡大半，曉月禪師又意在拚命，既然應約而來，怎好意思不管，便各將劍光飛起。

這五人的劍光非比尋常，追雲叟怎敢怠慢，便同苦行頭陀各將飛劍放出迎敵。金光、白光、青光在空中絞成一團，不分勝負。這且不言。

那陰陽叟此來，原是別有用心。他也不去臨敵，只把全神注意在峨嵋派一干年輕弟子身上。他見朱文長得滿身仙骨，美如天仙，不禁垂涎三尺。藉著一個機會，遁到朱文身旁，施展五行挪移迷魔障，將朱文罩住。正待伸手擒拿，忽地屁股上被人使勁掐了一下，簡直痛徹心肺，知道中了敵人暗算，顧不得拿人。回頭看時，掐他的人正是矮叟朱梅。心中大怒，便用他最拿手的妖法顛倒迷仙五雲掌，想將矮叟朱梅制住。他這一種妖法，完全由五行真氣，運用心氣元神，引人入竅，使他失去知覺，魂靈迷惑，非常厲害。

才一施展，朱梅哈哈笑道：「我最愛看耍狗熊，這個玩意，你就隨便施展吧。」陰陽叟見迷惑朱梅無效，又不住地眉挑目語，手舞足蹈起來。他這一種妖法，如遇不懂破法的人，只要伸手一動，便要上當。

朱梅深知其中奧妙，任他施為，打算等他妖法使完，再用飛劍將他斬首，以免他逃走，再去害人。猛見朱文朝自己走來，怕她涉險，急忙叫她回去。稍一分神，便覺有些心神搖搖不定，不能自主。暗說一聲：「好厲害！」急忙鎮住心神，靜心觀變。

那陰陽叟見妖法無效，便打算逃走。朱梅已經覺察，還未容他起身，猛將劍光飛起，將陰陽叟斬為兩截。只見一陣青煙過處，陰陽叟腹中現出一個小人，與陰陽叟生得一般無二，飛向雲中，朝著矮叟朱梅說道：「多謝你的大恩，異日有緣，再圖補報。」原來他已借了朱梅的劍光，兵解而去。

朱梅原是怕他遁走，才一個冷不防攔腰斬去，誰想反倒成全了他。再看戰場上，業已殺得天昏地暗。七手夜叉龍飛已經逃走。小火神秦朗，被鐵沙彌悟修、風赤道人吳元智腰斬為兩段。

曉月禪師見秦朗被殺，自己一時不能取勝，分了一支劍光，朝吳元智飛來。吳元智斬了秦朗，正待回首，忽見曉月禪師劍光飛來，要躲已來不及，劍光過處，屍橫就地。悟修知道厲害，不敢迎敵，忙駕劍光逃回玉清觀而去。

俞德與坎離真人許元通鬥劍，因為紅砂早被苦行頭陀所破，僅能戰個平手。偏偏諸葛警我將病維摩朱洪斷去一臂，朱洪駕劍光逃走後，便又跑來幫助許元通，雙戰俞德。俞德見自己的人死的死，逃的逃，又見敵人添了幫手，知不是路，偷個空收回劍光，逃回滇西去了。

鐵鐘道人獨鬥元覺禪師，正在拚命相持，忽見坎離真人許元通與諸葛警我跑來助戰，不禁慌了手腳。先是許元通青白兩道劍光飛去，鐵鐘道人正待迎敵，不想斜刺裡諸葛警我又飛來一劍，鐵鐘道人欲待收回劍光逃走，已是不及，被元覺禪師、坎離真人許元通與諸葛警我等三人的劍，同時來個斜柳穿魚式，將他斬成四截。他用的那一口劍，本是一口寶劍煉成，主人死後便失了重心，一道青光投回西北而去，從此深藏土內，靜等日後有緣人來發現。

三位劍仙見敵人已死，便跑過來幫助元元大師同戰法元。那邊戰龍飛的各位劍仙，自龍飛逃後，便加入二老這面助戰。

那七手夜叉龍飛是怎麼逃走的呢？原來七手夜叉龍飛獨戰峨嵋各位劍仙，他見靈雲姊弟的劍光厲害，又加上素因大師的劍光是受了神尼優曇的真傳，非比尋常。後來醉道人及各位劍仙先後加入，未免覺著有些吃力。龍飛著了急，暗運五行之氣，披散頭髮，咬破中指，朝著他的劍光噴去。

果然九子母陰魂劍厲害，不多一會，頑石大師與髯仙李元化的劍光受了邪污，漸漸暗淡無光。頑石大師知道不好，待飛身退出，稍一疏神，左臂中了一劍。金蟬看見頑石大師危在頃刻，將霹靂劍舞成一片金光，飛到頑石大師身旁，緊緊護衛，不敢離開一步。

髯仙李元化見頑石大師受了劍傷，自己劍光受挫，四面俱被敵人的劍光包圍，難以退出。正在危機一髮之際，忽見一道五彩光華，有丈許方圓粗細，從陣外照將進來。接著便見一個青衣女子，一手持著一面寶鏡，一手舞動一道紅光，飛身進來。來者正是女神童朱文，那五彩光華，便從她那面鏡上發將出來。光到處，二百一十六口九子母陰魂劍，紛紛化成綠火流螢，隨風四散。眾劍仙見朱文破了九子母陰魂劍，立時精神抖擻，紛紛指揮劍光向龍飛包圍上來。

那龍飛見頑石大師受傷，峨嵋眾劍仙威風大挫，原是高興已極，滿打算將敵人一網打盡。忽見一道五彩光華從空而降，便知遇見剋星。急忙收回劍光時，已來不及，被那五彩光華破去二十一口。數十年苦功，付於一旦，心中又痛又急。知道再不見機，性命難保，忙帶著殘餘的子母陰魂劍，化陣陰風而去。等到眾劍仙包圍上來，他已走了。

眾劍仙見頑石大師傷勢甚重，昏迷不醒，當下由醉道人、髯仙李元化二人駕劍光將她背回辟邪村去，設法醫救。這裡眾人便去幫助二老會戰曉月禪師。

金眼狒狒左清虛、追魂童子蕭泰、無髮仙呂元子原是被赤焰道人強迫邀來，見赤焰道人一死，峨嵋勢盛，知道難以討得便宜，不等交手就溜走了。

這時戰場上，慈雲寺方面死的死，逃的逃，只剩下曉月禪師、金身羅漢法元、天池上人、遊龍子韋少少、鍾先生，與二老、苦行頭陀及各位劍仙拚命相持。曉月禪師見自己帶來的這許多人，不到幾個時辰，消滅大半，又是慚愧，又是忿恨。自己的劍光敵住追雲叟已經顯出高低，若非鍾先生的劍光相助，早已失敗。明知今天這場戰事絕對討不了半點便宜，只是自己請來的幫手，都在奮勇相持，如何好意思敗走。後來見敵人的生力軍越來越多，聲勢大盛。那峨嵋派中小一輩的劍仙，更是狡猾不過，他們受了素因大師的指點，知道敵人劍光厲害，並不明張旗鼓上前助戰，只在遠處站立旁觀，看出曉月禪師等的一絲破綻，各人便把劍光從斜刺裡飛將過來。等到敵人收劍回來迎敵，他們又立時收劍逃走。

曉月禪師等欲待追趕，又被二老、苦行頭陀同長一輩劍仙的劍光苦苦跟定。似這樣出沒無常，左右前後盡是敵人，把曉月禪師同金身羅漢法元累了個神倦力竭，疲於奔命。不一會工夫，法元的劍光突被元元大師的劍光壓住。朱文在遠方看出便宜，將虹霓劍從法元腦後飛來。還算法元劍術高強，久經大敵，知道事情不妙，連忙使勁從丹田內運用五行真氣，朝著自己的劍光用力一吸，將元元大師壓住的數十道紅線，猛地往回一收，元元大師的劍光一震動間，被法元將劍收回。剛敵住朱文飛來的虹霓劍時，元元大師、素因大師兩口飛劍當頭又到。法元見危機四佈，顧不得丟臉，將足一蹬，收回他的數十道紅線，破空而去。眾劍仙也不去追趕，任他逃走去了。

曉月禪師見法元被一小女孩趕走，更加著忙，暗罵道：「你們這一班小畜生，倚勢逞強，以多為勝。異日一旦狹路相逢，管教你等死無葬身之地便了！」

二老與苦行頭陀若論本領，早就將曉月禪師擒住。皆因他請來的這四個幫手，俱是崑崙派中有名人物，知非禪師等的師父一元祖師與憨僧空了，俱都護短；況且聞說知非禪師此來，係礙於曉月禪師情面，非出本心。故不願當面顯出高低，與崑崙派結恨。知道曉月禪師早晚必應長眉真人的遺言，受石匣中家法制裁。此時卻是劫數未到，樂得讓他多活幾天。因此只用劍光將他困住，卻由小一輩的劍仙去同他搗亂，讓他力盡精疲，知難而退。誰知那遊龍子韋少少卻錯會了意，疑心二老故意戲弄於他，不住地運動五行真氣，朝著他那口劍上噴去，同矮叟朱梅對敵。

朱梅起初原和追雲叟一樣心思，後來見遊龍子韋少少不知好歹，不禁心中有氣，暗想：「這樣相持何時可了？不如給他一點厲害再說。」便把手朝著自己的劍光連指幾指，登時化成無數道劍光，朝遊龍子韋少少圍上來。正好素因大師趕走法元，又一劍飛來。韋少少慌了手腳，神一散，被朱梅幾條劍光一絞，立時將他的劍光絞為兩段。素因大師的劍乘機當頭落下。朱梅見韋少少危機繫於一髮，不願結仇，急忙飛劍擋住。

韋少少知道性命難保，長嘆一聲，瞑目待死。忽然覺得半晌不見動靜，睜眼看時，只見矮叟朱梅笑嘻嘻地站在面前，向他說道：「老朽一時收劍不住，誤傷尊劍，韋道友休得介意，改日造門負荊吧。」韋少少聞言，滿面羞慚，答道：「朱道友手下留情，再行相見。」說罷，也不同別人說話，站起身來，御風而去。

曉月禪師見韋少少也被人破了飛劍逃走，越加驚慌。忽聽追雲叟笑道：「老禪師，你看慈雲寺已破，你的人死散逃亡，還不回頭是岸，等待何時？」

曉月禪師急忙回頭一看，只見慈雲寺那面火光照天，知道自己心願成為夢想，不禁咬牙痛恨。當下把心一橫，暗生毒計，一面拚命迎敵，一面便把他師父哈哈老祖傳的妖術「十二都天神煞」使將出來。

這十二都天神煞非常厲害，哈哈老祖傳授時節，曾說這種魔法非同小可，施展一回，便要減壽一紀，或者遭遇重劫一次，不到性命交關之際，萬萬不能輕易使用。今日實在是惱羞成怒，才使出這拚命急招。當下將頭上短髮抓下一把，含在口中，將舌尖咬破，口中唸唸有詞，朝著戰場上眾劍仙噴去。立時便覺陰雲密佈，一團綠火擁著千百條火龍，朝著眾劍仙身上飛來。

知非禪師等三人見韋少少已被矮叟朱梅破了飛劍，又悔又氣，又恨矮叟朱梅不講交情：「難道你就沒聽你們來人回報，不知我等俱是為情面所拘，非由本意？」矮叟朱梅這一劍，從此便與崑崙派結下深仇。

話說知非禪師、天池上人、鍾先生三人，雖憤恨矮叟朱梅，但是皆知二老與苦行頭陀的厲害，萬無勝理，早想借台階就下，正苦沒有機會。忽見曉月禪師使用都天神煞，知道他情急無奈，這種妖法非常厲害，恐怕劍光受了污染，便同時向對面敵人說道：「我等三人與諸位道友比劍，勝負難分。如今曉月禪師用法術同諸位道友一較短長，我等暫時告退，他年有緣再相見吧。」說罷，各人收了劍光，退將下來。二老連忙約束眾人，休要追趕。

這時綠火烏雲已向眾劍仙頭上罩下，二老、苦行頭陀忙喚眾劍仙先駕劍光回玉清觀去。眾劍仙聞言，忙往後退。朱文倚仗自己有寶鏡護體，不但不退，還搶著迎上前去。誰想曉月禪師的妖法非比尋常，朱文前面綠火陰雲雖被寶鏡光華擋住，不能前進，旁邊的綠火陰雲卻圍將上來。

矮叟朱梅見朱文涉險，想上前拉她回來，已來不及了。那曉月禪師施出妖法後，見對陣上眾劍仙後退，只留下二老同苦行頭陀三人。當他正驅著妖法前進之時，忽見二老身後飛出個少年女子，手拿著一面寶鏡，一手發出一道劍光，鏡面發出數十丈五彩光華，將他的陰雲綠火衝開一條甬道。

曉月禪師暗自笑道：「無怪他三人不退，原來想借這女子的鏡子，來破我的法術，豈非是在作夢？」他見正面有五彩光華擋住去路，便將身子隱在陰雲綠火之中，從斜刺裡飛近朱文左側，口中唸唸有詞，一口血噴將過去。朱文立時覺得天旋地轉，暈倒在地。

曉月禪師邁步近前，正要用劍取朱文首級，忽見眼前兩道金光一耀，急忙飛身往旁邊一躍。就在這一騰挪間，眼看一個粉裝玉琢的小孩，手舞兩道金光，將地下那個女孩救去。他這十二都天神煞，乃是極厲害的妖法，普通飛劍遇上便成頑鐵，不知這個小孩的劍光，何以不怕邪污？好生不解。不由心中大怒，急忙從陰雲綠火中追上前去。正待在那小孩身後再行施法，忽然震天的一個霹靂，接著一團雷火，從對陣上發將出來，立刻陰雲四散，綠火潛消。同時天空中也是浮翳一空，清光大放。一輪明月，正從小山腳下漸漸升起，照得四野清澈，寒光如晝。

那曉月禪師被這雷聲一震，內心受了妖法的反應，暈倒在地。等到醒來時，已睡在南川金佛寺方丈室內禪床之上。原來他使用邪術時，知非禪師等知他雖用絕招，仍難討好，不忍心看他滅亡，把數百年功行付於一旦，便在遠處瞭望。及至見他被苦行頭陀的太乙神雷震倒，知非禪師、天池上人雙雙飛到戰場，口中說道：「諸位道友，不為已甚吧。」說罷，便將他夾在脅下，同了鍾先生，將他帶回金佛寺，用丹藥醫治，調養數月，才得痊癒。從此，與峨嵋派結下的仇恨益發深重。這且不提。

至於金蟬何以不怕妖法，其中有幾種原因，待我道來。

原來金蟬同朱文兩人，只差三兩歲年紀。餐霞大師與金蟬前身的母親妙一夫人荀蘭因，原是同道至好，一個在九華，一個在黃山，相隔不遠，雙方來往非常親密。彼時金蟬與朱文都在六七歲光景，各人受了母親的傳授，從小就在山中學習輕身之術，兩小無猜，彼此情投意合。起初還是隨著大人來往，後來感情日深，每隔些日，不是你來尋我，便是我來尋你，青梅竹馬，耳鬢廝磨，一混就是十來年。

二人天生異質，生長名山，雖不懂得什麼兒女私情，可是雙方只要隔兩三天不見，就彷彿短了什麼似的。似這樣無形中便種下了愛根。妙一夫人與餐霞大師知前緣注定，也不去干涉他們，任他二人往來自在，只對於他們的功課並不放鬆就是了。

他們這一對金童玉女，既有劍仙做母師姊妹，自己本身又是生就仙根仙骨，小小年紀便練成一身驚人本領。分住在黃山、九華這洞天福地的一雙兩好，每日做完功課，手拉手，滿山中去探幽選勝，鬥草尋芳，越嶺探山，追飛逐走。本不知道什麼叫作男女之愛，那乾淨純潔的心靈，偏偏融成一片，兀自糾結不開。及至朱文中了藍梟的白骨箭，服了芝血以後，忽然大徹大悟。加以年事已長，漸漸懂得避嫌，不肯和金蟬親近。金蟬本有些小孩子脾氣，他見朱文無端同他冷淡，疑心是自己無意中開罪於她，不住地向朱文陪話。朱文總說：「沒有什麼開罪。我近因自己本領不濟，要想用功練劍，沒有功夫再陪你玩，請你不要見怪。」

金蟬聞言，哪裡肯信，仍是時常問長問短。朱文見他老是麻煩，後來索性不見他面，也不到九華來玩。金蟬本是小孩脾氣，也賭氣不再尋她。朱文又覺好端端地拒人於千里之外，未免叫人難堪。可是金蟬不來，也未便再去尋他陪話。後來靈雲姊弟奉了母親妙一夫人之命，叫他二人同白俠孫南到黃山見餐霞大師，約朱文同女空空吳文琪下山，到成都參加破慈雲寺。等到破寺之後，各人不必回山，就在人間修煉那道家的三千外功，順便替漢族同胞出些不平之氣。

五人領命下山時，金蟬見朱文仍不大理他，又難過，又生氣。且喜到了成都，同門小弟兄姊妹甚多，尚不十分寂寞，索性同朱文拗到底，看看誰先理誰，二人平日大不似從前親近。此次同慈雲寺一干人交鋒，金蟬見朱文到處立功，為她高興。當他知道今日敵人方面能手甚多，又替她擔心。後來會戰曉月禪師同崑崙四友，小輩弟兄們受了素因大師的指教，只在遠處放放冷劍，並不上前。靈雲更是怕金蟬涉險，寸步不離，他連飛劍都使不出去。正覺著沒有興味，忽見慈雲寺火光照天，接著崑崙四友收回劍光，曉月禪師施展妖法。

靈雲正要拉金蟬回辟邪村去，偏偏朱文倚仗天遁鏡，可以以正壓邪，便飛身進入陰雲綠火之中。矮叟朱梅一把沒有拉住她，知道朱文危險，忙喊苦行頭陀快破妖法，不然朱文性命難保。

金蟬一聽是朱文性命難保，一著急，也顧不得說話，腳一蹬，也飛進綠火中去。此時朱文暈死在地，正趕上曉月禪師放出劍光，要取朱文的性命。金蟬不管三七二十一，劍光一指，兩道金光如蛟龍一般，飛向曉月禪師頭上。就在曉月禪師一騰挪間，就地上抱起朱文逃將回來。還未到達地點時，那苦行頭陀已將太乙神雷放出，破了妖法。曉月禪師卻被知非禪師、天池上人等救回山去。金蟬忙看懷中的朱文，已是面如金紙，牙關緊閉，一陣傷心，幾乎落下淚來。

矮叟朱梅忙道：「爾等休得驚慌，快背回觀中去，等我回來時再說。」正說著，忽見慈雲寺那面一朵紅雲，照得四野鮮紅如血。二老見狀大驚，忙對眾人說道：「各位道友同門下弟子，一半將吳道友屍身抬回玉清觀去，一半速將戰場上死屍化去，再行回觀。對於受傷的人，不要驚慌，等我三人回來再說。」

說罷，二老與苦行頭陀將身一晃，頃刻間已到了慈雲寺內。這時破寺的幾位劍仙，正在九死一生之際，見二老與苦行頭陀到來，心中大喜。同時又聽空中一聲佛號，聲如洪鐘，一道金光過去，又降下一位女尼姑來。

敵人見平空來了這幾位前輩有名劍仙，有知道厲害的，一個個四散奔逃不迭。這是怎麼回事呢？這一情節熱鬧，頭緒繁多，作者一支禿筆，大有應接不暇之勢，所以有的須用補敘之筆。

第十三章　毒瘴全消

話說玉清大師、萬里飛虹佟元奇率領笑和尚、白俠孫南、周輕雲一行五人，等曉月禪師同二老動手時，便按照預定方略，飛身到了慈雲寺大殿院中降下。笑和尚曾來過兩次，輕車熟路，他想在人前賣弄，頭一晃，便隱身往後殿中去。

萬里飛虹佟元奇乃是前輩劍仙，不願暗中襲人，便一聲大喝道：「無知淫孽，速來納命！」話言未了，只見從殿內飛出兩道灰色劍光，緊接著出來兩個高大和尚。佟元奇哈哈大笑道：「微末道行，也敢在人前賣弄！」手指處，一道白光過去，將那兩道灰色的劍光斬為兩截。兩個凶僧見來人厲害，正待逃走，被佟元奇的劍光攔腰一繞，立時將二人腰斬成四個半截。

這兩個凶僧正是大力金剛慧明、多目金剛慧性。二人在智通門下，也不知作了多少淫惡不法之事，終久難逃慘死。可見天網恢恢，疏而不漏。殿中還有幾個凶僧，見有敵人從空而降，知道來者不善。一面由慧明、慧性二人迎敵；那不會劍術的，便撞起警鐘來。

智通正同明珠禪師、飛天夜叉馬覺、鐵掌仙祝鶚、霹靂手尉遲元幾個人在後殿談心，忽聽警鐘連響，知有敵人到來。明珠禪師與飛天夜叉馬覺二人首先站起，飛身到了前殿。只見庭心內站定一個相貌清奇的道者，一個妙年女尼，一個渾身穿黑的幼年美女，同一個英姿颯爽的白衣少年。四大金剛中的慧明、慧性二人，業已屍橫就地。不由心中大怒，也不及說話，便同馬覺二人各把飛劍放將出來。當下佟元奇接戰明珠禪師，玉清大師接戰飛天夜叉馬覺。一道金光、一道白光與兩道青光絞成一片。輕雲、孫南二人就趁空往殿內去搜索餘黨，走進殿中一看，業已逃了個乾淨。

原來慈雲寺內的四大金剛、十八羅漢，雖然個個本領高強，但是學成劍術的只有慧能、慧明、慧行、慧性四人。今日原是慧明、慧性同九個凶僧在前殿值日，那九個凶僧見慧明、慧性兩個會劍術的師兄，同敵人才一照面便遭慘死，知道自己血肉之軀決非劍仙敵手，不敢再從殿前逃走，於是放下鐘槌，一個個從彌勒佛身後逃往後殿去了。

輕雲、孫南見殿內凶僧俱已逃走，知道慈雲寺機關密佈，便不著地，飛身由殿後穿出，見面前又是一個大天井，兩旁有四株柏樹。正要向前搜索，忽聽有人罵道：「大膽小狗男女，敢來此地送死！不要走，吃我一劍。」話言未了，從殿角西邊的月亮門內飛出一道黃光。白俠孫南更不怠慢，把口一張，一道白光飛將過去，將來人飛劍敵住。

輕雲正要上前相助，只見東邊月亮門內又走出兩個高大凶僧。一個口中說道：「師兄休要放走這兩個雛兒，快些將她擒住，好與師父晚間受用。」言還未了，各將一道半灰不白的劍光飛將出來。

輕雲見這兩個凶僧出言無狀，心中大怒，正要向前動手。忽見面前有一個七八尺長短的東西，從東邊月亮門內飛將起來，把輕雲嚇了一跳，疑心是敵人又使什麼妖法。顧不得取凶僧性命，先將劍光將自己全身罩住。一面定睛看時，飛上去的那一個東西，卻是一個被綁的活人，正迎著前面兩個凶僧的劍光，被斬成三段，倒下地來。接著面前一晃，笑和尚已站在面前，手一指，便有一道金光將那兩個凶僧的劍光迎住。一面口中喊道：「周師姊，這兩個賊和尚交與我來對付，請你到前面去擒那智通賊和尚吧。」

輕雲見這三個敵人並非能手，估量笑和尚同孫南能佔上風，本想讓笑和尚立功，因惱恨其中一個凶僧出言無狀，也不還言，左肩搖處，一道青光電也似地朝那說話的凶僧飛將過去。那凶僧見輕雲劍光來勢太猛，急忙收回劍光抵擋時，誰想來人的劍光厲害，才一接觸，便分為兩段，那劍光更不停留，直朝他頂門落下。知道不妙，想逃走已來不及，只喊得半個「嗳呀」，已被輕雲飛劍當頭落下，將他端端正正劈成兩個半邊，做聲不得。

笑和尚見輕雲已斬卻一個凶僧，忙喊道：「周師姊手下留情，好歹將這個留與我玩玩吧。」輕雲的惡氣已消，不再趕盡殺絕，便飛身仍回前殿去了。

那被殺的凶僧正是多臂金剛慧行，他同無敵金剛慧能奉命看守中殿，忽警鐘連響，便飛身出來。看見來人年幼，又長得十分美麗，不知死到臨頭，便向慧能說了兩句便宜話，才惹下這殺身之禍。

那笑和尚一到寺中，便用無形劍遁到了後殿。他只能用劍遁隱形，不能隱形用劍，見智通室內人多，不敢妄動。正要想法動手，忽聽警鐘連響，先是明珠禪師、飛天夜叉馬覺飛身出去，接著智通也跟了出去。室內只剩下霹靂手尉遲元與鐵掌仙祝鶚。

那祝鶚的劍，已在前天被輕雲所破，他本想回山煉劍，再來報仇。智通總覺過意不去，知道他失了飛劍，已不能御劍飛行，怕中途遇見峨嵋門下的人，再出差錯，故此好意留他，同峨嵋比劍後，再親自送他回山。祝鶚見智通情意殷殷，又貪圖寺中女色，便又住了下來。今日曉月禪師帶領眾人去後，不多一會便聽警鐘連響，明珠禪師等先後出去迎敵，尉遲元本要同去，祝鶚忙使個眼色止住。

智通走後，祝鶚道：「尉遲師兄，我看峨嵋勢盛，今日分明中了調虎離山之計，凶多吉少。我又失了飛劍，回山路途遙遠。師兄如念同門之情，我二人不如同時不辭而別，逃出之後，用你的飛劍，將我帶回山去，以免玉石俱焚，異日再設法報仇，豈不是好？」

尉遲元道：「誰說不是？不過我等受人聘請，不到終場而走，萬一曉月禪師等破了辟邪村回來，異日何顏再見大家之面？現在來的敵人強弱不知，莫如你且在此等候，待我到前面看一個虛實。如果來者是無能之輩，就上前幫助擒拿；如果來人厲害，我便回來，同你逃走也還不遲。你意如何？」

祝鶚也覺言之有理，便依言行事。誰想尉遲元才一轉身，便被笑和尚用分筋錯骨法將祝鶚點倒，用繩綑好。本想將他生擒回去，剛出月亮門，便看見兩個凶僧和尉遲元正同孫南、輕雲對敵。他便嫌生擒累贅，當下把祝鶚朝二凶僧的飛劍抛了過去，接著自己也放出飛劍迎敵。

那慧能先已被笑和尚斬去一隻手臂，知道他的厲害，又見慧行才一照面，便被周輕雲所斬，嚇了個膽落魂飛，怎敢應戰。本想借劍光逃走，誰想笑和尚同他開定了玩笑，也不傷他性命，只將他圈住。慧能的劍光漸漸被笑和尚的金光壓迫得光彩全消，逼得氣喘吁吁。他知道性命難保，一面拚命支持，一面跪下地來，直喊「小佛爺饒命」不止。

笑和尚長到這麼大，從無人向他拜跪過，見慧能這般苦苦跪求，便動了惻隱之心，按住劍光說道：「饒你不難，你須要與我跪在這裡，不許走動。等我擒住你那賊和尚師父，再行發落。如果不奉我命，私自逃走，無論你跑出多遠，我的飛劍也能斬你。」慧能但求活命，便滿口應承下來。

笑和尚制服了慧能，正要上前幫助孫南擒那尉遲元，忽見尉遲元大喊一聲道：「峨嵋門下，休要趕盡殺絕。我去了。」話言未了，尉遲元已經收回劍光，破空而起。

笑和尚、孫南見敵人逃走，哪裡容得，各人指揮劍光追上前去。忽見尉遲元手揚處，便有一溜火光直朝他二人打來。笑和尚見那團火光直奔孫南面門，知道厲害，來不及說話，將腳一蹬，縱到孫南面前，將孫南一推，二人同時縱出去有三丈高遠。忽聽耳旁「咔嗒」一聲，庭前一株大柏樹業被那團火光打斷下來。抬頭再看尉遲元時，業已逃走遠了。

原來尉遲元見孫南劍光厲害，自己用盡精神，才戰得一個平手。又見祝鶚、慧行慘死，慧能投降，知道笑和尚更比孫南厲害。不敢再戰下去，趁空逃走。他會一種邪術，名叫五行雷火梭，他的外號叫霹靂手就從這梭上得來。他見勢已緊急，才用這最後的一個脫身之計，僥倖留得活命。逃出去有三五里地，回看敵人不來追趕，才放了寬心。緩了一緩氣，正待前行，忽聽對面空中有破空的聲音，連忙留神朝前看時，知是本門道友，心中大喜，便駕劍光迎上前去。

近前一看，來者乃是一僧一道。那和尚生得奇形怪狀：頭生兩個大肉珠，分長在左右兩額，臉上半邊藍，半邊黃，鼻孔朝天，獠牙外露，穿了一件杏黃色的僧衣。那道人卻長得十分清秀，面如少女，飄然有出塵之概。

尉遲元認得來的這兩個是他的同門師叔：那和尚是雲南薩爾溫山落魂谷的日月僧千曉；那道人便是五台派劍仙中最負盛名，在貴州天山嶺萬秀山隱居多年的玄都羽士林淵。尉遲元當下上前招呼。三人降下地來，尉遲元重又上前參拜。林淵便問尉遲元：「為何滿面驚惶？」尉遲元不便隱瞞，把前事說了一遍。

林淵聽了，還未現於詞色。那日月僧千曉卻不禁大怒，說道：「峨嵋派這樣仗勢欺人，豈能與他甘休！我等急速前去幫助智通，先將來的這幾個小業障處死，然後再往辟邪村去助曉月禪師，與他等決一存亡便了。」

這一僧一道，自從他們的師父混元祖師在峨嵋鬥劍死去後，隱居雲貴苗疆，一意潛修，多年不履塵世，五台派中人久已不知他們的下落。十年前尉遲元的師父蕉衫道人坐化時，他二人不知從何得信，趕去送別。因見洞庭湖煙波浩渺，便在尉遲元洞中住了半年，才行走去。行時是不辭而別，所以尉遲元也不知他二人的住處。

此次同峨嵋派鬥劍，原是萬妙仙姑許飛娘在暗中策動，不知怎地居然被她打聽出他二人的住所。因自己不便前去，便託昔日日月僧的好友陰長泰，帶了許飛娘一封極懇切動人的信。先說自己年來臥薪嘗膽的苦況，以及暫時不能出面的緣故。又說到場的人都將是重要人物，倘能僥倖戰勝，大可減去峨嵋派許多羽翼。同時請他二人同曉月禪師主持，就此召集舊日先後輩同門，把門戶光大起來，根基立定後，再正式尋峨嵋派報祖師爺的血海深仇。務必請他二人到場，以免失敗等語。日月僧接信後，很表同情。

陰長泰告辭走後，日月僧便拿飛娘的信，去尋玄都羽士林淵商量。林淵為人深沉而有智謀，明白飛娘胸懷大志，想藉機會重興五台派，拿眾人先去試刀。又知峨嵋派能人多，不好對付。自己這些年來雖然功行精進，仍無必勝把握。因為飛娘詞意懇切，非常得體，不好意思公然說「不去」二字，只是延擱。

直到十四這天，經不起日月僧再三催逼，林淵想了一想，打好算盤，才同日月僧由苗疆動身。他的原意以為雙方仍照上回峨嵋鬥劍一樣，必是又在清晨動手。苗疆到成都也有上千里的途程，縱然駕劍飛行，到了那裡也將近夜間，如果曉月禪師正佔上風，樂得送一個順水人情；否則也可知難而退。偏偏不知死活的日月僧，只是一味催他快走，將近黃昏時分，便離慈雲寺不遠。遇見尉遲元，說起寺中情形，便知難以討好。估量這暗中來破寺的敵人，定沒有幾個能手，日月僧提議先到慈雲寺，正合他的心意。

當下由尉遲元引導，三人不消片刻，已到了慈雲寺。只見前面大殿院落中，劍光絞成一片，地下橫陳三個屍身，只剩明珠禪師與智通，正同萬里飛虹佟元奇、摩伽仙子玉清大師和周輕雲三人拚命支持。林淵見峨嵋派這三個人的劍光如神龍出海，變化無窮，暗暗驚異。那日月僧見狀，早已忍耐不住，手指處，紅黃兩道劍光直往玉清大師頭上飛去。

那玉清大師與佟元奇，先前同飛天夜叉、明珠禪師交手，不到一會，智通也從後殿趕來助戰，智通後腦一拍，飛起三道光華，直取萬里飛虹佟元奇。佟元奇見智通飛劍厲害，更不怠慢，指揮劍光化成一道長虹，雙戰智通、明珠禪師，兀自不分勝負。

玉清大師正戰飛天夜叉馬覺，忽見智通出來飛起三道光華，知是一個勁敵，恐怕佟元奇勢孤，正待將飛天夜叉馬覺除去。恰好輕雲從後殿出來，喝道：「大膽妖僧，休得猖獗！

周輕雲來也！」話言未了，劍光已經飛起。

智通見來人正是去年夜探慈雲寺，連傷俞德、毛太的那個黑衣女子，仇人見面分外眼紅。與明珠禪師打了一個招呼，便放下佟元奇，運動三道光華，與周輕雲的飛劍戰在一起。

玉清大師自從到神尼優曇門下後，輕易不肯傷生。這回因見智通劍光厲害，恐怕輕雲有失，一面迎敵，一面往輕雲這邊走來，欲待與輕雲交換敵人，讓輕雲去戰馬覺。那馬覺本不是玉清大師敵手，他偏不知分寸，見玉清大師且戰且退，反疑心玉清大師怯陣，打算逃走，一面運動飛劍，緊緊逼住玉清大師的金光，喝道：「賊淫尼休要逃走，快快投降，讓俺快活快活，饒你不死！」

玉清大師聽馬覺口出不遜，心中大怒，罵道：「不知死活的業障！我無非憐你修煉不易，你倒不知好歹，出口傷人。聽你之言，也決非善類，本師須替世人除害，容你不得。」言罷，將手往金光一指，忽地金光閃耀，如同金蛇亂跳，將馬覺圈繞在內。馬覺才知厲害，欲待逃走，已經不及，被玉清大師的金光捲將過來，連人帶劍分為兩段。

那一邊，智通的三道劍光分成三路直取輕雲。輕雲堪堪迎敵不住，恰好玉清大師斬罷馬覺，前來相助，輕雲才得無事。

這時天已昏黑，玉清大師見智通劍光厲害，明珠禪師也非庸手，笑和尚、孫南也不見出來，又不知寺中虛實。心想：「這樣相持下去，萬一自己同來的人吃了虧，何顏回見二老同眾人？」當下把心一狠，從懷中取出一把子午火雲針，猛一回首，朝著明珠禪師放去。

那明珠禪師正被佟元奇的劍光，逼得氣喘汗流，忽見有數十點火星飛來，喊聲：「不好！」急忙將身拔地縱起，任你躲得快，左腿上已中了兩針，痛徹心肺。知道敵人厲害，稍一疏神便有性命之憂。當他心慌神散之時，玉清大師的劍光又將他飛劍絞斷一根。

正在危急之間，恰好日月僧趕到相助。智通見來了生力軍，正在高興，忽聽一片哭聲。回看後殿，四處火起，知道峨嵋派不定又到了多少能人。自己又不能分身去救；寺中門下雖多，了一是不知去向，餘人皆非敵人對手。眼看多年基業，毀於一旦。即使曉月禪師能在辟邪村得勝回來，要想重整基業，也非易事。何況峨嵋敵人又決不能令他安居。一陣心酸，不由把心一橫，拚命上前迎敵。六個人七八道劍光絞作一團。

正在各奮神威，兩不相下之際，忽然雲開天朗，清光四澈，照得院落中如同白晝一般。雙方又力戰了一陣。那明珠禪師漸漸覺得腿上的傷越來越痛，佟元奇的劍光聲勢更盛，眼見難以支持。正要想法逃走，猛覺腰部被一個東西撞將過來，來勢甚猛，一個立腳不住，往前一撞。忽地對面又一道白光，直朝他頸間飛到。他來不及收回劍光，急忙將身縱起，用手一擋，被那白光削去五個手指，還直往他腰上捲來。他見情勢危險萬分，顧不得手腳疼痛，情急冒險，衝入劍光叢中，收回自己的劍，身劍合一，逃向東南而去。

這時智通右臂上又中了玉清大師幾根子午火雲針，正在恐慌萬狀，忽見明珠禪師好似被什麼東西一撞，接著出現了前晚那個小和尚同一個白衣少年。眼看白衣少年劍光過去，明珠禪師受傷逃走。那小和尚又飛起四五道金光捲將過來。自己臂上所受的傷奇痛非常，二柄飛劍又被斷去一柄，雖日月僧飛劍厲害，到底雙拳難敵四手。正在焦急萬分，忽聽一聲長嘯，聲如鶴鳴，庭院中落下一個道者，口中喊道：「智通後退，待我來擒這一干業障。」

玉清大師認清來人正是林淵，聽他喊智通後退，知他妖法厲害。於是暗中準備，忙喚輕雲、孫南、笑和尚走向自己這邊，一起站立，以便抵擋。

果然林淵下來後，日月僧首先收回飛劍。林淵先放出紫、紅、黃三道劍光，抵住玉清大師的劍光，讓智通退將下來。隨向懷中取出一樣東西，往空中一撒，立時便有十丈紅雲夾著許多五彩煙霧，直朝玉清大師等當頭落下。萬里飛虹佟元奇不知破法，見勢不佳，收回劍光，化道長虹而去。

玉清大師早年曾入異教，知道敵人放的是彩霞紅雲瘴，乃是收煉苗疆毒嵐煙瘴而成，人如遭遇這種惡毒瘴氣，一經吸入口鼻，不消多日，毒發攻心，全身紫腫而亡。幸已早作準備，當下忙令笑和尚等同時將劍光運成一團，讓大家圍個風雨不透，暫免一時危險，以待接應。這且不言。

那佟元奇見妖法厲害，正待趕回辟邪村求救，才飛起不遠，便遇見苦行頭陀等三人。當下不及交談，四人同時趕到慈雲寺。恰好神尼優曇也從空降下，不待二老等動手，伸出一雙長指，朝著那紅雲堆上彈去，隨手便有幾點火星飛入雲霧之中。那紅雲煙霧一經著火，便燃燒起來，映著裡面的金光劍氣，幻成五色霞光異彩，煞是奇觀。那火並不灼人，只有一股奇臭觸鼻氣味。

玉清大師見師父同二老、苦行頭陀同時來到，破了妖法，外面紅雲煙霧被火引著，隨著順風隨燒隨散，知道事已無礙，仍令眾人加緊用劍光護體，待妖雲散盡再行離開。那消一會工夫，那些毒瘴妖嵐，便已消滅無存，依舊是月白風清。只是後面真火越燒越大，漸漸燒到前面，隱隱聽見一陣婦女哭聲以及遠處人們的喧嚷聲。

且說那林淵為人陰險狡猾，智謀深遠。因同明珠禪師有嫌，所以起初袖手旁觀。及至見明珠禪師敗走，他才下來，使用彩霞紅雲瘴，打算將眾仙一網打盡。正在得意揚揚，忽見二老、苦行頭陀、神尼優曇同時趕到，便知事情不妙。又見神尼優曇從十指中彈出佛家的石火電光；想收回紅雲瘴業已不及。便顧不得眾人，因智通離他較近，伸手一拉他的臂膀，說道：「還不隨我逃走，等待何時？」說罷，破空先自逃走。

智通也知二老既來，曉月禪師必無倖理，便覺逃命要緊。才飛身起來，不到三五丈高下，倏地飛來一道金光，疾如閃電。智通喊聲：「不好！」想用飛劍抵擋，已來不及，被那金光繞向兩腿間，登時先燒壞了他的雙足，一時負痛，倒栽蔥往下便落。

智通劍術煞是了得，他從空墜下，離地數尺，顧不得疼痛，還想駕劍逃命。咬著牙，一個雲裡翻身，往上升起。忽然一青一白兩道劍光同時飛來，立時把他分成三段，屍首先後跌到塵埃，死於非命。

尉遲元見日月僧下去，並未佔著絲毫便宜，便打點了腳底揩油之想。及至見林淵下去，將眾劍仙困住，好生高興。自知此地有他不多，無他不少，打算趕往辟邪村，去看曉月禪師勝負如何，好回來與林淵報信。正待起身，對面飛來一道長虹金光。他知道除峨嵋掌教真人、三仙、二老外，無人有此本領。猛抬頭，又見從辟邪村方面飛來三四道金光、白光，與先前金光不相上下，同時墜在對面殿脊上面，定睛一看，嚇了個膽落魂飛。他本是驚弓之鳥，既知大事不好，心裡有數，腳底揩油，立刻就溜之乎也。好在他為人尚無大惡，故此幸逃慘戮。

那日月僧最為顢頇，他頭一個看見來人正是矮叟朱梅，因從未見過，只知是敵人的救應，不假思索，便把兩道劍光放了出去。及至認清來人中有追雲叟同苦行頭陀時，才知不好，正想收劍逃走。那矮叟朱梅卻沒把他的飛劍放在心上，哈哈笑道：「微末之技，也敢來此賣弄！」只用手一指，一道金光過處，便將日月僧千曉的飛劍斬斷，四散墜地。

佟元奇更不怠慢，立時將劍光飛過去，結果了妖僧性命。這時妖雲散盡，玉清大師便率領眾人，上前拜見師父同各位前輩。追雲叟便問寺中凶僧餘黨如何發落？

白俠孫南道：「適才弟子同笑師弟，已將他等擒住，大概逃走的不多。寺中尚有若干婦女，問明俱是被凶僧強搶霸佔而來。弟子斗膽作主，放火時節，已將廟牆打開一面，命她等各攜凶僧財物往外逃命。據她等異口同音，除知客僧了一不犯淫孽外，餘人皆是淫惡不法。此類凶僧放出去，定為禍世間。適才用飛劍同分筋錯骨法擒住的七十餘名凶僧，除當場格殺者外，其餘都投入密室火穴之中。至於寺中打雜燒火的僧人，尚有數十名，他們只供役使，尚無大惡，已分別告誡，任他等自行逃命去了。還有一個凶僧名喚慧能，本當將他斬首，因他向笑師弟苦求饒命，立誓痛改前非，僅將他的飛劍消滅，割去兩耳，以示薄懲，現在也已放他逃生。弟子等擅專一切，還望各位前輩老師寬宥。」

追雲叟見他同笑和尚小小年紀，辦事井井有條，不住點頭。

矮叟朱梅道：「適才我聽有人聲喧嚷，想是附近救火的人，如何這半天倒不見動靜？」

追雲叟道：「我因怕人來看見殺死多人，難免要經官動府，豈不使我漢人去受胡奴欺負？我便逼起一團濃霧，使他等以為錯看失火。等到明早，此地業已變成瓦礫荒丘，我等再顯些靈異，使當地官府疑為天火天誅，以免連累好人。那逃出去的婦女怕受牽連，當然也不敢輕易洩漏。至於逃出去的寺中打雜人等，恐怕官府疑心他等謀財放火，更是不會亂說。況且常有同門道友來往成都，如因慈雲寺失火，發生糾葛之事，隨時再來援救化解便了。只是顯些靈異的事，須仗優曇大師佛法。天已不早，就請大師施為吧。」

神尼優曇聞言道：「如此，貧尼要施展了。」

這時火勢已漸漸蔓延到前殿，院落中松柏枯枝被火燃燒，嗶嗶剝剝響成一片。

神尼優曇當下命玉清大師去尋了五尺高下一塊長方形的石碑，放在大殿院落中間。將手一指，便有一道金光射在石上。一會工夫，便顯出「殺盜淫姦，恣情荼毒，天火神雷，執行顯戮」十六個金色似篆非篆的文字，寫成之後，黃光閃耀，兀自不散。

這時火勢漸漸逼近眾人。追雲叟道：「等到天亮霧消，此地已變成一片瓦礫場。地方官員前來驗看，必定疑神疑鬼，不致牽連無辜。此刻事已辦完，玉清觀中還有幾個受傷之人，我等急速回去醫治吧。」

優曇大師見大事已畢，便說道：「我尚有事他去，不同諸位回玉清觀了。」說罷，告辭而去。大家便隨二老、苦行頭陀駕起劍光，返回玉清觀內。

這時戰場上敵人的屍體，已被眾劍仙用消骨散化去。風赤道人吳元智的屍首，業由眾劍仙幫助套上法衣，靜等二老、苦行頭陀等到來舉行火葬。七星手施林正守著他師父的屍首哀哀痛哭，立誓與他師父報仇雪恨。

那頑石大師左臂中了龍飛的九子母陰魂劍，女神童朱文受了曉月禪師的十二都天神煞，雖然與她二人服了元元大師的九轉奪命神丹，依舊是昏迷不醒。最關心的是金蟬，陪在朱文臥榻前眼淚汪汪，巴望二老和苦行頭陀快些回來施治。

第十四章 採藥上山

此次比劍，雖然峨嵋派大獲全勝，可也有一位劍仙被害，兩位受傷，不似昔年峨嵋鬥劍，能夠全師而返。

各位劍仙正在難過之際，二老、苦行頭陀同眾劍仙一齊回轉。矮叟朱梅連忙從身旁取出幾塊丹藥，分一半給追雲叟，請他去醫治頑石大師，矮叟朱梅自己便往朱文身旁走來。金蟬姊弟見朱梅過來，急忙上前招呼。朱梅見金蟬一臉愁苦之狀，不禁心中一動。當下便喚齊靈雲取了一碗清水，將一塊丹藥化開。然後用剪刀將朱文衣袖剪破，只見她左臂紫黑，腫有二寸許高下，當中有一個米粒大的傷口在流黃水。矮叟朱梅不住地說道：「好險！如不是此女根行深厚，又服過元元大師的神丹，此命休矣！」邊說邊取了一粒丹藥，塞在朱文的傷口上。又命靈雲將調好的丹藥將她左臂連胸敷遍。一會工夫，黃水止住。

朱梅又取兩粒丹藥，命靈雲撬開朱文的牙關，塞入她口中，等她融化自嚥。然後對靈雲姊弟說道：「那十二都天神煞，好不歹毒。我等尚且不敢輕易涉險，她如何能行？此次雖然得保性命，恐怕好了，左臂也不能使用，並且於修道練劍上大有妨礙。她這樣好的資質，真正可惜極了！使我最奇怪的是，曉月賊禿使用妖法時，連我同諸位根行深厚的道友，只看見一片陰雲綠火同一些火龍，看不見他藏身之所。何以金蟬能看得那樣清楚，會把朱文從九死一生之下搶了回來？」靈雲便把九華斬妖蛇，芝仙感恩舐目之事說了一遍。

矮叟朱梅忽然哈哈大笑道：「這般說來，朱文有了救了。不但有救，連頑石大師也有了救，而且說不定還可遭遇仙緣，得些異寶。真是一件痛快的事。」一面說，一面招呼追雲叟快來，請頑石大師且放寬心。

追雲叟用藥去救頑石大師，雖然救轉，但左臂業已斬斷，骨骼連皮只有兩三分，周身黑紫，傷處痛如刀割。頑石大師受不住痛苦，幾番打算自己用兵解化去，俱被追雲叟止住。

那金蟬先聽朱梅說朱文不能復原，要成殘廢，一陣心酸，幾乎哭出聲來。後來聽到朱梅說朱文有了救星，憂喜交加，心頭不住地怦怦跳動。又不敢輕易動問怎樣救法，睜著一雙秀目，眼巴巴望著朱梅的臉。招得一班小弟兄們看見他的呆相，當著許多師父前輩，要笑又不敢笑。真是事不關心，關心者亂；前緣既定，無可解脫。

那追雲叟何嘗不知他二人不是沒有解法，但是知道求之大難，所以不作此想。及至聽朱梅呼喚，先請元元大師等監視頑石大師，防他自己兵解。急忙走了過來，悄聲問道：「朱道友，你說他二人有救，敢莫是說桂花山福仙潭裡的千年何首烏同烏風草麼？這還用你說，一時間哪裡去尋那一雙生就天眼通的慧根童男女呢？」

朱梅哈哈大笑道：「你枉自是個名馳八表的老劍仙，你難道就不知福仙潭那個大老妖紅花婆的幾個臭條件嗎？她因為當年失意的事，發下宏願，專與世人為仇。把住了桂花山福仙潭，利用潭裡的幾個妖物，噴出許多妖雲毒霧，將潭口封鎖。她自己用了許多法術，把一個洞天福地變成了阿鼻地獄。」

「當年長眉真人因見她把天財地寶霸佔成個人私產，不肯公之於世，有失濟人利物之旨，曾經親身到桂花山尋她理論。她事先知道信息，便在山前山後設下許多驚人異法，俱被長眉真人破去。末後同長眉真人鬥劍鬥法，也都失敗。長眉真人便要她撤去福仙潭的封鎖同妖雲毒霧，她仍是不甘屈服。

「彼時她說的話，也未始沒有理由。她說：『天生異寶靈物，原留待夙根深厚的有緣人來享用。如果任人予取予攜，早晚就要絕種，白白地便宜了許多不相干的人；真正根行深厚的人，反倒不得享受。我雖然因為一時的氣憤，將福仙潭封鎖，那是人類與我無緣，不完全是我厭惡人類。如要叫我撤去封鎖，我就要應昔日的誓言。現在我也很後悔當時的意氣用事。潭底下佈的埋伏，並非絕無破法，只要來人是一對三世童身，生具夙根的童男女，經我同意之後，就進得去。不過烏風草生長在霧眼之中，隨霧隱現，更有神鱷、毒石護持。來人如果不是生就一雙慧眼，能看徹九幽，且劍術通元，下臨無地，就三世童身，我也是愛莫能助。就是應允你，現在就撤去埋伏，你也無法下去。』

「長眉真人當下對她笑道：『你說的也是實話。七十年後，我教下自有人來尋你，只要你心口相應，除已有設備外，不再另外同他為難就是了。』其實，長眉真人何嘗不能破她潭中法術同那護持靈藥的兩樣厲害東西，只因時機未到，樂得利用她偏狹的心理，讓她去代為保護。並使門下弟子，知道天生靈物，得之非易。

「自從長眉真人同她辦交涉以後，不知有多少異派中人到福仙潭去，尋求那兩樣靈藥，有的知難而退，有的簡直就葬身霧眼之內。後來也就無人敢去問津了。近年來，大老妖紅花婆閱歷也深了，道術也精進了，氣也平了，前些年又得了一部道書，越加深參造化，只苦於昔日誓言，不得脫身，巴不得有這麼兩個去破她的封鎖，剷除毒石，收服神鱷，她好早日飛升。所以現在去取這樣靈藥，正是絕好的機會。

「今日我見金蟬竟能飛身到曉月賊禿妖雲毒霧之中將朱文救回，很覺稀奇，當時因為急於破寺，未及細問。適才靈雲對我說起他在九華日夕受芝仙精液滴洗的緣故，他同朱文俱是好幾世的童身，由他同朱文前往桂花山求藥，藉此多帶些回來，製成丹藥，以備異日峨嵋門劍之用，豈非絕妙？」

追雲叟道：「適才頑石大師幾次要自行兵解，都被我攔住。我本想到桂花山的烏風草，可以祛毒生肌，只苦於無有適當的人前去。想不到金蟬一念之仁，得此大功，免卻異日許多道友的災難，真是妙極！我看事不宜遲，慈雲寺既破，我等就此分別回山。由我將頑石大師帶往衡山調養，等候金蟬將靈藥取回，再行敷用。金蟬到底年幼，如今異派仇人太多，就由靈雲護送他同朱文前往雲南桂花山，去見紅花姥姥，求取靈藥便了。」

這時朱文服用朱梅丹藥之後，漸漸醒轉。她的痛苦與頑石大師不同，只覺著左半身麻木，右半身通體火熱，十分難過。見二老在旁，便要下床行禮。朱梅連忙止住，又把前事與她說了一遍。

追雲叟也把桂花山取藥之事告訴頑石大師，勸她暫時寬心忍耐。頑石大師傷處腫痛，難以動轉，事到如今，也只好暫忍痛苦。眾人議定之後，天已微明，便為風赤道人吳元智舉行火葬。眾劍仙在吳元智的靈前，見他的弟子七星手施林抱著吳元智屍首哀哀痛哭，俱各傷感萬分。

火葬之後，七星手施林眼含痛淚，走將過來，朝著眾位劍仙跪下，說道：「各位老師在上，先師苦修百十年，今日遭此劫數，門下只有弟子與徐祥鵝二人。可憐弟子資質駑鈍，功行未就，不能承繼先師道統。先師若在，當可朝夕相從，努力上進。如今先師已死，弟子如同失途之馬，無所依歸。還望諸位老師念在先師薄面，收歸門下，使弟子得以專心學業，異日手刃仇人，與先師報仇雪恨。」說罷，放聲大哭。

眾劍仙眷念舊好，也都十分滄淒。追雲叟道：「人死不能復生，這也是劫數使然。你的事，適才我已有安排。祥鵝日後自有機緣成就他，不妨就著他在山中守墓。你快快起來聽我吩咐，不必這般悲慟。」施林聞言，含淚起來。

追雲叟又道：「我見你為人正直，向道之心頗堅，早就期許。你將你師父靈骨背回山去，速與他尋一塊淨土安葬。然後就到衡山尋我，在我山中，與周淳他們一同修煉便了。」施林聞言，哀喜交集，便上前朝追雲叟拜了八拜，又向各位前輩及同門道友施禮已畢，自將他師父骨灰背回山去安葬。不提。

靈雲姊弟因朱文身受重傷，不便御劍飛行，只得沿路雇用車轎前去。便由玉清大師命張琪兄妹回家取來應用行李川資。靈雲也是男子裝扮。打點齊備後，追雲叟與朱梅又對三人分別囑咐相機進行之策。天光大亮後，靈雲等三人先到了張琪兄妹家中，見過張母，便由張家用了一乘轎子，兩匹川馬，送他三人上道。不提。

追雲叟等靈雲三人走後，眾劍仙正在分別告辭，互約後會之期，忽然一道金光穿窗而入。追雲叟接劍一看，原來是乾坤正氣妙一真人從東海來的飛劍傳書。大意說是雲、貴、川、湘一帶，如今出了好些邪教。那五台、華山兩派的餘孽，失了統馭，漸漸明目張膽，到處胡為；有的更獻身異族，想利用胡兒的勢力，與峨嵋派為難。請本派各位道友不必回山，仔細尋訪根行深厚的青年男女，以免被異派中人物色了去，助紂為虐。同時計算年頭，正是小一輩門人建立外功之期，請二老、苦行頭陀將他們分作幾方面出發等語。

追雲叟看完來書，便同眾劍仙商量了一陣。除二老、苦行頭陀要回山一行和頑石大師要隨追雲叟回山養病外，當下前輩劍仙各人俱向自己預定目的地進發。小兄弟或三人一組，或兩人一組，由二老指派地點，分別化裝前往，行道救人。以後每隔一年，指定一個時期，到峨嵋聚首一次，報告各人自己功過。如果教祖不在洞中，便由駐洞的值年師伯師叔糾察賞罰。派定以後，眾劍仙由玉清大師、素因大師恭送出玉清觀外，分別自去。除周輕雲、女空空吳文琪在成都府一帶活動仍住玉清觀不走外，各人俱按指定的地點進發。

笑和尚因同金蟬莫逆，自己請求同黑孩兒尉遲火往雲南全省行道，以便得與金蟬相遇之後，結伴同行。二老也知他可以勝任，便點頭應允。笑和尚打算先到昆明去，立下一點功績，再往回走，來追金蟬等三人。當下便向玉清大師等告別，同黑孩兒尉遲火上路。

至於靈雲姊弟陪朱文到桂花山求取靈藥，以及峨嵋門下這些小劍客的許多奇異事蹟，後文自有交代。

（本書中最重要的女俠——李寧之女英瓊，自前文中出現後，久已不與閱者相見。現在成都比劍已經告一段落，從今日起，便要歸入英瓊等的本傳，有英瓊峨嵋學劍，偶遇崑崙派赤城子接引莽蒼山，月夜梅花林中鬥龍，巧得紫郢劍，重牛嶺斬山魈，百餘馬熊感恩搭熊橋，五俠戰八魔等故事，均為全書中最精采處，尚祈閱者注意為幸。）

閒話少提，書歸正傳。

話說李寧父女，自周淳下山後，轉瞬秋盡冬來。又見周淳去了多日，並無音信回來，好生替他憂急。這日早起，李寧對英瓊說道：「你周叔父下山兩個多月了，蜀山高寒，不久大雪封山，日用物品便無法下山去買。我意欲再過一二日，便同你到山下去，買一些油鹽米菜臘肉等類，準備我父女二人在山上過年。到明年開春後，再往成都去尋你周叔父的下落。你看可好？」

英瓊在山中住了多日，很愛山中的景致。加以她近來用一根繩子綁在兩棵樹梢之上，練習輕身術，頗有進展，恐怕下山耽擱了用功。本想讓她父親一人前去，又恐李寧一人搬運東西費力。尋思了一會，便決定隨著李寧前往。

且喜連日晴朗。到了第二天，李寧父女便用石塊將洞門封閉，然後下山。二人在山中住了些日子，道路業已熟悉，便不從捨身岩險道下去，改由後山捷徑越過歌鳳溪，再走不遠，便到了歌鳳橋。橋下百丈寒泉，澗中如挾風雨而來，洪濤翻滾，驚心駭目，震盪成一片巨響，煞是天地奇觀。

父女二人在橋旁賞玩了一陣飛瀑，再由寶掌峰由右轉左，經過大峨山，上有明督學郭子章刻的「靈陵太妙之天」六個擘窠大字。二人又在那裡瞻仰片刻，才走正心橋、袁店子、馬鞍山，到楠坪，走向下山大路。楠坪之得名，是由於一株大可數抱的千年楠樹。每到春夏之交，這高約數丈、筆一般直的楠樹，枝柯盤鬱，綠蔭如蓋，蔭覆畝許方圓。人經其下，披襟迎風，煩暑一祛，所以又有「木涼傘」的名稱。可惜這時已屆冬初，享不著這樣清福了。

李寧把山中古蹟對英瓊談說，英瓊越聽越有趣。便問道：「爹爹雖在江湖上多年，峨嵋還是初到，怎麼就知道得這般詳細？莫非從前來過？」

李寧道：「你這孩子，一天只顧拿刀動劍，跳高縱遠，枉自給你預備了那麼多的書，你也不看。我無論到哪一處去，對於那一處地方的民情風土，名勝形勢，總要設法明瞭。我所說的，一半是你周叔父所說，一半是從峨嵋縣志上看來的。人只要肯留心，什麼都可以知道，這又何足為奇呢？」二人且行且說，一會兒工夫便到了華嚴堎。

這時日已中午，李寧覺著腹中饑餓。英瓊便把帶來的乾糧取出，正要去尋水源，舀點泉水來就著吃。李寧忙道：「無須，此地離山下只有十五里，好在今晚是住在城裡，何苦有現成福不享？我聽你周叔父說，離此不遠有一個解脫庵，那裡素齋甚好，我們何妨去飽飽口福？」說罷，帶著英瓊又往前走了不遠，便到了解脫坡。坡的右邊，果然有一座小庵，梵唄之聲，隱隱隨風吹到。

走近庵前一看，只見兩扇庵門緊閉。李寧輕輕叩了兩下。庵門開處，出來一個年老佛婆。李寧對她說明來意，老佛婆便引李寧父女去到禪堂落座，送上兩盞清茶，便到裡面去了。不多一會，唪經聲停歇，出來一個四十多歲的老尼姑。互相問過姓名法號之後，李寧便說遊山饑渴，意欲在此擾一頓素齋。

那尼姑名喚廣慧，聞言答道：「李施主，不瞞你說，這解脫庵昔日本是我師兄廣明參修之所，雖不富足，尚有幾頃山田竹園，他又做得一手的好素齋，歷年朝山的居士，都喜歡到此地來用一點素齋。誰想他在上月圓寂後，被兩個師姪將廟產偷賣與地方上一些痞棍。後來被我知道，不願將這一所清淨佛地憑空葬送，才趕到此間將這座小庵盤頂過來，只是那已經售出去的廟產無力贖回。現在小庵十分清苦，施主如不嫌草率，我便叫小徒英男作兩碗素麵來，與施主用可好？」

李寧見廣慧談吐明朗，相貌清奇，二目神光內斂，知是世外高人，連忙躬身施謝。廣慧便喚佛婆傳話下去。又對李寧道：「女公子一身仙骨，只是眉心這兩粒紅痣生得煞氣太重。異日得志，千萬要多存幾分慈悲之心，休忘本性，便可逢凶化吉，遇難呈祥了。」

李寧便請廣慧，指點英瓊的迷途，及自己將來結果。

廣慧道：「施主本是佛門弟子，令嬡不久也將得遇機緣。貧尼僅就相法上略知一二，在施主面前獻醜，哪裡知道甚麼前因後果呢？」李寧仍是再三求教，廣慧只用言語支吾，不肯明言。

一會，有一個蓄髮小女孩，從後面端了兩大碗素麵湯出來。李寧父女正在腹中饑餓，再加上那兩碗素麵是用筍片、松仁、香菌作成，清香適口，二人吃得非常之香。吃完之後，那小女孩端上漱口水。英瓊見她生得面容秀美，目如朗星，身材和自己差不多高下，十分羨愛，不住用兩目去打量。

那小女孩見英瓊一派秀眉英風，姿容絕世，也不住用目朝英瓊觀看。二人都是惺惺惜惺惺，心中有了默契。李寧見英瓊這般景況，不等女兒說話，便問廣慧道：「這位小師父法號怎麼稱呼？這般打扮，想是帶髮修行的了。」

廣慧聞言，嘆道：「她也是命多磨劫。出世不滿三年，家庭便遭奇冤慘禍，被貧尼帶入空門。因為她雖然生具夙根，可惜不是空門中人，並且她身上背著血海奇冤，早晚還要前去報仇，所以不曾與她落髮。她原姓余，英男的名字是貧尼所取。也同令媛本有一番因果，不過此時尚不是時候。現在天已不早，施主如果進城，也該走了，遲了恐怕城門關閉，進不去。貧尼也要到後面做功課去了。」

李寧見廣慧大有逐客之意，就率英瓊告辭，並從身上取了二兩散碎銀子作為香資。廣慧先是不收，經不起李寧情意甚殷，只好留下。廣慧笑道：「小庵雖然清苦，尚可自給。好在這身外之物，施主不久也要它無用。我就暫時留著，替施主散給山下貧民吧。」

李寧作別起身，廣慧推說要做功課，便往裡面走去，只由名喚英男的小女孩代送出來。行到庵門，李寧父女正要作別舉步，那英男忽然問英瓊道：「適才我不知姊姊到來，不曾請教貴姓。請問姊姊，敢莫就是後山頂上隱居的李老英雄父女嗎？」

李寧聞言，暗自驚異，正要答言，英瓊搶著說道：「我正是後山頂上住的李英瓊，這便是我爹爹。你是如何知道的？」

余英男聞言，立刻喜容滿面，答道：「果然我的猜想不差，不然我師父怎肯叫我去做麵給你們吃呢？你有事先去吧，我們是一家人，早晚我自會到後山去尋你。」說到此間，忽聽那老佛婆喚道：「英姑，師太喚你快去呢。」

余英男一面答應「來了」，一面對英瓊說道：「我名叫余英男，是廣慧師太的徒弟。你以後不要忘記了。」說罷，不俟英瓊答言，竟自轉身回去，將門關上。

李寧見這庵中的小女孩，居然知道自己行藏，好生奇怪。想要二次進庵時，因見適才廣慧情景，去見也未必肯說，只得罷休。好在廣慧一臉正氣，她師徒所說的一番話俱無惡意，便打算由城中回來，再去探問個詳細。那英瓊在山中居住，正愁無伴，平空遇見一個心貌相合的伴侶，也恨不得由城中回來，立刻和英男訂交。

父女二人各有心思，一面走，一面想，連山景也無暇賞玩。不知不覺過了涼風洞，從伏虎寺門前經過，穿古樹林，從冠峨場，經瑜伽河，由儒林橋走到勝風門，那就是縣城的南門。

二人進了南門，先尋了一所客店住下。往熱鬧街市上買了許多油鹽醬醋米肉糖食等類，因為要差不多夠半年食用，買得很多，不便攜帶，俱都分別囑咐原賣鋪家，派人送往客店之內。然後再去添買一些禦寒之具同針線刀尺等類。

正走在街旁，忽聽一聲呼號，聲如洪鐘。李寧急忙回頭看時，只見一個紅臉白眉的高大和尚，背著一個布袋，正向一家舖子化緣。川人信佛者居多，峨嵋全縣寺觀林立，人多樂於行善。那家舖子便隨即給了那和尚幾個錢。那和尚也不爭多論少，接過錢便走。這時李寧正同那和尚擦肩而過。那和尚上下打量李寧父女兩眼，又走向別家募化去了。

李寧見那和尚生得那般雄偉，知道是江湖上異人，本想上前設法問訊。後來一想，自己是避地之人，何必再生枝節？匆匆同了英瓊買完東西，回轉店房。叫店家備了幾色可口酒餚，父女二人一面喝酒吃菜，一面商談回山怎樣過冬之計。

李寧飄蕩半生，如今英雄末路，來到峨嵋這種仙境福地住了數月，眼看大好江山淪於異族，國破家亡，匡復無術，傷心已極，便起了出塵遺世之想。只因愛女尚未長成，不忍割捨。英瓊又愛學武，並且立誓不嫁，口口聲聲陪侍父親一世。他眼看這粉裝玉琢、冰雪聰明的一個愛女，怎肯將她配給庸夫俗子。長在深山隱居，目前固好，將來如何與她擇配，自是問題，幾杯濁酒下去，登時勾起心事，眼睛望著英瓊，只是沉吟不語。

英瓊見父親飲酒犯愁思，正要婉言寬慰，忽聽店門內一陣喧嘩。

第十五章　不世仙緣

話說英瓊天性好動，便走向窗前，憑窗往外看去。這間房離店門不遠，看得很是清楚。這時店小二端了一碗粉蒸肉進來，李寧正要喊英瓊坐下，趁熱快吃。忽聽英瓊道：「爹爹快來看，這不是那個和尚嗎？」

李寧也走向窗前看時，只見外面一堆人，擁著一個和尚，正是適才街中遇見的那個白眉紅臉的和尚。不禁心中一動，正想問適才端菜進來的店小二。這人生來口快，不俟李寧問話，便搶先道：「客官快來用飯，免得涼了，天氣又冷，不好受用。按說我們開店做買賣，只要不賒不欠，誰都好住。也是今天生意太好，又趕十月香汛，全店只剩這一間房未賃出去，讓給客官住了。

「這個白眉毛和尚，本可以住進附近廟宇，還可省些店錢。可他不去掛單，偏偏要跑到我們這裡來強要住店。主顧上門，哪敢得罪？我們東家願把帳房裡間勻給他住，他不但不要，反出口不遜，定要住客官這一間房。問他是什麼道理？他說這間房的風水太好，誰住誰就要成仙。如若不讓，他就放火燒房。不瞞客官說，這裡廟宇太多，每年朝山的人盈於累萬，靠佛爺吃飯，不敢得罪佛門弟子。如果在別州府縣，像他這種無理取鬧，讓地方捉了去，送到衙門裡，怕不打他一頓板子，驅逐出境哩。」

店小二連珠似他說了這一大套，李寧只顧沉思不語。不由惱了英瓊，說道：「爹爹，這個和尚太不講理了。」話言未了，忽聽外面和尚大聲說道：「我來了，你就不知道嗎？你說我不講理，就不講理。就是講理，再不讓房，我可要走了。」

李寧聽到此處，再也忍耐不住，顧不得再吃飯，急忙起身出房，走到和尚面前深施一禮。然後說道：「此店實在客位已滿，老禪師如不嫌棄，先請到我房中小坐，一面再命店家與老禪師設法，勻出下榻之所。我那間房，老禪師倘若中意時，那我就搬在櫃房，將我那間奉讓與老禪師居住如何？」

那白眉毛和尚道：「你倒是個知趣的。不過你肯讓房子，雖然很好，恐怕你不安好心，要連累貧僧，日後受許多麻煩，我豈不上了你的當？我還是不要。」

這時旁觀的人見李寧出來與店家解圍，那和尚還是一味不通情理，都說李寧是個好人，那和尚不是東西，出家人哪能這樣不講理？大家以為李寧聞言，必要生和尚的氣，誰知李寧聞言，執禮愈恭，詞意更為懇切。

說到後來，那和尚哈哈大笑，說道：「你不要以為我那樣不通情理，我出家人出門，哪有許多銀兩帶在身邊？你住那間房，連吃帶住怕不要四五錢銀子一天，你把房讓與我，豈不連累我多花若干錢？我住是想住，我打算同你商量：你住櫃房，可得花上房的錢；我住上房，仍是花櫃房的錢。適才店家只要八分銀子一天，不管吃，只管住。我們大家交代明白，這是公平交易，願意就這麼辦，否則你去你的，我還是叫店家替我找房，與你無干。你看可好？」

李寧道：「老禪師說哪裡話來。你我萍蹤遇合，俱是有緣，些須店錢算得什麼？弟子情願請老禪師上房居住，房飯錢由弟子來付，略表寸心。尊意如何？」

那和尚聞言大喜道：「如此甚好。」一面朝店家說道：「你們大家都聽見了，房飯錢可是由他來給，是他心甘情願，不算我訛他吧？我早就說過，我如要那間房，誰敢不讓？你瞧這句話沒白說吧？」

這時把店家同旁觀的人幾乎氣破了肚皮。一個是恭恭敬敬地認吃虧，受奚落；一個是白吃白喝當應該，還要說便宜話。店家本想囑咐李寧幾句，不住地使眼色。李寧只裝作不懂，反一個勁催店家快搬。店家因是雙方情願，不便管閒事，只得問明李寧，講好房飯錢由他會帳，這才由李寧將英瓊喚出，遷往櫃房。

那和尚也不再理人，逕自昂然直入。到了房中落座後，便連酒帶菜，要個不停。

話說那間櫃房原是帳房一個小套間，店家拿來堆置雜物之用，骯髒黑暗，光線空氣無不惡劣異常。起初店家原是存心搪塞和尚，誰想上房客人居然肯讓。搬進去以後，店家好生過意不去，不斷進房陪話。李寧竟安之若素，一點不放在心上，見店家進房安慰，只說出門人哪裡都是一樣住，沒有什麼。

那伺候上房的店小二，見那和尚雖然吃素，都是盡好的要了一大桌，好似倚仗有人會帳，一點都不心疼，暗罵他窮吃餓吃，好生替李寧不服氣。又怕和尚吃用多了，李寧不願意，抽空來到李寧房中報告道：「這個和尚簡直不知好歹，客官何苦管他閒帳？就是喜歡齋僧佈道，吃虧行善，也要落在明處，不要讓人把自己當作空子。」

李寧暗笑店小二眼光太小，因見他也是一番好心，不忍駁他。只說是自己還願朝山，立誓不與佛門弟子計較，無論他吃多少錢，都無關係。並囑咐店小二好好伺候，如果上房的大師父走時，不怪他伺候不周，便多把酒錢與他。店小二雖然心中不服，見李寧執意如此，也就無可奈何，自往上房服侍去了。

英瓊見她父親如此，知道必有所為。她雖年幼，到底不是平常女子，並未把銀錢損失放在心上，只不過好奇心盛，幾次要問那和尚的來歷，俱被李寧止住。

鬧了這一陣，天已昏黑。李寧適才被和尚一攪，只吃了個半飽，當下又叫了些飲食，與英瓊再次進餐，找補這後半頓。吃喝完畢，業已初更過去。店家也撤去市招，上好店門。住店的客人，安睡的安睡，各自歸房。不提。

李寧對著桌上一盞菜油燈，發呆了一陣，待英瓊又要問時，李寧站起來囑咐英瓊，不要隨便出去，如困時，不妨先自安睡。英瓊便問是否到上房看望那位大和尚。李寧點了點頭，叫英瓊有話等回山細說，不要多問。說罷，輕輕開門出來，見各屋燈光黯淡，知道這些朝山客人業已早睡，準備早起入山燒香。便放輕腳步，走到上房窗下，從窗縫往裡一看，只見室中油燈剔得很旺，燈台下壓著一張紙條。再尋和尚，蹤跡不見。

李寧大為驚異。一看房門倒扣，輕輕推開窗戶，飛身進去，拿起燈台底下的紙條，只見上面寫著「凝碧崖」三個字，墨跡猶新，知道室中的人剛走不大一會。隨手放下紙條，急忙縱身出來，跳上房頂一看，大街人靜，星月在天，四面靜悄悄的。深巷中的犬吠聲，零零落落地隨風送到。神龍見首，鴻飛已冥，哪裡有一絲跡兆可尋？知道和尚走遠，異人已失之交臂，好生懊悔。先前沒有先問他的名字、住址，無可奈何，只得翻身下地，仔細尋思：「那凝碧崖莫非就是他駐錫之所？特地留言，給我前去尋訪，也未可知。」

猛想起紙條留在室中，急忙再進上房看時，室中景物並未移動，惟獨紙條竟不知去向。室中找了個遍，也未找到。適才又沒有風，不可能被風吹出窗外，更可見和尚並未走遠，還是在身旁監察他有無誠意。自己以前觀察不錯，此人定是為了自己而來，特地留下地方，好讓自己跟蹤尋訪。當下不便驚動店家，仍從窗戶出來。回房看英瓊時，只見她伏在桌上燈影下，眼巴巴望著手中一張紙條出神。見李寧進來，起身問道：「爹爹看見白眉毛和尚麼？」

李寧不及還言，要過紙條看時，正是適才和尚所留的，寫著「凝碧崖」三個大字的紙條。驚問英瓊：「從何處得來？」

英瓊道：「適才爹爹走出門，不多一會，我正在這裡想那和尚行蹤奇怪，忽然燈影一晃，我面前已留下這張紙條。我跑到窗下看時，正看見爹爹從房上下來，跳進上房窗戶去了。這『凝碧崖』三個字是什麼意思？怎會憑空飛入房內？爹爹可曾曉得？」

李寧道：「大概是我近來一心皈依三寶，感動高人仙佛前來指點。這『凝碧崖』想是那高人仙佛叫我前去的地方。為父從今以後，或者能遇著一些奇緣，擺脫塵世。只是你——」說到這裡，目潤心酸，好生難過。

英瓊便問道：「爹爹好，自然女兒也好。女兒怎麼樣？」

李寧道：「我此時尚未拿定主意，高人仙佛雖在眼前，尚不肯賜我一見，等到回山再說吧。」英瓊這時再也忍耐不住，逼著非要問個詳細。

李寧便道：「為父近來已看破世緣，只為平日之願未了，不能披髮入山。適才街上遇見那位和尚，我聽他念佛的聲音震動我的耳膜，這是內家煉的一種罡氣，無故對我施為，決非無因，不是仙佛，也是劍俠，便有心上前相見。後來又想到你身上，恐怕無法善後，只得罷休。誰想他跟蹤前來。

「起初以為事出偶然。及至聽他指明要我住的那間房，又說出許多不近情理的話，便知事更有因。只是為父昔年闖蕩江湖，仇人甚多，又恐是特意找上門來的晦氣。審慎結果，於是先把他讓入上房，再去察看動靜。去時已看見桌上有這張紙條，人已去遠，才知這位高僧真是為我前來。只是四海茫茫，名山甚多，叫我哪裡去尋這『凝碧崖』？即使尋著之後，勢必不能將你帶去，叫我怎生安排？如果不去，萬一竟是曠世仙緣，豈不失之交臂？所以我打算回山，考慮些日再說。」

英瓊聞言道：「爹爹此言差矣！女兒雖然年幼，近來學習內外功，已知門徑。我們住的所在，前臨峭壁，後隔萬丈深溝，鳥飛不到，人蹤杳然。爹爹只要留下三五年度日用費，女兒只每年下兩次山，購買應用物品，盡可度日用功，既不畏山中虎狼，又無人前來擾亂。三五年後，女兒把武功練成，再去尋訪爹爹下落。由爹爹介紹一位有本領、會劍術的女師太為師，然後學成劍術，救世濟人，豈非絕妙？人壽至多百年，爹爹學成大道，至少還不活個千年？女兒也可跟著沾光，豈不勝似目前苟安的短期聚首？『不放心』和『不捨得』幾個字從何說起？」

李寧見這膝前嬌女小小年紀，有此雄心，侃侃而談，絕不把別離之苦與索居之痛放在心上，全無絲毫兒女情態，既是疼愛，又是傷心。便對她道：「世間哪有這樣如意算盤？你一人想在那絕境深谷中去住三五年，談何容易。天已不早，明日便要回山，姑且安歇，回山再從長計較吧。天下名山何止千百，這凝碧崖還不知是在哪座名山之中，是遠是近呢。」

英瓊道：「我看那位高僧既肯前來點化，世間沒有不近人情的仙佛，他不但要替爹爹同女兒打算，恐怕他留的地名，也決不是什麼遠隔千里。」說著，便朝空默拜道：「好高僧，好仙佛，你既肯慈悲來度我父親，你就索性一起連我度了吧。你住的地方也請你快點說出來，不要叫我們為難，打悶葫蘆了。」

李寧見英瓊一片孩子氣，又好笑，又心疼。也不再同她說話，只顧催她去睡。當下李寧便先去入廁，英瓊就在房中方便，回來分別在鋪就的兩個鋪板上安睡。英瓊仍有一搭沒一搭地研究用什麼法子尋那凝碧崖。李寧滿腹心思，加上店房中借用的被褥又不乾淨，穢氣燻鼻難聞，二人俱都沒有睡好。

時光易過，一會寒雞報曉，外面人聲嘈成一片。李寧還想叫英瓊多睡一會，好在回山又沒有事。英瓊偏偏性急，鋪蓋又髒，執意起來。李寧只得開門喚店家打洗漱水。這時天已大明，今天正是香汛的第一日，店中各香客俱在天未明前起身入山，去搶燒頭香，人已走了大半。那未走的也在打點雇轎動身，顯得店中非常熱鬧。

那店小二聽李寧呼喚，便打水進來。李寧明知和尚已走，店家必然要來報告，故意裝作不知，欲待店小二先說。誰想店小二並不發言，只幫著李寧收拾買帶進山的東西。後來李寧忍不住問道：「我本不知今日是香汛，原想多住些日子，如今剛打算去看熱鬧。你去把我的帳連上房大禪師的帳一齊開來。再去替我雇兩名挑夫，將這些送與山中朋友之物挑進山去。回頭多把酒錢與你。」

店小二聞言，笑道：「客官真有眼力，果然那和尚不是騙吃騙住之人。」

李寧聞言，忙問：「此話怎講？」

店小二道：「昨天那位大師父那般說話行為，簡直叫我們看著生氣。偏又遇見客官這樣好性的人兒。起初他胡亂叫菜叫酒，叫來又用不多，明明是拿客官當空子，糟踐人。我們都不服氣，還怕他日後有許多麻煩。誰想他是好人，不過愛開玩笑。」

李寧急於要知和尚動靜，見店小二只管文不對題地絮叨，便衝口問道：「莫非那位大師父又回來了嗎？」

店小二才從身上慢悠悠地取出一封信遞給李寧，說道：「那位大師父才走不多一會，並未回來。不過他臨走時，已將他同客官的帳一齊付清，還賞了我五兩銀子酒錢。他說客官就在峨嵋居住，與他是街坊鄰居。他因為客官雖好佛，盡上別的寺觀禮拜，不上他廟裡燒香，心中有氣，昨天在街上相遇，特地跟來開玩笑。他見客官有涵養，任憑他取笑並不生氣，一高興，他的氣也平了。我問他山上住處和廟的名字，他說客官知道，近在咫尺，一尋便到。會帳之後，留下這一封信，叫我等客官起身時，再拿出來給你。」

李寧忙拆開那信看時，只見上面寫著：「欲合先離，不離不合。凝碧千尋，蜀山一角。

何愁掌珠，先謀解脫。明月梅花，神物自落。手扼遊龍，獨擘群魔。卅載重逢，乃證真覺。」字跡疏疏朗朗，筆力遒勁，古逸可愛。可見昨晚這位高僧並未離開自己，與英瓊對談的一番心事，定被他聽了去。既然還肯留信，對於英瓊必有法善後，心中大喜。

父女二人看完後，不禁望了一眼，因店小二在旁，不便再說什麼。店小二便問：「信上可是約客官到他廟內去燒香？我想他一個出家人，還捨得代客官會帳，恐怕也有希圖。客官去時，還得在意才好。」李寧便用言語支吾過去。

一會，店小二雇來挑夫，李寧父女便收拾上道。過了解脫橋，走向入山大道。迎面兩個山峰，犬牙交錯，形勢十分雄壯。一路上看見朝山的善男信女絡繹不絕，有的簡直從山麓一步一拜，拜上山去。山上廟宇大小何止百十，只聽滿山麓梵唄鐘魚之聲，與朝山的佛號響成一片，襯著這座名山的偉大莊嚴，令人見了自然起敬。

李寧因自己不入廟燒香，不便挑著許多東西從人叢中越過，便命挑夫抄昔日入山小徑。到了捨身岩，將所有東西放下，開發腳力自去。等到挑夫走遠，仍照從前辦法，父女二人把買來的應用物品，一一吊了上去。回到石洞之中，因冬日天短，漸已昏黑。父女二人進洞把油燈點起，將什物安置。累了一天，俱覺有些勞乏，胡亂做些飲食吃了，分別安睡。

第二日晨起，先商量過冬之計。等諸事安排就緒，又拿出那和尚兩個紙條，同店小二所說的一番話仔細詳參。李寧對英瓊道：「這位高僧既說與我是鄰居，那凝碧崖定離此地不遠。我想趁著這幾日天氣晴明，在左近先為尋訪。只是此山甚大，萬一當日不能回來，你不可著急，千萬不要離開此地才好。」英瓊點頭應允。

由這日起，李寧果就在這山前山後，仔細尋訪了好幾次。又去到本山許多有名的廟宇，探問可有人知道這凝碧崖在什麼地方，俱都無人知曉。

英瓊閒著無事，除了每日用功外，自己帶著老父親當年所用的許多暗器，滿山去追飛逐走。有時打來許多野味，便把它用鹽醃了，準備過冬。她生就天性聰明，加以天生神力，無論什麼武功，一學便會，一會便精。自從入山到現在，雖然僅止幾個月工夫，學了不少的能耐。她那輕身之術，更是練得捷比猿猱，疾如飛鳥。每日遍山縱躍，膽子越來越大，走得也越遠。

李寧除了三五日赴山崖下汲取清泉水，一心只在探聽那高僧的下落，對女兒的功課無暇稽考。英瓊怕父親擔心，又來拘束自己，也不對她父親說。父女二人，每日俱是早出晚歸，習以為常。漸漸過了一個多月，凝碧崖的下落依舊沒有打聽出來。

這時隆冬將近，天氣日寒。他們住的這座山洞，原是此山最背風的所在，冬暖夏涼；加以李寧佈置得法，洞中燒起一個火盆，更覺溫暖如春，不為寒威所逼。

這日李寧因連日勞頓，在後山深處遭受一點風寒，身體微覺不適。英瓊便勸他暫緩起床，索性養息些日，再去尋凝碧崖的下落。一面自己起身下床，取了些儲就的枯枝，生火熬粥，與她父親趕趕風寒，睡一覺發發汗。起床之時，忽覺身上雖然穿了重棉，還有寒意。出洞一看，只見雪花紛飛，兀自下個不住，把周圍的大小山峰和山半許多瓊宮梵宇，點綴成一個瓊瑤世界。半山以下，卻是一片渾茫，變成一個雪海。雪花如棉如絮，滿空飛舞，也分不出那雪是往上飛或是往下落。英瓊生平幾曾見過這般奇景，高興得跳了起來。急忙進洞報導：「爹爹，外面下了大雪，景致好看極了！」

李寧聞言，嘆道：「凝碧崖尚無消息，大雪封山，不想我緣薄命淺一至於此！」

英瓊道：「這有什麼要緊？神仙也不能不講道理，又不是我們不去專誠訪尋，是他故意用那種難題來作難人。他既打算教爹爹的道法，早見晚見還不是一樣？爹爹這大年紀，依女兒之見，索性過了寒冬，明春再說，豈不兩全其美？」李寧不忍拂愛女之意，自己又在病中，便點了點頭。

英瓊便跑到後洞石室取火煮粥，又把昨日在山中挖取的野菜煮了一塊臘肉，切了一盤熟野味。洞中沒有家具，便把每日用飯的一塊大石頭，滾到李寧石榻之前。又將火盆中柴火撥旺，才去請李寧用飯。只見李寧仍舊面朝裡睡著，微微有些呻吟。英瓊大吃一驚，忙用手去他頭上身上摸時，只覺李寧周身火一般熱，原來寒熱加重，病已不輕。一個弱齡幼女與一個行年半百的老父，離鄉萬里，來到這深山絕頂之上相依為命，忽然她的老父患起病來，怎不叫人五內如焚！

英瓊忍著眼中兩行珠淚，輕輕在李寧耳旁喚道：「爹爹，是哪兒不好過？女兒已將粥煮好，請坐起來，喝一些熱粥，發發汗吧。」

李寧只是沉睡，口中不住吐出細微的聲音，隱約聽出「凝碧崖」三字。英瓊知是心病，又加上連日風寒勞碌，寒熱夾雜，時發譫語。又遇上滿天大雪，下山又遠，自己年幼，道路不熟，無處延醫。李寧身旁更無第二個人扶持。不禁又是傷心，又是害怕。害怕到了極處，便不住口喊「爹爹」。

李寧只管昏迷不醒，急得英瓊五內如焚，飯也無心吃。連忙點了一副香燭，跪向洞前，禱告上蒼庇佑。越想越傷心，便躲到洞外去痛哭一場。這種慘況，真是哀峽吟猿，無此淒楚。只哭得樹頭積雪紛飛，只少一隻杜鵑，在枝上幫她啼血。

這時雪還是越下越盛。他們的洞口，在山的最高處，雖然雪勢較稀，可是十丈以外，已分不清東西南北。英瓊四顧茫茫，束手無計，哭得腸斷聲嘶之際，忽然止淚默想。想一陣，又哭；哭一會，又進去喚爹，喚不醒，又出來哭。似這樣哭進哭出，不知有若干次。最後一次哭進洞去，恍惚聽得李寧在喚她的小名，心中大喜，將身一縱，便到榻前，忙應：「爹爹，女兒在此。」

誰想李寧仍是不醒，原是適才並未喚她，是自己精神作用。這一來，越加傷心到了極點，也不再顧李寧聽見哭聲，抱著李寧的頭，一面哭，一面喊。喊了一會，才聽見李寧說道：「英兒，你哭什麼？我不過受了點涼，心中難過，動彈不得，一會就會好的，你不要害怕。」

英瓊見李寧說話，心中大喜，急忙止住悲泣，便問爹爹吃點粥不。李寧點了點頭。英瓊再看粥時，因為適才著急，灶中火滅，粥已冰涼。急得她重新生火，忙個不住。眼望著粥鍋燒開，又怕李寧重又昏睡過去，便縱到榻前去看。偏偏火勢又小，一時不容易煮開，好不心焦。好容易盼到粥熱，因李寧生病，不敢叫他吃葷，連忙取了一些鹹菜，連同稀粥，送到榻前。將李寧扶起，一摸頭上，還是滾熱。便用枕被墊好背腰，自己端著粥碗，一手拈起鹹菜，一口粥一口菜地餵與父親吃。

李寧有兼人的飯量，英瓊巴不得李寧吃完這碗再添。誰想李寧吃了多半碗，便自搖頭，重又倒下。英瓊一陣心酸，幾乎落下淚來。勉強忍住悲懷，把李寧被蓋塞好。又將自己床上所有的被褥連同棉衣等類，都取來蓋在李寧身上，希望能出些汗便好。

第十六章　割股療親

這時已屆天晚，洞外被雪光返照，洞內卻已昏黑。英瓊猛想起自己尚未吃飯，本自傷心，吞吃不下。又恐自己病倒，病人更是無人照料，只得勉強喝了兩口冷粥。又想到適才經驗，將粥鍋移靠在火盆旁邊，再去煮上些開水同飯，灶中去添些柴火，使它火勢不斷，可以隨用隨有。收拾好後，自己和衣坐在石榻火盆旁邊，淚汪汪望著床上的父親，一會又去摸摸頭上身上出汗不曾。

到了半夜，忽洞外狂風拔木，如同波濤怒吼，奔騰澎湃。英瓊守著這一個衰病老父，格外聞聲膽裂。他們住的這個石洞原分兩層，外層俱用石塊堆砌封鎖，甚為堅固，僅出口處有一塊大石可以啟閉，用作出入門戶；裡層山洞，當時周淳在洞中時，便裝好冬天用的風擋，用粗布同棉花製成，厚約三四寸，非常嚴密。不然在這風雪高山之上，如何受得？

英瓊衣不解帶，一夜不曾闔眼。直到次日早起，李寧周身出了一身透汗，悠悠醒轉。英瓊忙問：「爹爹，病體可曾痊癒？」

李寧道：「人已漸好，無用擔憂。」英瓊便把粥飯端上，李寧稍微用了一些。英瓊不知道病人不能多吃，暗暗著急。

這時李寧神志漸清，知道英瓊一夜未睡，兩眼紅腫如桃，好生痛惜。便說這感冒不算大病，病人不宜多吃，況且出汗之後，人已漸好，催英瓊吃罷飯後，補睡一覺。英瓊還是將信將疑，只顧支吾不去。後來李寧裝作生氣，連勸帶哄，英瓊也怕她父親擔心勞累，勉強從命，只肯在李寧腳頭睡下，以便照料。李寧見她一片孝心，只得由她。英瓊哪能睡得安穩，才一闔眼，便好似李寧在喚她。急忙縱起問時，卻又不是。

李寧見愛女這種孝心，暗自傷心，也巴不得自己早好。誰想到晚間又由寒熱轉成瘧疾。是這樣時好時壞，不消三五日，把英瓊累得幾乎病倒。幾次要下山延醫，一來李寧執意不許，二來無人照應。英瓊進退為難，心如刀割。

到第六天，天已放晴。英瓊猛想起效法古人割股療親。趁李寧昏迷不醒之時，拿了李寧一把佩刀，走到洞外，先焚香跪叩，默祝一番。然後站起身來，忽聽一聲鵰鳴。抬頭看時，只見左面山崖上站著一個大半人高的大鵰，金眼紅喙，兩隻鋼爪，通體純黑，更無一根雜毛，雄健非常。望著英瓊，「呱呱」叫了兩聲，不住剔毛梳翎，顧盼生姿。

若在往日，英瓊早已將暗器放出，豈肯輕易饒牠。這時因為父親垂危，無此閒心，只看了那鵰一眼，仍照預定方針下手。先捲左手紅袖，露出與雪爭輝的皓腕。右手取下櫻口中所咬的佩刀，正要朝左手臂上割去。忽覺耳旁風生，眼前黑影一晃，一個疏神，手中佩刀竟被那金眼鵰用爪抓了去。

英瓊罵道：「不知死的孽畜，竟敢到太歲頭上動土！」罵完，跑回洞中取出幾樣暗器同一口長劍，欲待將鵰打死消氣。

那鵰起初將刀抓到爪中，只一擲，便落往萬丈深潭之下。仍飛向適才山崖角上，繼續剔毛梳翎，好似並不把敵人放在心上。英瓊唯恐那鵰飛逃，不好下手，輕輕追了過去。

那鵰早已看見英瓊持著兵刃暗暗追將過來，不但不逃，反睜著兩隻金光直射的眼，斜偏著頭，望著英瓊，大有藐視的神氣。惹得英瓊性起，一個箭步，縱到離鵰丈許遠近，左手連珠弩，右手金鏢，同時朝著那鵰身上發將出去。

英瓊這幾樣暗器，平日得心應手，練得百發百中，無論多靈巧的飛禽走獸，遇見她從無倖免。誰想那鵰見英瓊暗器到來，並不飛騰，抬起左爪，只一抓便將那隻金鏢抓在爪中；同時張開鐵喙，朝著那三枝連珠弩，好似兒童玩的黃雀打彈一般，偏著頭，微一飛騰，將英瓊三枝弩箭橫著咬在口中。又朝著英瓊呱呱叫了兩聲，好似非常得意一般。

那崖角離地面原不到丈許高下，平伸出在峭壁旁邊。崖右便是萬丈深潭，不可見底。英瓊連日衣不解帶，十分勞累傷心，神經受了刺激，心慌意亂。這崖角本是往日練習輕身所在，這時因為那鵰故意找她麻煩，惹得性起，志在取那鵰的性命，竟忘了崖旁深潭危險，也未計及利害。就勢把昔日在烏鴉嘴偷學來的「六合劍」中穿雲拿月的身法施展出來，一個箭步，連劍帶人飛向崖角，一劍直向那鵰頸刺去。那鵰見英瓊朝牠飛來，倏地兩翼展開，朝上一起，英瓊刺了一個空，身到崖角，還未站穩，被那鵰展開牠那車輪一般的雙翼，飛向英瓊頭頂。

英瓊見那鵰來勢太猛，知道不好，急忙端劍，正待朝那鵰刺去時，已來不及，被那鵰橫起左翼，朝著英瓊背上掃來，打個正著。雖然那鵰並未使多大勁，就牠兩翼上撲起的風勢，已足以將人搧起。英瓊一個立足不穩，從崖角上墜落向萬丈深潭，身子輕飄飄地往下直落，只見白茫茫兩旁山壁中積雪的影子，照得眼花撩亂。知道一下去，便是粉身碎骨，性命難保。想起石洞中生病的老父，心如刀割。正在傷心害怕，猛覺背上隱隱作痛，好似被什麼東西抓住似的，速度減低，不似剛才投石奔流一般往下飛落。急忙回頭一看，正是那隻金眼鵰，不知在什麼時候飛將下來，將自己束腰絲帶抓住。

因昔日李寧講過，凡是大鳥擒生物，都是用爪抓住以後，飛向高空，再擲向山石之上，然後下來啄食，猜是那鵰不懷好意。一則自己寶劍剛才業已墜入深潭；二則半懸空中，使不得勁。又怕那鵰在空中用嘴來啄，只得暫且聽天由命，索性等牠將自己帶出深潭，到了地面，再作計較。用手一摸身上，且喜適才還剩有兩隻金鏢未曾失落，不由起了一線生機。便悄悄掏出，取在手中，準備一出深潭，便就近給那鵰一鏢，以求僥倖脫險。誰想那鵰並不往上飛起，反一個勁直往下降，兩翼兜風，平穩非凡，慢慢朝潭下落去。

英瓊不知那鵰把她帶往潭下則甚，好生著急。情知危險萬狀，也就不作求生之想了。英瓊膽量本大，既把生死置之度外，反藉此飽看這崖潭奇景。下降數十丈之後，雪跡已無，漸覺身上溫暖起來。只見一團團的白雲由腳下往頭上飛去。有時穿入雲陣之內，被那雲氣包圍，什麼也看不見。有時成團如絮的白雲飛入襟袖，一會又復散去。再往底下看時，視線被白雲遮斷，簡直看不見底。那雲層穿過了一層又一層，忽然看見腳下面有個從崖旁伸出的大崖角，上面奇石如同刀劍森列，尖銳嶙峋。這一落下去，還不身如齏粉？

英瓊閉目心寒，剛要喊出「我命休矣」，那鵰忽然速度增高，一個轉側，收住雙翼，從那峭崖旁邊一個六七尺方圓的洞口鑽了過去。英瓊自以為必死無疑，但好久不見動靜，身子仍被那鵰抓住往下落。不由再睜雙目看時，只見下面已離地只有十餘丈，隱隱聞得鐘魚之聲。心想：「這萬丈深潭之內，哪有修道人居此？」好生詫異。

這時那鵰飛的速度越發降低。英瓊留神往四外看時，只見石壁上青青綠綠，紅紅紫紫，佈滿了奇花異卉，清香茂郁，直透鼻端。面積也逐漸寬廣，簡直是別有洞天，完全暮春景象，哪裡是寒風凜冽的隆冬天氣。不由高興起來。身子才一轉側，猛想起自己尚在鐵爪之下，吉凶未卜；即使能脫危險，這深潭離上面不知幾千百丈，如何上去？況且老父尚在病中，無人侍奉，不知如何懸念自己。不禁悲從中來。

那鵰飛得離地面越近，便看見下面山阿碧岑之旁，有一株高有數丈的古樹，樹身看去很粗，枝葉繁茂。那鐘魚之聲忽然停住，一個小沙彌從那樹中走將出來，高聲喚道：「佛奴請得嘉客來了嗎？」那鵰聞言，仍然抓住英瓊，在離地三四丈的空中盤旋，不肯下去。

英瓊離地漸近，早掏出懷中金鏢，準備相機行事。見那鵰不住在高空盤旋，這是自然迴翔，不比得適才是藉著牠兩翼兜風的力，平平穩穩地往下降落。人到底是血肉之軀，任你英瓊得天獨厚，被那鵰抓住，幾個轉側，早已鬧得頭昏眼花，天旋地轉，那小沙彌在下面高聲喊嚷，她也未曾聽見。那鵰盤旋了一會，倏地一聲長嘯，收住雙翼，弩箭脫弦般朝地面直瀉下來。到離地三四尺左右，猛把鐵爪一鬆，放下英瓊，重又沖霄而起。

這時英瓊神志已昏，暈倒在地，只覺心頭怦怦跳動，渾身酸麻，動轉不得。停了一會，聽見耳旁有人說話的聲音。睜開秀目看時，只見眼前站定一個小沙彌，和自己差不多年紀。聽他口中道：「佛奴無禮，檀樾受驚了。」英瓊勉強支持，站起身來問道：「適才我在山頂上，被一大鵰將我抓到此間。這裡是什麼所在？我是如何脫險？小師父可知道？」

那小沙彌合掌笑道：「女檀樾此來，乃是前因。不過佛奴莽撞，又恐女檀樾用暗器傷牠，累得女檀樾受此驚恐，少時自會責罰於牠。家師現在雲巢相候，女檀樾隨我進見，便知分曉。」

這時英瓊業已看清這個所在，端的是仙靈窟宅，洞天福地。只見四面俱是靈秀峰巒，天半一道飛瀑，降下來匯成一道清溪。前面山阿碧岑之旁，有一棵大楠樹，高只數丈，樹身卻粗有一丈五六尺，橫枝低極，綠蔭如蓋，遮蔽了三四畝方圓地面；樹後山崖上面，藤蘿披拂，許多不知名的奇花生長在上面。綠苔痕中，隱隱現出「凝碧」兩個方丈大字。

英瓊雖然神思未定，已知道此間決少凶險，便隨那小沙彌直往樹前走來。見那樹身業已中空，樹頂當中結了一個茅棚。心想：「這人在這大樹頂上住家，倒好耍子。」及至離那山崖越近，那「凝碧」兩個摩崖大字越加看得清楚。忽然想起白眉毛和尚所留的紙條，不禁脫口問道：「此地莫非就是凝碧崖麼？」

那小沙彌笑答道：「此間正是凝碧崖。家師因恐令尊難以尋找，特遣佛奴接引，不想竟把女檀樾請來。請見了家師再談吧。」

英瓊聞言，又悲又喜。喜的是上天不負苦心人，凝碧崖竟有了下落；悲的是老父染病在床，又不知自己去向，怕他擔心加病。事到如今，也只好去見了那和尚再作計較。一面想，一面正待往樹心走進時，忽聽一聲佛號，聽去非常耳熟。接著面前一晃，業已出現一人，定睛看時，正是峨嵋縣城內所遇的那位白眉毛高僧。

英瓊福至心靈，急忙跪倒在地，眼含痛淚，口稱：「難女英瓊，父病垂危，現在遠隔萬丈深潭，無法上去侍奉老父。懇求禪師大發慈悲，施展佛法，同弟子一起上去，援救弟子父親要緊。」說時，聲淚俱下，十分哀痛。

那高僧答道：「你父本佛門中人，與老僧有緣，想將他度入空門，才留下凝碧地址，特意看他信心堅定與否。後來見他果然一心皈依，真誠不二，今日才命佛奴前去接引。牠隨我聽經多年，業已深通靈性，見你因父病割股，孝行過人，特地將你佩刀抓去。你以為牠有心戲弄，便用暗器傷牠，牠野性未馴，想同你開開玩笑。牠兩翼風力何止千斤，一個不小心，竟然將你打入深潭，牠才把你帶到此地同老僧見面。牠適才向老僧報告，一切我已盡知。你父之病，原是感冒風寒，無關緊要。這裡有丹藥，你帶些回去與汝父服用，便可痊癒。病癒之後，我仍派佛奴前去接引到此，歸入正果便了。」

英瓊聞言，才知那鵰原是這位老禪師家養的。這樣看來，老父之病定無妨礙。他既叫帶藥回去，必有上升之法。果然自己父親之見不差，這位老禪師是仙佛一流。不禁勾起心思，叩頭已畢，重又跪求道：「弟子與家父原是相依為命，家父承師祖援引，得歸正果，實是萬千之幸。只是家父隨師祖出家，拋下弟子一人，伶仃孤苦，年紀又輕，如何是了？還望師祖索性大發慈悲，使弟子也得以同歸正果吧。」

那高僧笑道：「你說的話談何容易。佛門雖大，難度無緣之人！況且我這裡從不收女弟子。你根行稟賦均厚，自有你的機緣。我所留偈語，日後均有應驗。糾纏老僧，與你無益。快快起來，打點回去吧。」

英瓊見這位高僧嚴詞拒絕，又惦記著洞中病父，不敢再求，只得遵命起來。又問師祖名諱，白眉和尚答道：「老僧名叫白眉和尚。這凝碧崖乃是七十二洞天福地之一，四時常春，十分幽靜，現為老僧靜養之所。你這次回去，遠隔萬丈深潭，還得藉佛奴背你上去。牠隨我多年，頗有道術，你休要害怕。」

那旁小沙彌聞言，忽然噶口一呼，其聲清越，如同鸞鳳之鳴一般。一會工夫，便見碧霄中隱隱現出一個黑點，漸漸現出全身，飛下地來，正是那隻金眼鵰。口中咬著一隻金鏢、三枝弩箭，兩隻鐵爪上抓了一把刀、一把劍，俱是英瓊適才失去之物。那鵰放下兵刃暗器，便對英瓊呱呱叫了兩聲。這時英瓊細看那鵰站在地下，竟比自己還高，兩目金光流轉，周身起黑光，神駿非凡。見牠那般靈異，更自驚奇不止。

那鵰走向白眉和尚面前，趴伏在地，將頭點了幾點。白眉和尚道：「你既知接這位孝女前來，如何叫她受許多驚恐？快好好送她回去，以贖前愆，以免你異日大劫臨頭，她袖手不管。」那鵰聞言，點了點頭，便慢慢一步一步地走向英瓊身旁蹲下。

白眉和尚便從身旁取出三粒丹藥，付與英瓊。說道：「此丹乃我採此間靈草煉成，一粒治你父病，那兩粒留在你的身旁，日後自有妙用，以獎你的純孝。現在各派劍仙物色門人，你正是好材料，不久便有人來尋你，急速去吧。」

英瓊正要答言叩謝，一轉眼間，白眉和尚已不知去向。只得朝著茅棚跪叩了一陣。

那小沙彌取過一根草索，繫在那鵰頸上。叫英瓊把兵刃暗器帶好，坐了上去。這番不比來時，一則知道神鵰與白眉和尚法力；二則父親服藥之後就要痊癒，還可歸入正果，真是歸心似箭。當下謝別小沙彌，坐上鵰背，一手執定草索，一手緊把著那鵰翅根，一任牠健翮沖霄，破空而起。眨眨眼工夫，下望凝碧崖，已是樹小如芥，人小如蟻。

那鵰忽然回頭朝著英瓊叫了兩聲，停止不進。英瓊急忙抬頭往上下左右看時，只見頭上一個伸出的山崖，將上行的路遮絕，只左側有一個數尺方圓的小洞。知道那鵰要從這洞穿過，先警告自己。忙將雙手往前一撲，緊緊抱著那鵰兩翼盡頭處，再用雙腳將鵰當胸夾緊。那鵰這才收攏雙翼，頭朝上，身朝下，從洞中穿了上去。適才下來時，是深不見底；如今上去，又是望不見天，白茫茫盡被雲層遮滿。那鵰好似輕車熟路一般，穿了一層雲層，又是一層雲層。到了危險地方，便回頭朝著英瓊叫兩聲，好讓她早作防備。把一個英瓊愛得如同性命一般，不住騰出手來去撫弄牠背上的鐵羽鋼翎。似這樣在鵰背上飛了有好一會，漸漸覺得身上有了寒意，崖凹中也發現了積雪，知距離上面不遠。果然一會工夫，飛上山崖，直到洞邊降下。

這時日已啣山，英瓊心念老父，又不願那鵰飛去。便向那鵰說道：「金眼師兄，你接引我去見師祖，使我父親得救，真是感恩非淺！請你先不要走，隨我去見我爹爹吧。」那鵰果然深通人意，由著英瓊牽著頸上草索，隨她到了李寧榻前。恰好李寧尚在發燒昏迷，並不知英瓊出去半日，經此大險。

當下英瓊放下兵刃暗器，顧不得別的，淚汪汪先喊了兩聲爹爹，未見答應。急忙掌起燈火，去至灶前看時，業已火熄水涼，急忙生火將水弄熱。又怕那鵰走去，一面燒火，一面求告。且喜那鵰進洞以後，英瓊走到哪裡，牠便跟到哪裡，蹲了下來。

這時英瓊真是又喜又憂又傷心，不知如何是好。一會工夫，將水煮開，忙把稀飯熱在火上。舀了一碗水，將李寧推了個半醒，將白眉和尚贈的靈丹與李寧灌了下去。一手抱著鵰的身子，目不轉睛地望著榻上病父。不大工夫，便聽李寧喊道：「英兒，可有什麼東西拿來給我吃？我餓極了。」英瓊知是靈丹妙用，心中大喜。三腳兩步跑到灶前，將粥取來。那鵰也隨她跳進跳出。

李寧服藥之後，剛剛清醒過來，覺得腹中饑餓，便叫英瓊去取食物。猛見一個黑影晃動，定睛一看，燈光影裡，只見一個尖嘴金眼的怪物追隨在女兒身後，一著急，出了一身冷汗。也忘了自己身在病中，一摸床頭寶劍，只剩劍匣。急忙持在手中，從床上一個箭步縱到英瓊的身後，望著那怪物便打。只聽「叭噠」一聲，原來用力太猛，那個怪物並未打著，倒把前面一個石椅劈為兩半，劍匣也斷成兩截。

那怪物跳了兩跳，「呱呱」叫了兩聲，並不逃走。李寧心急非常，還待尋取兵刃時，英瓊剛把粥取來，放在石桌之上，忽見李寧縱起，業已明白，顧不得解釋，先將李寧兩手抱住。急忙說道：「這是凝碧崖白眉師祖打發牠送女兒回來的神鵰，爹爹休要誤會。病後體弱，先請上床吃粥，容女兒細說吧。」那李寧也看出那怪物是個金眼鵰，聽了女兒之言，暗暗驚喜。顧不得上床吃粥，直催英瓊快說。

英瓊便請李寧坐在榻前，仍是自己端著粥碗，服侍李寧食用，並細細將前事說了一遍。李寧一面吃，一面聽，聽得簡直是悲從中來，喜出望外，傷心到了極處，也高興到了極處。這一番話，真是消災去病，把英瓊準備的一鍋粥，吃了個鍋底朝天。

李寧聽完之後，也不還言，急忙跑向鵰的面前，屈身下拜道：「嘉客恩人到來，恕我眼瞎無知，還望師兄海涵，不要生氣。」那鵰聞言，把頭點了兩點。李寧重又過來，抱著英瓊哭道：「英兒，苦了你也！」

英瓊原怕那鵰生氣，見李寧上前道歉，好生高興。猛想起父病新癒，不能勞累，忙請李寧上床安息。李寧道：「我服用靈丹之後，便覺寒熱盡退，心地清涼。你看我適才吃那許多東西，現在精神百倍，哪裡還有病在身？」

英瓊聞言，忽然覺得自己腹中饑餓。況且嘉客到來，只顧服侍病人，忘了招待客人。急忙跑進廚房，取出幾件臘野味，用刀割成細塊，請鵰食用。

那鵰又朝著英瓊叫了兩聲，好似表示感謝之意。英瓊又與牠解下繩索，由牠自在吃用。自己重又胡亂煮了些飯，就著剩菜，挨坐在李寧身旁，眼看那鵰一面吃，自己一面講。這石室之中，充滿了天倫之樂，真個是苦盡甘來，把連日陰霾愁鬱景象一掃而空。

李寧見那鵰並不飛去，知道自己將要隨牠去見白眉和尚，唯恐愛女心傷遠離，不敢說將出來。心中不住盤算，實在進退兩難，忍不住一聲短嘆。

英瓊何等聰明，早知父親心思。忙問：「爹爹，你病才好，又想什麼心事，這般短嘆長吁則甚？」

李寧只說：「沒有什麼心事，英兒不要多疑。」

英瓊道：「爹爹還哄我呢。你見師祖座下神鵰前來接引，我父女就要遠離了，爹爹捨不得女兒，又恐仙緣惜過，進退兩難。是與不是？」李寧聞言，低頭沉吟不語。

英瓊又道：「爹爹休要如此，只管放心。適才凝碧崖前，女兒也曾跪求師祖一同超度。師祖說，女兒不是佛門中人，他又不收女弟子，不久便有仙緣來救女兒。日後爹爹雖在凝碧崖參修，有這位金眼師兄幫助，那萬丈深潭也不難飛渡。女兒雖然年幼，恨不得立刻尋著一個劍仙的師父，練成一身驚人的本領，出入空濛，飛行絕跡。照師祖的偈語看來，也是先離後合。日後既有重逢之日，愁它何來？實不瞞爹爹說，女兒先前也想不要離開爹爹才好。自從這次凝碧崖拜見師祖之後，又恨不能爹爹早日成道，女兒也早一點沾光。至於深山獨居之苦，爹爹見了師祖之後，就說女兒年幼，求師祖命這位金眼師兄陪伴女兒，在洞中朝夕用功，等候仙緣到來。豈不免卻後顧之憂，兩全其美？」

第十七章　隻影蒼茫

李寧見英瓊連珠炮一般說得頭頭是道，什麼都是一廂情願，又不忍心駁她。剛想說兩句話安慰她，那鵰已把一堆臘野味吃完，偏著頭好似聽他父女爭論。及至英瓊講完，忽然呱呱叫了兩聲。英瓊疑心鵰要喝水，剛要到廚房去取時，那鵰忽朝李寧父女將頭一點，鋼爪一蹬，躍到風擋之前，伸開鐵喙，撥開風擋，跳了出去。

李寧父女跟蹤出來看時，那鵰已走向洞口，只見牠將頭一頂，已將封洞的一塊大石頂開，橫翼一偏，逕自離洞，沖霄而起。急得英瓊跑出洞去，在下面連聲呼喚，央求牠下來。那鵰在英瓊頭頂上又叫了兩聲，雪光照映下，眼看一團黑影投向萬丈深潭之內去了。英瓊狂喊了一會，見鵰已飛遠，無可奈何，垂頭喪氣隨李寧回進洞內。

李寧見她悶悶不樂，只得用好言安慰。又說道：「你適才所說那些話，都是能說不能行的。你不見那鵰才聽你說要向你師祖借牠來作伴，牠便飛了回去麼？依我之見，等那鵰奉命來接我去見你師祖時，我向他老人家苦求，給你介紹一個有本領的女師父，這還近一點情理。你師祖雖說你不久自有仙緣，就拿我這回尋師來說，恐怕也非易事呢。」

英瓊到底有些小孩心性，她見爹爹不日出家，自己雖說有仙緣遇合，但不知要等到何時。便想起周淳的女兒輕雲，現在黃山餐霞大師處學劍，雖說從未見面，她既是劍仙門徒，想必能同自己情投意合。再加上幾代世交，倘能將鵰調養馴熟，騎著牠到黃山去尋輕雲，求她引見餐霞大師，就說是她父親介紹去的，自己再向大師苦求，決不會沒有希望。等到劍術學成，在空中遊行自在，那時山河咫尺，更不愁見不著爹爹。所以不但不愁別離，反恨不得爹爹即日身體復原，前往凝碧崖替自己借鵰，好依計行事。

不想那鵰聞言飛去，明明表示拒絕。又動了孺慕孝思，表面怕李寧看出，裝作無事，心頭上卻是懊喪難受到了極處。及至聽李寧說求白眉和尚代尋名師，才展了一絲笑容。父女二人又談了一陣離別後的打算，俱都不得要領，橫也不好，豎也不妥當，總是事難兩全。直到深夜，才由李寧催逼安睡。

英瓊心事在懷，一夜未曾闔眼，不住心頭盤算，到天亮時才得闔眼。睡夢中忽聽一聲鵰鳴，急忙披衣下床，冒著寒風出洞看時，只見殘雪封山，晨曦照在上面，把崖角間的冰柱映成一片異彩。下望深潭，仍是白雲蓊翳，遮蔽視線，看不見底。

李寧起來較早，正在練習內功。忽見女兒披衣下床，一躍出洞，急忙跟了出來。英瓊又把昨日鬥鵰的地方同自己遇險情形，重又興高采烈說了一遍。把李寧聽了個目眩心搖，魂驚膽戰，抱著愛女，直喊可憐。

父女二人談說一陣，便進洞收拾早飯。用畢出來看時，晴日當空，陽光非常和暖，耳旁只聽一片轟轟隆隆之聲，驚天動地。那山頭積雪被日光融化成無數大小寒流，夾著碎冰、矮樹、砂石之類，排山倒海般往低凹處直瀉下去。有的流到山陰處，受了寒風激盪，凝成一處處的冰川冰原。山崖角下，掛起有一尺許寬、二三丈長的一根根冰柱。陽光映在上面，幻成五色異景，真是有聲有色，氣象萬千。

李寧正望著雪景出神，忽見深潭底下白雲堆中，衝起一團黑影，大吃一驚，忙把英瓊往後一拉。定睛看時，那黑影已飛到了崖角上面，正是那隻金眼神鵰。英瓊心中大喜，忙喚：「金眼師兄快來！」說罷，便進洞去，切臘肉野味來款待。

那鵰到了上面，朝李寧面前走來，叫了兩聲，便用鋼喙在那雪地上畫了幾畫。李寧認出是個「行」字，知道白眉和尚派牠前來接引，不敢怠慢。先朝天跪下，默祝一番。然後對那鵰說道：「弟子尚有幾句話要向小女囑咐，請先進洞去，少待片刻如何？」那鵰點頭，便隨李寧進洞。英瓊已將臘野味切了一大盤，端與那鵰食用。那鵰也毫不客氣地盡情啄食。

這時李寧強忍心酸，對英瓊道：「神鵰奉命接我去見師祖，師祖如此垂愛，怎敢不去？只是你年幼孤弱，獨處空山，委實令人放心不下。我去之後，你只可在這山頭上用功玩耍，切不可遠離此間。我隨時叩求師祖，與你設法尋師。洞中糧食油鹽，本就足敷你我半年多用。我走後，去了我這食量大的，更可支持年半光景。你周叔父一生正直忠誠，決不會中人暗算；他是我性命之交，決不會不回來看我父女。等他回來，便求他陪你到黃山尋找你世姊輕雲，引見到餐霞大師門下。我如蒙師祖鑑准，每月中得便求神鵰送我同你相見。你須要好生保重，早晚注意寒暖，以免我心懸兩地。」說罷，虎目中兩行英雄淚，不禁流將下來。

英瓊見神鵰二次飛來，滿心喜歡。雖知李寧不久便要別離，萬沒想到這般快法。既捨不得老父遠離，又怕老父親失去這千載一時的仙緣。心亂如麻，也不知如何答對是好。

那神鵰食完臘野味後，連聲叫喚，那意思好似催促起程。李寧知道再難延遲，把心一橫，逕走向石桌之前，匆匆與周淳留了一封長信，把經過前後及父女二人志願全寫了上去。

那英瓊看神鵰叫喚，靈機一動，急忙跑到神鵰面前跪下，說道：「家父此去，不知何日回轉。我一人在此，孤苦無依，望你大發慈悲，稟明師祖，來與我作伴。等到我尋著劍仙做師父時，再請你回去如何？」

那鵰聞言，偏著頭，用兩隻金眼看著英瓊，忽然長鳴兩聲。英瓊不知那鵰心意，還是苦苦央求。一會工夫，李寧將書信寫完，還想囑咐英瓊幾句，那鵰已橫翼翩然，躍出洞去。李寧父女也追了出來，那鵰便趴伏在地。英瓊知道是叫李寧騎將上去。猛想起草索，急忙進洞取了出來，繫在那鵰頭頸之上。又告訴李寧騎法，同降下時那幾個危險所在。李寧一一記在心頭。父女二人俱都滿腹愁腸，雖有千言萬語，一句也說不出來。

那鵰見他父女執手無言，好似不能再等，逕自將頭一低，鑽進李寧胯下。英瓊忙喊「爹爹留神」時，業已沖霄而起。那鵰帶著李寧在空中只一個盤旋，便投向那深潭而去。

英瓊這才想起有多少話沒有說，又忘了請李寧求白眉師祖，命神鵰來與自己作伴。適才是傷心極處，欲哭無淚；現在是痛定思痛，悲從中來。在寒山斜照中，獨立蒼茫，淒淒涼涼，影隻形單。一會兒想起父親得道，必來超度自己；那白眉師祖又曾說自己不久要遇仙緣，異日學成劍仙，便可飛行絕跡，咫尺千里。立時雄心頓起，止淚為歡，高興到了萬分。一會兒想起古洞高峰，人跡不到，獨居空山，何等淒涼；慈父遠別，更不知何年何月才得見面。傷心到了極處，便又痛哭一場。又想周淳同多臂熊毛太見面後，吉凶勝負，音訊全無。萬一被仇人害死，黃山遠隔數千里，自己年幼路不熟，何能飛渡？一著急，便急出一身冷汗。

似這樣弔影傷懷，一會兒喜，一會兒悲，一會兒驚惶，一會兒焦急。直到天黑，才進洞去，覺得頭腦昏昏，腹中也有些饑餓。隨便開水泡一點飯，就著鹹菜吃了半碗。強抑悲思，神志也漸清寧。忽然自言自語：「呸！李英瓊，你還自命是女中英豪，怎麼就這般沒出息？那白眉師祖對爹爹那樣大年紀的人，尚肯度歸門下，難道我李英瓊這般天資，便無人要？現在爹爹走了，正好打起精神用功。等周叔父回來，上黃山去投輕雲世姊；即使他不回來，明年開了春，我不會自己尋了去？洞中既不愁穿，又不愁吃，我空著急做什麼？」

念頭一轉，登時心安體泰。索性凝神定慮，又做了一會內功，上床拉過被子，倒頭便睡。她連日勞乏辛苦，又加滿腹心事，已多少夜不得安眠。這時萬慮皆消，夢穩神安，直睡到第二天巳末午初，才醒轉過來。忽聽耳旁有一種輕微的呼息之聲，猛想起昨日哭得神思昏亂，進來時忘記將洞門封閉，莫不是什麼野獸之類闖了進來？輕輕掀開被角一看，只喜歡得連長衣都顧不及穿，從石榻上跳將起來，心頭怦怦跳動，跑過去將那東西抱著，又親熱，又撫弄。

原來在她床頭打呼的，正是那個金眼神鵰。不知何時進洞，見英瓊熟睡，便伏在她榻前守護。這時見英瓊起身，便朝她叫了兩聲。英瓊不住地用手撫弄牠身上的鐵羽，問道：「我爹爹已承你平安背到師祖那裡去了麼？」那鵰點了點頭。回過鐵喙，朝左翅根側一拂，便有一個紙條掉將下來。

英瓊拾起看時，正是李寧與她的手諭。大意說見了白眉師祖之後，已蒙他收歸門下。由師祖說起，才知白眉師祖原是李寧的外舅父。其中還有一段很長的因果，所以不惜苦心，前來接引。又說英瓊不久便要逢凶化吉，得遇不世仙緣。那隻神鵰曾隨師祖聽經多年，深通靈性。已蒙師祖允許，命牠前來與英瓊作伴，不過每逢朔望，要回凝碧崖去聽兩次經而已。叫英瓊好好看待於牠，早晚用功保重，靜候周叔父回來，不要離開峨嵋。師祖已說自己兒女情長，暫時決不便回來看望等語。英瓊見了來書，好生欣喜，急忙去切臘味，只是原有臘味被神鵰吃了兩次，所剩不多，便切了一小半出來與那鵰吃。一面暗作尋思：「這神鵰食量大，現值滿山冰雪，哪裡去尋野味與牠食用？」心中好生為難。

那鵰風捲殘雲般吃完臘味以後，便往外跳去。英瓊也急忙跟了出來，只見那鵰朝著英瓊長鳴，掠地飛起。英瓊著了慌，便在下面直喊，眼看那鵰在空中盤旋了一陣，並不遠離，才放了心。忽地見牠一個轉側，投向洪椿坪那邊直落下去。一會兒，那鵰重又飛翔回來，等到飛行漸近，好似牠鐵爪下抓著一個什麼東西。等到飛離英瓊有十丈高下，果然擲下一物。近前一看，原來是一隻梅花鹿，業已鹿角觸斷，腦漿迸裂，擲死過去。那鵰也飛身下來，向英瓊連聲叫喚。英瓊見牠能自己去覓野食，越發高興。愛那鹿皮華美溫暖，想剝下來鋪床。便到洞中取來解刀，將鹿皮剝下，將肉割成小塊，留下一點脯子，準備拿鐵叉烤來下酒。

那鵰在一旁任英瓊動作，並不過去啄食。一會兒跳進洞去，抓了一塊臘豬骨出來，擲在英瓊面前。英瓊恍然大悟，那鵰是想把鹿肉醃熟再吃。當下忙赴後洞，取來水桶、食鹽。就在陽光下面將鹿肉洗淨，按照周淳所說川人臘燻之法，尋了許多枯枝，在山凹避風之處，將鹿肉醃燻起來。從此那鵰日夕陪伴英瓊，有時去擒些野味回來醃臘。英瓊得此善解人意的神鵰為伴，每日調弄，指揮如意，毫不感覺孤寂。幾次想乘鵰飛翔，那鵰卻始終搖頭，不肯飛起，想是來時受過吩咐的。

過不多日，便是冬月十五，那鵰果然飛回凝碧崖聽經。回來時，帶來李寧一封書信，說自己要隨師祖前往成都一帶，尋訪明室一個遺族，順便往雲南石虎山去看師兄采薇僧朱由穆，此去說不定二三年才得回來。到了成都，如能尋著周淳，便催他急速回山。囑咐英瓊千萬不要亂走，要好好保養、用功等語。

英瓊讀完書信，難受一會，也無法可想，惟有默祝上蒼保佑她父親早日得成正果而已。時光易逝，轉眼便離除夕不遠。英瓊畢竟有些小孩子心性，便把在峨嵋縣城內購買的年貨、爆竹等類搬了出來，特別替那隻神鵰醃好十來條臘鹿腿，準備同牠過年。又用竹籤、彩綢糊成十餘隻宮燈，到除夕晚上懸掛。每日做做這樣，弄弄那樣，雖然獨處空山，反顯得十分忙碌。

到二十七這天，那鵰又抓來兩隻野豬和一隻梅花鹿。英瓊依舊把鹿皮剝了下來存儲。等到跑到洞中取鹽來醃這兩樣野味時，猛發覺所剩的鹽，僅敷這一回醃臘之用，以後日用就沒有了。急忙跑到後洞存糧處再看時，哪一樣家常日用的東西都足敷年餘之用，惟獨這食鹽一項，竟因自己只顧討神鵰的喜歡，一個勁醃製野味，用得太不經濟，以致在不知不覺中用罄。雖然目前肉菜等類俱都醃好，足敷三四月之用，以後再打來野味，便無法辦理。

英瓊望著鹽缸，發了一會愁，想不出什麼好辦法來，只得先將餘鹽用了再說。一面動手，一面對那鵰說道：「金眼師兄，我的鹽快沒有了，等過了年，進城去買來食鹽，你再去打野味吧。現在打來，我是沒有辦法弄的啊。」那鵰聞言，忽地沖霄而起。英瓊知道牠不會走遠，司空見慣，也未在意。只在下面喊道：「天已快交正午，你去遊玩一會，快些回來，我等你同吃午飯呢。」

那鵰在空中一個迴旋，眨眨眼竟然不見。直到未初，還未回轉。英瓊腹中饑餓，只得先弄些飯吃。又把豬、鹿的心臟清理出來，與那鵰作午餐。

到了申牌時分，英瓊正在洞前習劍，遠望空中，出現一個黑點，知是神鵰飛回，便在下面連聲呼喚。一會工夫，飛離頭頂不遠，見那鵰兩爪下抱定一物，便喊道：「對你說食鹽沒有，你如今又不大願吃鮮肉，何苦又去傷生害命呢？」

言還未了，那鵰已輕輕飛落下來。英瓊見牠不似以往那樣將野獸從空擲下，近前一看，原來是一個大蒲包，約有三尺見方，不知是什麼物件。撕開一角，漏出許多白色晶瑩的小顆。仔細一看，正是自流井的上等官鹽，足有二三百斤重，何愁再沒鹽用。歡喜若狂，忙著設法運進洞去。出來對那鵰說道：「金眼師兄，你真是神通廣大，可愛可佩！但是我父親曾經說過，大丈夫作事要光明磊落，不可妄取別人的東西，下次切不可如此啊！」

那鵰只是瞑目不答。英瓊便將預備與牠吃的東西取來給牠。正在調弄那鵰之時，忽然聞見一陣幽香，從崖後吹送過來。跟蹤過去看時，原來崖後一株老梅樹，已經花開得十分茂盛，寒香撲鼻。英瓊又是一番高興，便在梅花樹下徘徊了一陣。見天色已漸黃昏，不能再攜鵰出遊，便打算進洞去尋點事做。

剛剛走到洞口前面，忽見相隔有百十丈的懸崖之前，一個瘦小青衣人，在那冰雪鋪蓋的山石上面，跳高縱遠，步履如飛地直往崖前走去。她所居的石洞，因為地形的關係，後隔深潭，前臨數十丈的削壁斷澗，天生成的奇屏險障。人立在洞前，可以把十餘里的山景一覽無遺。而從捨身岩上來，通到這石洞的這一條羊腸小徑，又曲折，又崎嶇。春夏秋三季，是灌木叢生，蓬草沒膝；一交冬令，又佈滿冰雪，無法行走。自從李寧父女同周淳、趙燕兒走過外，從未見有人打此經過。

英瓊見那青衣人毫不思索，往前飛走，好似輕車熟路一般，暗暗驚異。心想：「這塊冰雪佈滿的山石上面，又滑又難走，一個不小心，便有粉身碎骨之虞。自己雖然學了輕身功夫，都不敢走這條道上下，這人竟有這樣好的功夫，定是劍仙無疑。莫不是白眉師祖所說那仙緣，就是此人前來接引麼？」正在心中亂想，那青衣人轉過一個崖角，竟自不見。正感覺失望之間，忽然離崖前十餘丈高下，一個人影縱了上來。那鵰見有人上來，一個迴旋，早已橫翼凌空，只在英瓊頭上飛翔，並不下來，好似在空中保護一般。

英瓊見那上來的人穿著一身青，頭上也用一塊青布包頭，身材和自己差不多高下，背上斜插著一柄長劍，面容秀美，裝束得不男不女，看去甚是面熟。正要張口問時，那人已搶先說道：「我奉了家師之命，來採這凌霄崖的宋梅，去佛前供奉。不想姊姊隱居之所就在此間，可稱得上是幸遇了。」說時，將頭上青布包頭取下，現出螓首蛾眉，秀麗中隱現出一種英姿傲骨。

來的這個女子，正是那峨嵋前山解脫庵廣慧師太門下帶髮修行的女子余英男。英瓊自那日城中回來，先是父親生病，接著父女分離，勞苦憂悶，又加大雪封山，無法行走，早已把她忘卻。現在獨處空山，忽然見她來作不速之客，又見人家有這一身驚人的本領，一種敬愛之心油然而生。自己正感寂寞的當兒，無意中添了一個山林伴侶，正好同她結識，彼此來往盤桓。先陪她到崖後去採了幾枝梅花，然後到洞中坐定。

英男比英瓊原長兩歲，便認英瓊做妹妹。二人談了一陣，甚是投機，相見恨晚。英男因不見李寧，便問：「尊大人往哪裡去了？」英瓊聞言，不由一陣心酸，幾乎落下淚來，便把李寧出家始末說了一遍。說到驚險與傷心處，英男也陪她流了幾次熱淚。

漸漸天色已晚，英瓊掌起燈燭，定要留英男吃完飯再走。英男執意不肯，說是怕師父在家懸望。答應回庵稟明師父，明日午前準定來作長談，大家研究武術。英瓊挽留不住，依依不捨地送了出來。

這時已是暮靄蒼茫，暝色四合，山頭積雪反映，依稀辨出一些路徑。英瓊道：「姊姊來的這條路非常險滑，這天黑回去，妹子太不放心。還是住在洞中，明日再行吧。」說到此處，忽聽空中一聲鵰鳴。

英瓊又道：「只顧同姊姊說話，我的金眼師兄還忘了給姊姊引見呢。」說罷，照著近日習慣，嘬口一呼。那鵰聞聲便飛將下來，睜著兩隻金眼，射在英男面上，不住地打量。

英男笑道：「適才妹子說老伯出家始末，來得太急，也不容人發問。當初背妹妹去見白眉師祖的就是牠麼？有此神物守護，怪不得妹子獨處深山古洞之中，一絲也不害怕呢。」說罷，便走到那鵰面前，去摸牠身上的鐵羽。那鵰一任她撫摸，動也不動。

英瓊忽然驚叫道：「我有主意送你回去了。」英男便問何故？英瓊道：「不過我還不知道牠肯不肯，待我同牠商量商量。」便朝那鵰說道：「金眼師兄，這是我新認識的姊姊余英男，現在天黑，下山不便。請你看我的面子，送她回去吧。」

那鵰長鳴一聲，點了一點頭。英瓊大喜，便向英男說道：「金眼師兄已肯送你回去，姊姊害怕不？」

英男道：「我怎好勞你的金眼師兄，怕使不得吧？」

英瓊道：「你休要看輕牠的盛意。牠只背過我兩次，現在就再也不肯背了。不然我騎著牠到處去玩，哪裡還會悶呢！你快騎上去吧，不然牠要生氣的。」

英男見英瓊天真爛漫，一臉孩子氣，處處都和自己情投意合，好不高興。又怕英瓊笑她膽小，只得點頭答應。英瓊才高高興興把草索取來，繫在鵰頸，又教了騎法。英男作別之後，騎了上去，立時健翩凌雲，將她送走。英瓊便回洞收拾晚飯，連夜將石洞打掃，宮燈掛起，年貨也陳設起來，準備明日嘉客降臨。一會工夫，那鵰飛回。英瓊也就安歇。

第二日天才一亮，英瓊便起床將飯煮好。知道英男雖在庵中吃素，卻並未在佛前忌葷。特地為她煮了幾樣野味，同城內帶來的菜蔬，崖前掘來的黃精、冬筍之類，擺了一桌。收拾齊備，便跑到崖前去望。到了午牌時分，正要請那鵰去接時，英男已從崖下走來。二人見面，比昨日又增加幾分親密。

進洞之後，英瓊自是殷勤勸客。英男也不作客氣，痛快吃喝。石室中瓶梅初綻，盆火熊熊，酒香花香融成一片。石桌旁邊，坐著這兩個絕世娉婷的俠女，談談笑笑，好不有趣。

那廣慧大師原先也是一位劍俠，自從遁入空門，篤志禪悅，別有悟心，久已不彈此調。因此英男雖相從有年，僅僅傳了些學劍入門的內功口訣，以作山行防身之用。她說英男不是佛門弟子，將來尚要到人世上作一番事業，所以不與她落髮。

昨日英男回去，說明與英瓊相遇，廣慧大師笑道：「你遇見這個女魔王，你的機緣也快到了。你明日就離開我這裡，和她同居去吧。」英男疑心大師不願她和英瓊交友，便說英瓊怎樣的豪爽聰明，又道：「師父說她是女魔王，莫非她將來有什麼不好麼？」

大師道：「哪裡有什麼不好，不過我嫌她殺心太重罷了。你同她本是一條路上人，同她相交，正是你出頭之日。我叫你去投她，並非不贊成此舉，你為何誤會起來？」英男聞大師之言，才放了寬心。不過從師多年，教養之恩如何能捨？便求大師准許同英瓊時常見面，卻不要分離才好。

廣慧大師見英男難分難捨，笑道：「癡孩子，人生哪有不散的筵席？也無事事都兩全的道理。我如不因你絆住，早已不在此間了。現在你既有這樣好的容身處，怎麼還不肯離開？莫非你跟我去西天不成？」

英男不明大師用意，仍是苦求。大師笑道：「你既不願離開我，也罷，好在還有一月的聚首，那你就暫時先兩邊來往，到時再說。」

英男又問一月之後到何處去？大師只是微笑不言，催她去睡。第二日起來，先將應做的事做好，稟明大師，來見英瓊。談起大師所說之言。

英瓊正因自己學劍為難，現在英男雖然不到飛行絕跡的地步，比自己總強得多，既然大師許她來此同住，再也求之不得，便請她即日搬來。英男哪肯應允，只答應常來一起學劍，遇見天晚或天氣不好時，便留宿在此。英瓊堅留了一會，仍無效果，只得由她。

英男便把大師所傳的功夫口訣，盡心傳授。英瓊一一記在心頭，早晚用功練習。又請英男引見廣慧大師。大師卻是不肯，只叫英男傳語：異日仙緣遇合，學成劍術，多留一點好生之德便了。

第十八章　崑崙九友

自從英男來的那天起，轉眼就是除夕。英男也稟明大師，到英瓊洞中度歲。英瓊得英男時常來往，頗不寂寞，每日興高采烈，舞刀弄劍。只苦於冰雪滿山，不能到處去遊玩而已。

初五這天早起，忽然聽見洞外鵰鳴，急忙出洞，見那佛奴站在地上，朝著天上長鳴。抬頭看時，天空中也有一隻大鵰，與那神鵰一般大小，正飛翔下來。仔細一看，這隻鵰也是金眼鋼喙，長得與佛奴一般大，只是通體潔白，肚皮下面同鵰的嘴卻是黑的。神鵰佛奴便迎上前去，交頸互作長鳴，神態十分親密，宛如老友重逢的神氣。

英瓊一見大喜，便問那神鵰道：「金眼師兄，這是你的好朋友麼？我請牠吃點臘野味吧。」說罷，便跑向洞內，切了一盤野味出來。那隻白鵰並不食用，只朝著英瓊點了點頭。神鵰把那一大盤野味吃完後，朝著英瓊長鳴三聲，便隨著那隻白鵰沖霄飛起。

英瓊不知那鵰是送客，還是被那隻白鵰將牠帶走，便在下面急得叫了起來。那神鵰聞得英瓊呼聲，重又飛翔下來。

英瓊見那白鵰仍在低空盤旋，好似等伴同行，不由心頭發慌。一把將神鵰長頸抱著問道：「金眼師兄，我蒙你在此相伴，少受許多寂寞和危險。現在你如果是送客，少時就回，那倒沒有什麼；如果你一去不回，豈不害苦了我？」

那鵰搖了搖頭，把身體緊傍英瓊，現出依依不捨的神氣。英瓊高興道：「那麼你是送客去了？」那鵰又搖了搖頭。英瓊又急道：「那你去也不是，回也不是，到底是什麼呢？」

那鵰仰頭看了看天，兩翼不住地搧動，好似要飛起的樣子。英瓊忽然靈機一動，說道：「想是白眉師祖著你同伴前來喚你，你去聽完經仍要回來的，是與不是？你我言語不通，這麼辦，你去幾天，就叫幾聲，以免我懸念如何？」

那鵰聞言，果然叫了十九聲。英瓊默記心頭。神鵰叫完了十九聲，那白鵰在空中好似等得十分不耐煩，也長鳴了兩聲。那神鵰在英瓊肘下猛地把頭一低，離開英瓊手抱，長鳴一聲，望空而去。

英瓊眼望那兩隻鵰比翼橫空，雙雙望解脫坡那方飛去，不禁心中奇怪。起初還疑心那鵰去將英男背來，與她作伴。一會工夫，見那兩隻鵰又從解脫坡西方飛起，眨眨眼升入雲表，不見蹤影。

英瓊天真爛漫，與神鵰佛奴相處多日，情感頗深，雖說是暫時別離，也不禁心中難受已極。偏偏英男又因庵中連日有事，要等一二日才來。一個人空山弔影，無限悽惶。悶了一陣，回到洞中，胡亂吃了一頓午飯。取出父親的長劍，到洞外空地上，按照英男所傳的劍法練習起來。

正練得起勁之際，忽聽身後一陣冷風，連忙回頭看時，只見身後站定一個遊方道士，黃冠布衣，芒鞋素襪，相貌生得十分猥瑣。

英瓊見他臉上帶著一種嘲笑的神氣，心中好生不悅。怎奈平日常聽李寧說，這山崖壁立千仞，與外界隔絕，如有人前來，定非等閒之輩，因此不敢大意。當下收了招數，朝那道人問道：「道長適才發笑，莫非見我練得不佳麼？」

那道人聞言，臉上現出鄙夷之色，狂笑一聲道：「豈但不佳，簡直還未入門呢！」

英瓊見那道人出言狂妄，不禁心頭火起，暗想：「我爹爹同周叔父，也是當年大俠，縱橫數十年，未遇過敵手。就說義姊余英男所傳劍法，也是廣慧大師親自教授，即使不佳，怎麼連門也未入？這個窮老道，竟敢這般無禮！真正有本領的人，哪有這樣的不客氣？分明見我孤身一人在此，前來欺我，想奪我這山洞。偏偏今日神鵰又不在此，莫如我將機就計，同他分個高下，一面再觀察他的來意。倘若上天見憐，他真正是一個劍俠仙人，應了白眉師祖臨行之言，我就拜他為師；倘若是想佔我的山洞，我若打不過時，那我就逃到英男姊姊那裡暫住，等神鵰回來，再和他算帳。」

她正在心頭盤算，那道人好似看出她的用意。說道：「小姑娘，你敢莫是不服氣麼？這有何難。你小小年紀，我如真同你交手，即使勝了你，將被各派道友恥笑。我如今與你一個便宜，我站在這裡，你儘管用你的劍向我刺來，如果你能沾著我一點皮肉，便算我學業不精，向你磕頭賠罪；如果你的劍刺不著我，我只要朝你吹一口氣，便將你吹出三丈以外，那你就得認罪服輸，由我將你帶到一個所在，去給你尋一位女劍仙作師父。你可願意？」

英瓊聞言，正合心意。聽這道人語氣，知道白眉師祖所說之言定能應驗。把疑心人家要奪她山洞之想，完全冰釋。不過還疑心那道人是說大話，樂得藉此試一試也好。主意想定後，答道：「道長既然如此吩咐，恕弟子無禮了。」說畢，右手捏著劍訣，朝著道人一指，腳一蹬，縱出去有兩三丈遠，使了一個大鵬展翅的架勢，倏地一聲嬌叱，左手劍訣一指，起右手連人帶劍，平刺到道人的胸前。這原是一個虛招，敵人如要避讓，便要上當；如不避讓，她便實刺過來。

英瓊見道人行若無事，並不避讓。心想：「這個道人不躲我的劍，必是倚仗他有金鐘罩的功夫，他就不知道我爹爹這口寶劍吹毛斷鐵的厲害。他雖然口出狂言，與我並無深仇，何苦傷他性命？莫如點他一下，只叫他認罪服輸便了。」說時遲，那時快，英瓊想到這裡，便將劍尖稍微一偏，朝那道人左肩上劃去。

劍離道人身旁約有寸許光景，英瓊忽覺得劍尖好似碰著什麼東西被擋住，這擋回來的阻力有剛有柔，非常強大。幸喜自己只用了三分力，否則受了敵人這個回撞力，恐怕連劍都要脫手。英瓊心中大驚，知道遇見了勁敵。腳一點，來個燕子穿雲勢，縱起兩丈高下，倏地一個黃鵠摩空，旋身下來，又往道人肩頭刺去。與上次一樣，劍到人身上便撞了回來，休說傷人皮肉，連衣服都挨不著邊。英瓊又要防人家還手，每一個招勢，俱是一擊不中，就連忙飛縱出去。似這樣刺了二三十劍，俱都沒有傷著道人分毫。

英瓊又羞又急，不知如何是好。後來見每次上前去，道人總是用眼望著自己。及至英瓊刺他身後，他又回轉身來，只不還手而已。

英瓊忽然大悟，心想：「這道人不是邪法，定是一種特別的氣功。他見我用劍刺到哪裡，他便將氣運到哪裡，所以刺不著他。」眉頭一皺，登時想出一個急招：故意用了十分力量，採取野馬分鬃，暗藏神龍探爪的架勢，刺向道人胸前。才離道人寸許光景，忙將進力收回，猛地將腳一墊，縱起二丈高下，來個魚鷹入水的姿勢。看去好似朝道人前面落下，重又用劍來刺，其實內藏變化。

那道人目不轉睛地看英瓊是怎生刺來。誰知英瓊離那道人頭頂三四尺左右，倏地將右腳站在左腳背上，又一個「燕子三抄水」勢，借勁一起，反升高了尺許。招中套招，借勁使勢，身子一偏，一個「風吹落花」勢，疾如鷹隼。一個倒踢，頭朝下，腳朝上，舞起手中劍，使了五成力，一個織女投梭，刺向道人後心。滿想這次定然成功。忽見一道白光一晃，耳聽「鏘」的一聲，自己寶劍好似撞在什麼兵刃上面，嚇了一大跳。只好又來一個「猿猴下樹」，手腳同時沾地一翻，縱出去有三丈高遠。仔細看手中劍時，且喜並無損傷。

正想不出好法對付那道人時，那道人已走將過來，說道：「我倒想不到你小小年紀，會有這般急智，居然看得出我用混元氣功夫御你的寶劍，設法暗算於我。若非我用劍氣護身，就幾乎中了你的詭計。現在你的各種絕招都使完了，你還有何話說？快快低頭認輸吧。」

這時英瓊已知來人必會劍術，要照往日心理，遇見這種人，正是求之不得。不知今日怎的，見了這道人，心中老是厭惡。知道要用能力對付，定然不行。暗恨神鵰佛奴早不走，晚不走，偏偏今天要走，害我遇見這個無賴老道，沒有辦法。心中一著急，不禁流下淚來。

那道人又道：「你敢莫是還不服氣麼？我適才所說，一口氣便能將你吹出數丈以外，你可要試驗之後，再跟我去見你的師父嗎？」

英瓊這時越覺那道人討厭，漸漸心中害怕起來，哪裡還敢試驗，便想用言語支吾過去。想了一想，說道：「弟子情願認罪服輸。弟子自慚學業微末，極想拜一位劍仙作師父。但是家父下山訪友，尚未回來。恐他回來，不見我在此，豈不教他老人家傷心？二則，我有一個同伴，也未回來。再者，道長名姓，同我去拜的那位師父的名姓，以及仙鄉何處，俱都不知，叫家父何處尋我？我意欲請道長寬我一個月的期，等家父回來，稟明了再去。或者等我同伴回來，告訴她我去的所在，也好使她轉告家父放心。道長你看如何？」

那道人聞言，哈哈笑道：「小姑娘，你莫要跟我花言巧語了。你父親同你重逢，至少還得二三十年。你想等那個扁毛畜生回來保你的駕麼？憑牠那點微末道行，不過在白眉和尚那裡聽了幾年經，難道說還是我的對手麼？如果你想牠跟隨你身旁作伴，本是一樁好事，不過我哪有工夫等牠？你莫要誤會我有什麼歹意，你也不知道我的來歷。現在告訴你吧，我的道號叫赤城子，崑崙九友之一。

「我生平最不願收徒弟，這次受我師姊陰素棠之託，前來度你到她門下。此乃千載一時的良機，休要錯過了異日後悔。你怕你餵的那隻鵰回來尋不見你，你就不知道那個扁毛畜生奉了白眉和尚之命，永遠做你的侍衛。牠一日之間，能飛行數萬里。牠已深通靈性，只要你留下地址，牠回來時節，自會去尋你，愁牠則甚？我受人之託，忠人之事。你願意去更好，不願意去也得去。反正你得見了我師姊之後，如果你仍不願意，我仍舊可以送你回來。現在想不隨我走，那卻不成。」

英瓊見他說出自己來歷，漸漸有點相信。知道不隨他去，一定無法抵抗。他雖然討人厭煩，也許他說的那個女劍仙是個好人，也未可知。莫如隨他去見了那女劍仙，再作道理。反正他已答應自己，如不願意拜師，他仍肯送自己回來，樂得跟去開開眼界再說。

主意打定後，便道：「道長既然定要我同去見那位女劍仙，我也無法。只是那位女劍仙是個什麼來歷，住在何處，必須先對我說明，好讓金眼師兄回來前去尋我。我有一個義姊，就在此山腰解脫庵居住，你得領我先到她那裡，囑咐她幾句，萬一我父親回來，也好讓義姊轉告他知道。再者，我如到了那女劍仙那裡，要是不稱我的心意，你須要送我回來。否則我寧死也不去的。」

赤城子道：「你這幾件事，只有因廣慧這個老尼與我不對，到解脫庵去這一件不能依你外，餘下俱可依得。那女劍仙名喚陰素棠，乃是崑崙派中有名的女劍仙，隱居在雲南邊界修月嶺棗花崖。你急速留信去吧。」

英瓊便問：「那女劍仙陰素棠，她可能教我練成飛劍在空中飛行麼？」

赤城子道：「怎麼不能？」

英瓊道：「我想起來了，你是他的師弟，當然也會飛劍，你先取出來讓我看一看什麼樣子，如果是好，不用你逼我去，我一步一拜也要拜了去的。」

赤城子道：「這有何難？」說罷，將手一揚，便有一道白光滿空飛舞，冷氣森森，寒光耀眼。末後將手一指，白光飛向崖旁一株老樹，只一繞，憑空削斷，倒將下來。一根斷枝飛到那株宋梅旁邊，打落下無數梅花來。花雨過處，白光不見，赤城子仍舊沒事人一般，站在那裡。

歡喜得英瓊把適才厭惡之念一概打消。興高采烈地跑進洞中，與李寧、英男各寫一封信，又請英男告訴神鵰佛奴，到雲南修月嶺棗花崖崑崙派女劍仙陰素棠那裡去尋自己。寫完，取了些衣物出洞，那赤城子已等得不耐煩了。英瓊這才深信白眉師祖之言已驗，當下便改了稱呼，喊赤城子做叔叔。又將洞門用石頭封好，並問上雲南得用多少天？

赤城子道：「哪用多少日子？你緊閉二目，休要害怕，我們要走了。」說罷，一手將英瓊夾在脅下，喊一聲：「起！」駕劍光騰空飛去。

英瓊見赤城子有這麼大本領，越發深信不疑。她向來膽大，偷偷睜眼往下界看時，只見白雲繞足，一座峨嵋山縱橫數百里，一覽無遺，好不有趣。不消幾個時辰，也不知飛行了幾千百里，越過無數的山川城廓，漸漸天色黃昏，尚未到達目的地。天上的明星，比較在下面看得格外明亮，自出世以來，未曾見過這般奇景。正在心頭高興，忽見對面雲頭上，飛過來數十道各種不同顏色的光彩。赤城子喊一聲：「不好！」急忙按下劍光，到一個山頭降下。

英瓊舉目往這山的四面一看，只見山環水抱，岩谷幽奇，遍山都是合抱的梅花樹，綠草蒙茸，翠鳥爭喧，完全是江南仲春天氣。迎面崖角邊上，隱隱現出一座廟宇。赤城子望了一望，急忙帶了英瓊轉過崖角，直往那廟前走去。

英瓊近前一看，這廟並不十分大，廟牆業已東坍西倒。兩扇廟門只剩一扇倒在地下，受那風雨剝蝕，門上面的漆已脫落殆盡。院落內有一個鐘樓，四扇樓窗也只剩有兩扇。樓下面大木架上，懸著一面大鼓，外面的紅漆卻是鮮豔奪目。隱隱望見殿內停著幾具棺木。這座廟，想是多年無人住持，故而落到這般衰敗。

赤城子在前走，正要舉足進廟，猛看見廟中這面大鼓，「咦」了一聲，忙又縮腳回來，伸手夾著英瓊，飛身穿進鐘樓裡面。英瓊正要問他帶自己到此則甚？

赤城子連忙止住。低聲說道：「此刻不是講話之時，適才在雲路中遇見我兩個對頭，少時便要前來尋我，你在我身旁多有不便，莫如我迎上前去。這裡有兩枝何首烏，你餓時吃了，可以三五日不饑。三日之內，千萬不可離開此地。如果到了三日，仍不見我回來時，你再打算走。往廟外遊玩時，切記不可經過樓下庭心同大殿以內。你只要站在樓窗上頭，縱到廟牆，再由廟牆下去，便無妨礙。此山名為莽蒼山，這座廟並非善地。不聽我的話，遇見什麼凶險，我無法分身來救，不可任意行動。要緊，要緊！」說完，放下兩枝巨如兒臂的何首烏，不俟英瓊答言，一道白光，凌空而去。

英瓊心高膽大，見赤城子行動果然是一位飛行絕跡的劍仙，已經心服口服。本想問他對頭是誰，為何將自己放在這座古廟內時，赤城子業已走去，無可奈何，只得依言在鐘樓中等候他回來再說。

當下目送白光去後，回身往這鐘樓內部一看，只見蜘蛛在戶，四壁塵封，當中供的一座佛龕，也是殘破不堪。英瓊以一弱女子，來到這數千里外的深山古寺之中，吉凶未卜，滿目淒涼，好生難過。幾次想到廟外去看看山景，都因為懾於赤城子臨行之言，不敢妄動。漸漸天色黃昏，赤城子還未見回轉，覺著腹中饑餓，便將何首烏取了一枝來吃。滿嘴清香甜美，非常好吃。才吃了半枝，腹中便不覺餓了。

英瓊恐怕赤城子要三二日才得回來，不敢任意吃完，便將剩餘的一枝半何首烏，仍藏在懷中。將佛前蒲團上的灰塵掃淨後，坐在上面歇息。愁一會，煩一會，又跑到窗前去遠眺瞑色。這時天氣也漸漸黑暗起來，一輪明月正從東山腳下升起，清光四射，照得廟前平原中千百株梅花樹上疏影橫斜，暗香浮動，一陣陣幽香，時時由風吹到，不由脫口叫出一聲好來。賞玩一陣，頓覺心曠神怡，百慮皆忘。

英瓊畢竟是孩子心性，老想到廟外去，把這月色、梅花賞玩個飽，早忘了赤城子臨行之言，待了一會，忍耐不住。這個鐘樓離地三四丈，梯子早已坍塌，無法下去。英瓊在峨嵋練習過輕身術，受了她父親的高明指點，早已練得身輕如燕，哪把這丈許遠廟牆放在心上。當下站起來，腳一蹬，已由樓窗縱到廟牆，又由牆上縱到廟外。見這廟外的明月梅花，果然勝景無邊，有趣已極。

第十九章　擒龍得劍

這時明月千里，清澈如畫，只有十來顆疏星閃動，月光明亮，分外顯得皎潔。英瓊來到梅花林中，穿進穿出，好不高興。徘徊了好一會，赤城子仍是杳無音信，也不知他所遇的對頭是何許人物，厲害不厲害，吉凶勝負如何，好生代他著急。

到了半夜，漸漸覺著有點夜涼，打算回到鐘樓，將自己帶來的小包裹打開，添一件衣服穿上，再作計較。一面心頭盤算，便舉足往廟裡走去。美景當前，早忘了處境危險。

此番進廟，因為順便，便由正門進去。才走到鐘樓面前，便看見架上那一面大可數抱的大鼓，鼓上面好似貼有字紙。暗想：「這座破廟內，處處都是灰塵佈滿，單單這面大鼓，紅漆如新，上面連一星星灰塵俱都無有，好生奇怪。」見那鼓槌掛在那裡，好似又大又重，便想去取過來看看。猛聽得殿內「啾啾」兩聲怪叫。

英瓊在這夜靜更深，荒山古廟之內，聽見這種怪聲，不由毛髮直豎。猛想起適才頭次進廟時，恍惚看見廟中停有幾具棺材；赤城子臨行時又說此非善地。自己來時匆忙，只帶了換洗衣服銀兩，不曾帶得兵刃。越想心中越覺害怕，忍不住偷眼往殿內看時，月光影裡，果然有四具棺材，其中一具棺蓋已倒在一邊。英瓊見無甚動靜，略覺放心，也無心去把玩那鼓槌。正要返回鐘樓時，適才怪聲又起，「啾啾」兩聲，便有一個黑東西飛將出來。

英瓊喊了一聲：「不好！」不管三七二十一，只一縱便上了牆頭。定睛往下看時，原來飛出來的是一隻大蝙蝠，倒把自己嚇了一大跳。不禁「呸」了一聲，心神甫定。隨即又有一陣奇腥隨風吹到，耳旁還微聞一種「咻咻」的呼吸聲。英瓊此時已是風聲鶴唳，草木皆兵。圓睜二目，四下觀看，並無動靜，知道自己神虛膽怯。正要由牆上縱到鐘樓上去，忽聽適才那一種呼吸聲就在腦後，越聽越近。猛回頭一看，嚇了一個膽裂魂飛！

原來她身後正站著一個長大的骷髏，兩眼通紅，渾身綠毛，白骨嶙峋。並且伸出兩隻鳥爪般的長手，在她身後作出欲撲的架勢。那廟牆缺口處，只有七八尺的高下，正齊那怪物的胸前。英瓊本是作出要往樓上縱去的架勢，在這危機一髮的當兒，且喜沒有亂了步數。

英瓊被那怪物嚇了一跳，腳便落了空，幸那身子原是往前縱的，忙亂驚惶中頓生急智，趁那兩腳還未著地之際，左腳搭在右腳上面，借勁使勁，只一縱，蜻蜓點水勢地早縱到了鐘樓上面。剛剛把腳站穩，便聽見下面殿內的棺木發出軋軋之聲。響了一會，接著又是砰砰幾聲大響，顯然是棺蓋落地的聲音。接著又是三聲巨響過去。再看剛才那個綠毛紅眼的怪物，已繞到前門，進到院內，直奔鐘樓走來，口中不住地吱吱怪叫。一會工夫，殿內也蹦出三個同樣的怪物，都是綠毛紅眼，白骨嶙峋，一個個伸出鳥爪，朝著英瓊亂叫亂蹦，大有欲得而甘心的神氣。

英瓊雖膽大，也不由得嚇出一身冷汗。幸喜那鐘樓離地甚高，那四個怪物雖然凶惡，身體卻不靈便，兩腿筆直，不能彎轉，儘管朝上直跳，離那鐘樓還有丈許，便倒將下來。

英瓊見那怪物不能往上高縱，才稍放寬心。驚魂乍定後，便想尋一些防身東西在手上，以備萬一。在鐘樓上到處尋覓，忽然看見神龕內的佛肚皮上，破了一個洞穴，內中隱隱發出綠光，好生詫異。伸手往佛肚皮中一摸，掏出一個好似劍柄一般的東西，上面還有一道符籙，非金非石，製作古雅，綠黝黝發出暗藍光彩，其長不到七八寸。

英瓊在百忙中也尋不著什麼防身之物，便把它拿在手中。再回頭往樓下看時，那四個怪物居然越跳越高，幾次跳到離樓窗只有三四尺光景。差這數尺，總是縱不上來。八隻鋼一般的鳥爪，把鐘樓上的木板抓得粉碎。

四個怪物似這般又跳了一會，見目的物終難到手，為首的一個好似十分暴怒，忽地狂嘯一聲，竟奔向鐘樓下面，去推那幾根木柱，意在把鐘樓推倒，讓樓上人跌下地來，再行嚼用。其餘三個怪物見為首的如此，也上前幫同一齊動作。鐘樓年久失修，早已腐朽，那四個怪物又都是力大無窮，哪經得起牠們幾推幾搖，早把鐘樓的木柱推得東倒過來，西倒過去。那一座小小鐘樓，好似遇著大風大浪的舟船，在怪物八隻鳥爪之下，搖晃不住，樓上的門窗木板，連同頂上的磚瓦，紛紛墜落下來。

英瓊見勢危急，將身立在窗台上面，準備鐘樓一倒，就飛身縱上牆去逃走。主意才得拿定，忽地卡嚓一聲，一根支樓的大柱，竟然倒將下來。英瓊知道樓要倒塌，更不怠慢，腳一蹬，便到了廟牆上面。知道怪物不能跳高，見那大殿屋脊也有三丈高下，便由牆頭縱了上去。悄悄伏在殿脊上面，用目往下偷看時，忽聽嘩嘩啦啦之聲。接著震天的一聲巨響，一座鐘樓竟被怪物推倒下來。又是「咚」的一聲，一根屋樑直插在那面紅鼓上面，將那面光澤鑑人的大紅鼓穿了一個大洞。

那四個怪物起初推樓時節，一心一意在做那破壞工作，不曾留心英瓊逃走。及至將樓推倒，便往瓦礫堆中去尋人來受用。八隻鋼爪起處，月光底下瓦礫亂飛。那怪物翻了一陣，尋不見英瓊，便去拿那面鼓來出氣，連撕帶抓，早把那面鼓拆了個粉碎。同時狂叫一聲，似在四面尋找。忽然看見月光底下英瓊的人影，抬頭便發現了英瓊藏身所在。這四個怪物互相吱吱叫了數聲，竟分四面將大殿包圍，爭先恐後往殿脊上面搶來。

有一個怪物正立在那堆破鼓面前，大概走得性急，一腳踹虛，被那破鼓膛絆了一跤。原來這四個怪物是年代久遠的殭屍煉成，雖然行走如飛，只因骨骼僵硬，除兩手外，其餘部分都不大靈活。跌倒在地下，急切間不容易爬起。其餘三個怪物已有兩個抓住殿前瓦壟，要縱上殿脊上去。

英瓊百忙中想不出抵禦之法，便把殿頂的瓦揭了一疊，朝那先爬上來的兩個怪物頂上打去。只聽「咔嚓」連聲，那怪物叫了兩聲，越加顯出憤怒的神氣，好似並不曾傷著什麼。幸而那殿年久失修，椽樑均已腐爛。那怪物因為抓住瓦壟，身子懸在空中，還是縱不上去，著急一使勁，整個房頂被牠扯斷，連那怪物一齊墜到地下。

英瓊這時正是心驚膽落，眼觀四面，耳聽八方。防了這面，剛打算覓路逃走，忽見在破鼓堆中跌倒的那個怪物，從那破爛鼓架之中，拾起一個三尺來長、四五寸方的白木匣兒，匣兒上面隱隱看出畫有符籙。這種殭屍最為殘忍凶暴，見要吃的生人不能到手，又被那木匣絆了一跤，越加憤怒。不由分說，便把那木匣拿在手中，只一抓一扯之間，便被牠分成兩半。還待再動手去粉碎時，木匣破處，滋溜溜一道紫光沖起，圍著那怪物腰間只一繞，一聲慘叫，便被分成兩截，倒在地下。

那從房簷墜下的兩個怪物，剛得爬起，還要往上縱時，忽聽同伴叫聲，三個怪物一齊回頭看時，只見牠們那個同伴業已被腰斬在地。月光底下，一團青綃紫霧中，現出一條似龍非龍的東西，如飛而至。那三個怪物想是知道厲害，顧不得再尋人來吃，一齊拔腿便逃。那條紫龍如電閃一般捲將過來，到了三個怪物的身旁，只一捲一繞之間，一陣軋軋之聲，便都變成了一堆白骨骷髏，拆散在地。

那龍除了四個怪物，昂頭往屋脊上一望，看見了英瓊，箭也似地躥了上來。英瓊只顧看那怪物與龍爭鬥，竟忘了處境危險。在這刻不容緩當兒，才想起：「那幾個怪物不過是幾具死人骸骨，雖年久成精，又不能跳高縱矮，自己有輕身的功夫，還可以躲避。這條妖龍一眨眼工夫，便將那四個怪物除去，自必更加厲害。還不逃走，等到何時？」想到這裡，便將身體用力一縱，先上了廟牆，再跳將下去。這時，那條龍已縱到離她身旁不遠。英瓊但覺一陣奇寒透體襲來，知道那龍已離身後不遠，不敢怠慢，亡命一般逃向廟前梅林之中。

那條龍離她身後約有七八尺光景，緊緊追趕。英瓊猛一回頭，才看清那條龍長約三丈，頭上生著一個三尺多長的長鼻，渾身紫光，青煙圍繞，看不出鱗爪來。英瓊急於逃命，哪敢細看。因為那龍身體長大，便尋那樹枝較密的所在飛逃。

這時已是三更過去，山高月低，分外顯得光明。廟前這片梅林約有三里方圓，月光底下，清風陣陣，玉屑朦朧，彩萼交輝，晴雪噴豔。這一條紫龍，一個紅裳少女，就在這水晶宮、香雪海中奔逃飛舞，只驚得翠鳥驚鳴，梅雨亂飛。那龍的紫光過處，梅枝紛紛墜落，「吱喳」有聲。英瓊看那龍緊追身後，嚇得心膽皆裂，不住地暗罵：「赤城子牛鼻老道，把我一人拋在此地，害得我好苦！」

正在捨命奔逃之際，忽見梅林更密，一棵大可數抱的梅樹，正在自己面前。便將身一縱，由樹杈中縱了過去。奔走了半夜，滿腹驚慌，渾身疲勞，落地時不小心，被一塊山石一絆，一個失足，跌倒在地，又累又怕，手足癱軟，動彈不得。再看那條龍，也從樹杈中躥將過來。不由得長嘆一聲道：「我命休矣！」這時英瓊神疲力竭，慢說起來，連動轉都不能夠，只好閉目聽那龍來享用罷了。

英瓊自覺轉眼身為異物，誰知半天不見那龍動靜。只聽風聲呼呼，一陣陣寒梅幽香，隨風透進鼻端。悄悄偷眼看時，只見月光滿地，疏星在天，前面的梅花樹無風搖動，梅花如雪如霧，紛紛飛舞。定睛往樹杈中看時，那條龍想是躥得太急，夾在那大可數抱的梅樹中間，進退不得，來回搖擺，急於要脫身的神氣。

英瓊終於驚魄乍定，知道此乃天賜良機，顧不得渾身酸痛，站起身來，便想尋一塊大石，將那龍打死。尋了一會，這山上的石頭，最小的都有四五尺高，千百斤重，無法應用。英瓊看那龍越搖越疾，那株古梅的根也漸漸鬆動，眼看就要脫出。此時她正在一塊大石旁邊，急切間隨手將適才得來的劍柄往那石上打了一下。只聽得鏘然一聲，那五六尺方圓的巨石，竟然隨手而裂。

英瓊起初疑是偶然，又拿那劍柄去試別的大石時，無不應手而碎，才知自己在無意中得了一件奇寶。正在高興，那龍搖擺得越加厲害。左近百十株梅樹，隨著龍頭尾的上下起伏，好似雲濤怒湧，有聲有色。忽然首尾兩頭著地，往上只一拱，這一株大可數抱、蔭被畝許的千年老梅，竟被帶起空中十餘丈高下。龍在空中只一個盤旋，便把夾在牠身上的梅樹摔脫下來。那初放的梅花，怎經得起這般劇烈震撼，紛紛脫離樹枝，隨風輕颺，宛轉墜落，五色繽紛，恰似灑了一天花雨。月光下看去，分外顯得彩豔奪目。直到樹身著地有半盞茶時，花雨才得降完，從此化作春泥。

英瓊雖在這驚惶失措之間，見了這般奇景，也不禁神移目眩。說時遲，那時快，那龍擺脫了樹，似有物牽引，哪容英瓊細賞這明月落花，頭一掉，便直往英瓊身畔飛來。

英瓊猛見紫光閃閃，龍已飛到身旁，知道命在頃刻，神慌意亂，把手中拿的劍柄錯當作平時用的金鏢，不管三七二十一，朝著那龍頭打去，依稀見一道火光，打個正著。只聽「鐺鐺」兩聲，紫光一閃。

英瓊明知這個妖龍決非一鏢可了，手中又別無器械。正在惶急，猛見自己旁邊有兩塊巨石，交叉處如洞，高約數尺。當下也無暇計及那龍是否受傷，急忙將頭一低，剛剛縱了進去，眼睛一花，看見對面站著一個渾身穿白怪物。只因進得太猛，後退不及，收腳不住，撞在那白怪物手上，便覺頭腦奇痛，頓失知覺，暈倒在地……耳旁忽聽空中鵰鳴，心中大喜。急忙跑出洞來一看，那白衣怪物業已被神鵰啄死。一鵰一龍正在空中狠命爭鬥，鱗羽亂飛，不分上下。

英瓊見神鵰受傷，好生心疼，便將身旁連珠弩取將出來，朝著那龍的二目射去。那龍忽然瞥見英瓊在下面放箭，一個迴旋，捨了神鵰，伸出兩隻龍爪，直向英瓊撲來。

英瓊心一慌，「哎喲」一聲，墜落在身旁一個大水潭之中。自己不熟水性，在水中浮沉片刻，只覺身上奇冷，那水一口一口地直往口中灌來。一著急，「嗳呀」一聲，驚醒過來一看，日光照在臉上，哪裡有什麼鵰，什麼龍？自己卻睡在一個水潦旁邊。花影離披，日光已從石縫中射將進來，原來這洞前後面積才只丈許。神思恍惚中，猛想起昨日被赤城子帶到此山，晚間同怪物、妖龍鬥了一夜。記得最後逃到這石洞之中，又遇見一個白衣怪物，將自己打倒。適才莫不是作夢？

想到這裡，還怕那妖龍在外守候未走，不敢輕易由前面出去。悄悄站起來，覺著周身作痛，上半身浸在積水之中，業已濕了半臂。待了一會，不見動靜，偷偷往外一看，日光已交正午。梅花樹上翠鳥喧鳴，空山寂寂，除泉聲鳥鳴外，更無別的絲毫動靜。斂氣屏息，輕輕跑出洞後一看，只見遍山梅花盛開，溫香馥郁，直透鼻端。有時枝間微一顫動，便有三兩朵梅花下墜，格外顯出靜中佳趣。這白日看梅，另是一番妙境。英瓊在這危疑驚惶之中，也無心觀賞，打算由洞後探查昨日戰場，究竟是真是幻？

走不多遠，便看見地下泥上墳起，當中一個大坑，深廣有二三丈，周圍無數的落花。依稀記得昨晚這裡有一株絕大梅樹，那龍便夾在此中。後來將這梅樹拔起，脫身之後，才又來追逐自己。又往前行不遠，果然那大可數抱的古梅花樹橫臥地下，上面還臥著無數未脫離的花骨朵，受了一些晨露朝陽，好似不知根本已傷，元氣凋零，皮之不存，毛將焉附，而依然在那裡矜色爭豔，含笑迎人。草木無知，這也不去管它。

且說英瓊一路走來，盡是些殘枝敗梗，滿地落花，昨日的險境戰跡，歷歷目前，這才知道昨晚前半截不是作夢。走來走去，不覺走到昨日那座廟前，提心吊膽往裡一望，院前鐘樓坍倒，瓦礫堆前只剩白骨一堆，那幾個骷髏齜牙咧嘴，好不嚇人，不由出了一身冷汗。不敢再看，回頭就跑。一面心中暗想：「此地晚上有這許多妖怪，赤城子又不回來，自己又不認得路徑，在這荒山凶寺之中，如何是了？」越想越傷心，便跑進梅林中痛哭起來。哭了一會，覺著腹中有些饑餓，想把身旁所剩的何首烏取出嚼了充饑，便伸手往懷中一摸。猛想起昨晚在鐘樓佛肚皮中，得了一個劍柄，是一個寶貝。昨晚在百忙中，曾誤把它當作金鏢去打那妖龍，如今不見妖龍蹤影，想必是被那劍柄打退。此寶如此神妙，得而復失，豈不可惜？當下不顧腹中饑餓，跑到剛才那兩塊大石前尋找。剛走離那兩塊大石還有丈許遠近，日光底下，忽見一道紫光一閃，疑是妖龍尚未逃走，嚇得撥轉身來回頭便逃。

跑出去百十步，不見動靜，心中難捨，仍由來路悄悄地一步一步走近前來看時，那道紫光仍在映日爭輝。壯著膽子近前一看，原來是一柄長劍。取在手中一看，那劍的柄竟與昨日所見的一般無二，劍頭上刻著「紫郢」兩個篆字。這劍柄怎會變成一口寶劍？十分奇怪。拿在手中試了試，非常稱手，心中大喜。隨手一揮，便有一道十來丈長的紫色光芒。把英瓊嚇了一大跳，幾乎脫手拋去。她見這劍如此神異，試了試，果然一舞動，便有十餘丈的紫色光芒，映著日光耀眼爭輝。仔細一看，不禁狂喜起來。只可惜這樣一口干將、莫邪般的至寶，竟無一個劍匣，未免缺陷。

英瓊正愁沒有兵刃，忽然無意中得著這樣神奇之物，不由膽壯起來。心想：「既有劍，難道沒有匣？何不在這山上到處尋找？也許尋著也未可知。好在有寶劍在身，又是青天白日，也不怕妖怪出來。」

當下仍按昨日經行之路尋覓，尋來尋去，尋到那株臥倒的梅樹跟前，已然走了過去，忽覺手中的劍不住地震動。回頭一看，見樹隙中好似一物在日光底下放光。近前一看，樹隙縫中正夾著一個劍匣。這才恍然大悟，昨晚鼓中的龍，便是此劍所化。又是喜歡，又是害怕：喜得是得此神物，帶在身旁，從此深山學劍，便不畏虎狼妖鬼；怕得是萬一此劍晚來作怪，豈不無法抵禦？仔細看那劍柄，卻與昨日所失之物一般無二。

記起昨晚曾用此劍柄去打妖龍，覺得發出手去，有一道火光，莫非此寶便是收伏那龍之物？想了一會，畢竟心中難捨，便近前取那劍匣。因已深陷木縫之中，英瓊便用手中劍只一揮，將樹斬斷，落下劍匣。將劍插入匣內，恰好天衣無縫，再合適不過，心中高興到了萬分。將剩的何首烏，就著溪澗中山泉吃了半截。又將劍拔出練習劍法，只見紫光閃閃，映著日光，幻出無邊異彩。周身筋骨一活動，登時身上也不酸痛了，便在梅林中尋了一塊石頭坐了歇息。

本想離開那座廟，另尋一個石洞作安身之所，又恐怕赤城子回來無處尋覓自己；欲待不離開此地，又恐晚來再遇鬼怪。想了一陣，無法可施。猛想起自己包裹、寶劍、銀兩還在鐘樓上，如今鐘樓已塌，想必就在那瓦礫堆中。莫如趁這大白天，先取出來再定行止。

當下先把那口「紫郢」劍拿在手中，劍囊佩在身旁，壯著膽子往前走。走近去先尋兩塊石頭，朝那堆骷髏打去，不見什麼動靜，這才略放寬心。走近前去，那堆骷髏經日光一曬，流出許多黃水，奇臭燻人。英瓊一手提劍，一手捏鼻，走到鐘樓瓦礫堆中一看，且喜包裹、寶劍還在，並未被那怪物扯破，便取來佩在身旁。不敢再留，縱身出牆。隨即從包裹中取出衣裳，將濕衣換下包好，背在身上。

又等了一會，已是未末申初，赤城子還不見回轉。想起昨晚遇險情形，心中猶有餘悸，不敢在此停留，決計趁天色未黑，離開此山，往回路走。心想：「赤城子同那女劍仙既想收我為徒，必然會再到峨嵋尋我。我離開此地，實在為妖怪所逼，想必他們也不能怪我。包裹內帶有銀兩，且尋路下山，尋著人家，再打聽回去的路程。」主意拿定後，看了看日影，便由山徑小路往山下走。

她哪裡知道，這莽蒼山連峰數百里，綿亙不斷，她又不明路徑，下了一座山，又上一座山。有時把路徑走錯，又要辨明風向日影，重走回來。似這樣登峰越嶺，下山上山，她雖然身輕如燕，也走得渾身是汗，遍體生津。直走到天色黃昏，僅僅走出去六七十里。夜裡無法認路，只得尋了一個避風所在，歇息一宵。似這樣山行露宿了十幾天，依然沒有走出這個山去。且喜所得的紫郢劍並無變化，一路上也未遇見什麼鬼怪豺虎。而且這山景物幽美，除梅林常遇得見外，那黃精、何首烏、松仁、榛栗及許多不知名而又好吃的異果，卻遍地皆是。

英瓊就把這些黃精果品當作食糧，每次發現，總是先包了一大包，夠三五日食用，然後再放量一食。等到又遇新的，便把舊的棄掉，又包新的。多少日子未吃煙火，吃的又都是這種健身益氣延年的東西，自己越發覺得身輕神爽，舒適非常。只煩惱這山老走不完，何時才能回到峨嵋？想到此間，一發狠，這日便多走了幾十里路。照例還未天黑，便須打點安身之所，誰知這日所上的山頭，竟是一座禿山，並無理想中的藏身之所。

上了山頭一看，忽見對面有一座峰頭，看去樹木蓊翳，依稀看見一個山凹，正好藏身隱蔽。好在相離不遠，便連縱帶走地到了上面，一看果然是一片茂林。最奇怪的是茂林中間，卻現出一條大道，寬約一丈左右。道路中間寸草不生，那大可二三抱的老樹連根拔起，橫在道旁的差不多有百十株。道旁古樹近根丈許地方，處處現出擦傷的痕跡。

英瓊到底年幼不解事，這一路上並未見過虎豹，膽子也就越來越大。見這條大路長約百十丈遠，盡頭處是一個小山壁，便不假思索，走近一看，原來孤壁峭立，一塊高約三丈的大石，屏風似地橫在道旁。繞過這石再看，現出一個丈許方圓的山洞，心中大喜。只因連日睡的所在，不是岩谷，便是樹腹，常受風欺露虐，好容易遇見這樣避風的好所在，豈肯放過。又不假思索地走了進去，恰好洞旁現有一塊七八尺寬的平方巨石，便在上面坐下，取出沿路採來的山果黃精慢慢嚼吃。

一會兒工夫，一輪大半圓的明月掛在樹梢，月光斜照進洞，隱隱看見洞的深處，有一堆黑茸茸的東西。心中一動，漸漸回憶起前數日的險境，不由心虛膽怕起來。先取了一塊石頭，朝那一堆黑東西打去，噗的一聲，好似打在什麼軟東西上面，估量是一堆泥土，才放寬了心。便把包裹當了枕頭，將寶劍壓在身下，躺在那裡望月想心事。年輕人瞌睡原來得快，加以連日山行，未免勞乏，不知不覺間便沉沉睡去。睡到半夜，英瓊恍惚聽見鏘鋃一聲。醒來一看，天氣昏黑非常，自己心愛的那口寶劍掉在地下，紫光閃閃，半截業已出鞘。想是睡夢中不小心，翻身時節將它碰到地下。

英瓊連日把那口寶劍愛逾性命，便將它還匣，抱在懷中。見天還黑得厲害，重又倒下再睡。不知怎的，翻來覆去總睡不著。勉強將眼閉上養神，又覺得沉身毛焦火燎，好似心神不定。暗想：「這幾日月色都是非常之好，怎麼今天會這樣黑法，連星光都看不見？要說是變天，怎麼又聽不見風雨之聲？」

她睡的那塊石頭，原離洞口不遠，便想伸手到洞外去試試。正要從黑暗中摸到洞口去時，誰知石頭上放的那口寶劍又鏘鋃一聲，一道紫光閃出丈許，把英瓊嚇了一跳。疑心那劍又要化龍飛去，顧不得再看天色，急忙縱將過來，把那劍搶到手中看時，那劍已無故躥出了大半截來。

英瓊好生驚異。猛想起：「過去常聽爹爹說過，凡是珍奇寶劍，遇有凶險事情發生，必定預先報警。此劍已深通靈性，剛才我睡夢之中，也曾鏘鋃一聲，莫非今晚又有什麼凶兆應在我的頭上？」便對手中寶劍說道：「你如真有靈應，倘使我今晚要遇見什麼不好的事，你就再響一聲。」言還未了，那劍果然又是鏘鋃一聲，出匣半截，紫光影裡，不覺照在面前石頭上面。英瓊大吃一驚，暗想：「我記得這是昨日進來的洞口，哪裡來的石頭？」好生詫異。近前一摸，正是一塊大石，業將洞門封閉。用手盡力推開，這塊石頭恐怕重有上萬斤，恰似蜻蜓撼石柱，休想動分毫。不由把英瓊急出一身冷汗！

正在心中焦急，猛一回首，看見地下一道白光，嚇了一跳。定睛看時，原來是太陽的光斜射進來。才明白時間已是不早，適才洞門被石頭封閉，所以顯得黑暗，並不是天還未亮。洞中有了日光，能依稀辨出洞中景物。昨晚自己認為是一個土堆的那一團黑東西，原來是一些野獸的皮毛骨角，堆在洞的一角，約有七八尺高，一陣陣腥臭難聞。

英瓊見洞門被石頭封鎖，便想另覓出路。先將紫郢劍放出，一路舞，一路往洞內尋找，借著日光和劍上發出的紫光尋覓出路。將這洞環行了一遭，不禁大為失望，原來這個洞竟是死洞。把英瓊急得像鑽窗紙的蒼蠅一般，走投無路。明知此洞絕非善地，越想心中越害怕。坐在那塊石頭上，對著石縫中射進來的日光尋思了一陣。忽然暗罵自己一聲：「蠢東西，我又不是不會爬高縱矮，何不從那石頭縫中爬了出去？」

從這陰霾愁臉中，忽然發現這一線生機，立時精神倍增。恰好那塊石頭立腳之處甚多，英瓊用手試了試，將身一縱，已攀住那個缺口。一比那個口徑，最寬的所在不到四寸，只能望得見外面，想出去卻比登天還難，心中重又焦急起來。不知不覺中從那缺口向外望時，猛看見對面山頭上來了一個大人，赤著上半身，空著兩隻手，看他腳步生風，正往這面山頭走來。

英瓊心中大喜，正要呼救，猛一尋思：「我在此山行走多日，並未遇見一點人跡獸跡。這山離那對面山頭，約有半里多路，怎麼看去那樣大法？並且那人並未穿著衣服，不是妖怪，也定是野人。」想到這裡，便不敢出聲，膽寒起來。正想之間，那人已走向這邊山上，果然高大異常，那高約數丈的大樹，只齊牠胸前。

英瓊不禁叫了一聲「嗳呀！」嚇得幾乎失手墜了下去。再看那巨人時，竟朝石洞這面走來，那沿路大可數抱的參天古樹，礙著一些腳步的，便被牠隨手一拔，就連根拔起，拉倒道旁。英瓊才明白昨日路旁連根拔倒的那些大樹，便是這個怪物所為。雖然心中越發害怕，還是忍不住留神細看。

這時那巨人已越走越近，英瓊也越加看得仔細。只見這個怪物生得和人一般無二，果然高大得嚇人：一個大頭，約有大水缸大小。一雙海碗大的圓眼，閃閃放出綠光。凹鼻朝天，長有二尺。血盆一般的大嘴，露出四個獠牙，上下交錯。一頭藍髮，兩個馬耳長約尺許，足長有數丈，粗圓約有數尺。兩手大如屏風。渾身上下長著一身黃毛，長有數寸。從頭到腳，怕沒有十來丈長。

英瓊看得出了神，幾乎忘記害怕。忽然眼前一暗，一股奇腥刺鼻，原來那怪物已走近洞前。那洞口齊牠膝部，外面光線被牠身體遮蔽，故而黑暗。英瓊猛覺得石頭一動，便知危機已迫，不敢怠慢。剛剛將身縱下石來，忽聽耳旁嘩啦一聲巨響，眼前頓放光明，知道洞口石頭已被怪物移開。急忙將身縱到隱蔽之所，偷偷用目往外看時，只見洞口現出剛才所見那個怪物的腦袋，兩眼發出綠光，衝著英瓊齜牙一個獰笑。把英瓊嚇得躺在一旁，連大氣也不敢喘出。

幸喜那怪物的頭和身子太大，鑽不進來，只一瞬間，便即退去。一會工夫，又有一隻屏風般大、兩三丈長的手臂平伸進來，張開五指粗如牛腿、長約數尺的毛手，便往英瓊藏身之處抓來。只嚇得英瓊心驚膽裂，急忙將身一縱，從那大毛手的指縫中，躥到洞的左角。那大毛手抓了一個空，便將手四面亂撈亂抓起來。

英瓊到了這時，也顧不得害怕，幸喜身體瘦小靈便，只在那大手的指縫中鑽進鑽出。那怪物撈了半天，忽然那毛手退出。

第二十章 馬熊報恩

那怪物又低下頭來看了看，重又將那大毛手伸進洞來，恰似小孩子在金魚缸中撈金魚一般，眼看到手，又從手縫中溜了出去，憤怒非常，震天動地般狂吼一聲，那隻毛手撈得越發加緊起來。

英瓊在這危機一髮之間，越加不敢怠慢，在這石洞毛手之間縱過來跳過去，只累得渾身是汗，遍體生津，腰中又帶著那一柄長劍，礙手礙腳。忽然一個不留神，英瓊在右壁角，那怪物的毛手伸將過來，英瓊剛要縱起身來，被那柄長劍在兩腿中間一絆，險些栽倒，眼看那大毛手已離身旁只有尺許，稍一遲延，怕不被它捏為齏粉。還算英瓊天生神勇，急中生智，見毛手到來，將身往後便倒，讓過巨人毛手，自己右手著地，一個金鯉跳龍門的姿勢，平斜著躥到洞口一個石縫中潛伏。

驚魂乍定，暗怪自己帶的這口寶劍累贅誤事。猛想起：「此劍當初誅那四個殭屍並不費力，只一轉瞬間就散成一堆白骨。它又能夠變化神龍，發出十來丈的紫光。這個大手緊緊追逼，似這樣逃來逃去，何時是了？自己想是嚇糊塗了，竟會把這樣奇珍異寶忘記。」不由暗罵自己一聲「糊塗蟲」。想到此地，已把寶劍出匣，擎在手中。

那劍想是知道今日英雄已有用武之地，上面發出來的紫光，竟照得全洞皆明。那怪物的大毛手，起初不知道英瓊藏在洞口石縫之中，只往深處亂撈。撈了一陣撈不著，正在急怒，英瓊已打好主意。劍才出匣，那怪物好似已有了覺察，剛要將手退出洞去，英瓊的劍光已不由英瓊作主，竟自動地捲了過去。紫光影裡，那怪物的大毛手指，已被劍光斬斷兩個下來，血如湧泉一般，直冒起丈許高下。那怪物受了重創，狂吼一聲，那毛手很迅速地退了出去。

英瓊看見洞口現出亮光，在這間不容髮之間，急智頓生。心想：「這洞內逼仄，又無出路。那怪物既怕這口寶劍，何不趁牠大手退出時縱到外面，與牠分個死活？倘若僥天之幸，將牠除去，也好為這附近幾百里的生物去一大害。」想到此際，雄心陡起，把適才害怕憂愁之念化為烏有。英瓊生有異稟，心思異常敏銳，她這種想頭，只在一轉瞬間。那怪物原是蹲在地下，將手伸進洞中去撈，被英瓊紫郢劍斬了二指，痛楚入骨，便知不妙，急忙將手退出。剛站起身來，英瓊在牠腿縫中間，縱了出去。

說了半天，那赤城子既引英瓊前去拜師，為何半路上又將她拋在莽蒼山凶寺之中，一去不返？除英瓊鬥龍，最後逃入石洞，被白衣怪物打倒入夢（那白衣怪物，是月光照在石頭上面，被英瓊眼花誤認），以及她收腳不住，將頭撞在石頭上跌倒，誤當作被怪物所擊外，再有那凶寺中的四具將成旱魃的殭屍，紅鼓中所藏先化神龍的紫郢劍，是何人所留？此山天氣，為何這般溫暖？以後英瓊再到莽蒼山盜取溫玉，馬熊二次報德，發現長眉真人留的石碣，那時自有交代，這且不言。不佞先向各位閱者補敘這巨人的來歷。

自古深山大澤，多生龍蛇；無人跡的深谷古洞，常有許多山魈木魃之類盤踞其中。這個巨人，便是山魈之一類，歲久通靈，力大無比。英瓊所臥的那個石洞，便是牠儲藏食物之所，牠擒來山中野獸生物，便拿來儲藏在內，再用洞口那三丈高下的石屏風來封閉，以防逃逸。昨晚英瓊睡在洞中，被牠今晨走過發現。想是牠當時不餓，防這小女孩逃走，才用石頭將洞門封鎖。那石屏風甚重，何止萬斤，慢說英瓊，無論有多大力量的野獸，也休想推動分毫。

牠將洞口封閉時節，英瓊得的那口紫郢劍原是神物，忽然出匣長嘯示警，將英瓊從夢中驚醒。等到英瓊發現洞門被石頭封鎖時，這個山魈業已回轉，照往日習慣，先低下頭來看了看，再伸手進洞去撈將出來食用。不想會被英瓊的紫郢劍削去二指，憤怒非常，暴跳如雷，兩個大毛腳蹬處石破天驚，毛手起處樹飛根絕。正用左手拔起一根大樹，想塞進洞去，將那仇人搗死，英瓊已從它兩腿中間溜了出來。

那怪物低頭一看，怒發千丈，張開屏風般大的大毛手，便來捉英瓊。英瓊出來後，先將身體連連數縱，已縱離那山魈數十丈遠。回頭一看，只見那怪物果然生得凶惡高大，自己的頭僅僅齊牠腳髁。瞪著兩隻綠眼，張開血盆大口，伸出兩隻黃毛披拂的大手，追將過來。

英瓊雖然仗著寶劍的厲害，知道這個怪物身材高大，力大無窮，倘一擊不中要害，被牠抓著一點，便要身遭慘死。因此不敢造次，仗著身體靈便，只揀那樹林密處，滿樹林亂縱亂跑。那山魈見英瓊跳縱如飛，撈摸不著，惹得性發如雷，連聲吼叫追逐，砰砰之聲，震動山岳。

英瓊雖然身靈性巧，從清早跑到這正午時分，也累得力盡神疲。末後一次，那山魈好似有點氣力不佳，追逐漸慢。英瓊剛隱身在一棵大樹身後，縱到那枝葉密處藏躲，那山魈好似不曾看見，背朝著英瓊，在那四處尋找。英瓊暗喜那怪物不曾看見，正想喘息片刻，用一個什麼巧招，將牠斬首。誰知那山魈更比她來得狡猾。英瓊劍上的紫光，更是一個特別記號，人到哪裡，光到哪裡。牠見英瓊縱躍如飛，不易到手，等英瓊縱上樹去，故意用背朝著英瓊，裝作向前尋找模樣，身子卻漸漸往英瓊身旁退來。這樹雖然高大，只齊那怪物頸邊。

英瓊喘息甫定，見那怪物退離樹旁不過數丈，伸手可到，雖然以為怪物並未看見自己，卻也不敢怠慢。正要往別的樹上縱去，誰知那怪物離樹切近，猛一回頭，狂吼一聲，伸開兩隻長有數丈的手，向那株大樹抱來。那樹被山魈一抱，樹枝「咔嚓」連聲，響成一片，紛紛折斷下來。

英瓊正站在離地三四丈高下的樹枝上，剛要往上縱起時，忽見那怪物如飛一般旋轉身子，連人帶樹抱來，不由大吃一驚！知道中了怪物的計。急忙一個「鷂子翻身」，溜跳下來，離地丈許，將兩腳橫起，以樹身一墊，來個「水蛇撲食」勢，橫著身子斜穿出去。原預備就勢再躥到別的樹上去，累了半日，一個收不住勁，腳剛著地，正看見那怪物業已抱緊那樹，一隻斷了二指的血手鮮血淋漓，那一隻左手正往英瓊藏身所在亂摸。

起初，英瓊未嘗不想用劍去誅那怪物。皆因那山魈的手生得太長，身體太高，若要刺牠致命所在，劍未到，已先被牠兩手所傷，即使將牠殺死，自己也難逃活命。也是她初得紫郢劍，尚不知道它的妙用的緣故，又受了李寧真傳武功要訣，講究我到人不到、我先到勝人後到的影響，所以白累了半日，幾乎誤事。這時見那怪物緊抱樹身，正在找尋，並未發覺自己溜將下來，正是絕好下手機會，稍縱即逝，怎敢怠慢。腳剛沾地，便用力一墊，一個「燕子穿雲」勢，將身縱起有四五丈高下，一橫手中紫郢劍，用盡平生之力，奮起神威，就勢朝那山魈身後攔腰斬去。

手才起處，那寶劍已化十來丈長的紫光，脫手飛去，連那山魈和那株大樹只一繞。英瓊在空中使不得力，原是借勁使勁，把吃奶的力氣都使了出來。忽見手中寶劍憑空脫手飛出，疑心自己使過了勁，一時失手，大吃一驚。「噯呀！」一聲，一個「風捲殘花」勢，倒翻觔斗，剛要落下地來覓路逃生，耳旁猛聽那怪物狂吼一聲，嚇得英瓊心膽皆裂。接著又是「轟隆」「咔嚓」幾聲巨響，樹身折斷，地下塵土騰起有二三丈上下。震得英瓊目眩神昏，心搖體戰，落地時節一個站立不穩，伏在地下嚇暈過去。

待了一會，才得甦醒過來，覺得身旁腥味撲鼻，身上有好幾處濕呼呼的，疑是自己落在怪物手中。急忙偷眼一看，適才那怪物業已齊腰變成兩個半截，死在地下。怪物身上的血，竟像山泉一般，直往低窪處流去。英瓊正趴在一個血泊之中，知那怪物已被自己紫郢劍所斬，好不高興。顧不得周身疼痛，正想起立去看個究竟，忽聽四周「咻咻」之聲。忙回身往外一看，離自己身旁有五六丈遠近，伏著大大小小成千成百的大馬熊，除怪物死的那一面沒有外，身左身右同身後到處皆是。一個個俱是馬首熊身，長髮披拂，身體龐大，狀態凶猛。頭上生著一隻獨角，後足微屈，前足雙拱，跪在那裡，瞪著一雙紅眼，望著英瓊，動也不動。

這一種馬熊，乃是狻猊與母熊交合而生。狻猊頭生獨角，遍體花鱗，吼聲如鼓，性最猛烈，能食虎豹。那熊也是山中大力猛獸。這兩種厲害野獸配合而生馬熊，其凶猛可知。

英瓊從小嬌生慣養，幾曾見過這般厲害凶猛的東西，而且為數又太多。三面俱被包圍，任你天大本事，也難逃走。何況累了這大半天，業已筋疲力竭，渾身酸痛。自己一口寶劍適才又脫手飛去，想去尋回抵禦，已來不及。不由長嘆一聲：「我命休矣！」便想往山石上撞死，免得生前被那些猛獸分食之慘。剛把身體站起，二足酸軟得竟不受自己使喚，一個站立不穩，重又坐下。看了看四圍的馬熊，一動也不動，見英瓊坐下，反把前爪合攏，朝著英瓊連連拱揖起來。

英瓊偷偷往四外一看，這成千成百的馬熊，個個都是如此拱揖，好生奇怪。忽然靈機一動，嬌叱一聲道：「我李英瓊蒙神仙賜我紫郢劍，專與世人除怪誅妖。適才那個大怪物，又被俺斬成兩段。爾等這些無知孽畜，竟敢包圍於我，難道欺我匣中寶劍不利麼？」說到此地，無心中隨手往身後一摸，忽然覺著手觸劍柄。心想：「難道剛才嚇糊塗了，寶劍並未脫手？」雖然這麼想，還不敢驟然就看。後來越摸越像，手拿劍柄輕輕一拔，鏘的一聲，寶劍出匣，紫光閃閃，仍是那口寶劍。

心中大喜，立時膽壯起來。也不暇計那劍怎麼還在匣中，勉強將身站起，將手中劍朝那群馬熊一指，喝道：「爾等這群孽畜，急速退去！否則俺寶劍飛來，休想活命！」果然那些馬熊非常害怕這口寶劍，劍才出匣，便都如飛後退了十餘丈。可是仍不走散，一個個還是跪在地下，前足拱揖不住。

英瓊越發奇怪，不知這群野獸是什麼用意。看牠們神氣，又不像傷人的樣子。便喝問道：「爾等朝我跪揖，不像要侵犯我的神氣，莫非有求於我嗎？」那些馬熊聽了，果然將頭連點，又齊將前爪指英瓊身後。英瓊回頭一看，猛想起昨晚洞中見的那堆獸骨，不禁恍然大悟，稍放寬心。重又喝問道：「爾等見我替你們誅去那個大怪物，心中感恩，故爾朝我跪揖，是不是？」那群馬熊又連連拜揖不止。

內中有兩個最大的，竟向英瓊面前膝行了幾步，見英瓊無甚動作，又往前行，漸漸相隔只有三五丈遠，才跪在那裡不動，只把前爪拱揖。

英瓊估量那兩個大馬熊必是這些馬熊的首領，看牠們的神氣，非常怕那寶劍，便將劍還匣，向牠們說道：「我原是無心替爾等除此大害，你們雖感恩，於我何益？如今怪物已除，更無用我之處，還不走去，等待何時？」

那兩個大馬熊將頭搖了搖，回身朝著後面指了兩指，從口中發出了像打鼓一樣的鳴聲。便有十來個稍大一點的馬熊，如飛繞向英瓊身後而去。一會工夫，鼓聲震地，在英瓊兩旁伏著的那些馬熊，忽然一陣大亂，四散奔逃，一齊逃到英瓊身後跪伏，各把前爪朝對面連指。英瓊回身往那大怪物死處一看，對面塵土飛揚，山坡上十餘隻大馬熊，口中發出鼓音，如飛往英瓊立的所在逃來。後面相隔數十丈，一個巨人，與死的那個大怪物長得一般無二，發出與死怪物同樣的狂吼，邁開大步，如飛追來。英瓊這才明白馬熊用意。因自己精力已疲，不敢輕易上前迎敵，忙將身體隱在一塊大石後面，取出寶劍，相機行事。

那山魈原是一雄一雌，住在一個山洞。此山馬熊最多，便是那山魈專門食品。今天雄山魈出來覓食，雌的正等得不耐煩，忽聽洞外馬熊吼叫與往日不同，牠不知是誘敵之計，便追將出來。有一個馬熊跑得稍慢，被那山魈追上，一把抓住頸皮，張開血盆大口，往頸間一咬一吸，便扔在地下，重又來追逃在前面馬熊。

英瓊見這山魈這般凶猛，格外心驚，暗替自己適才僥倖。一會功夫，那山魈追到這邊山上來，一眼看見雄山魈屍橫就地，放下馬熊不追，抱著那雄山魈上半截屍身，又跳又號，綠眼中流出來的淚滴有拳頭般大小，神態非常好笑。

那雌山魈號啕一陣，又去細看那雄的傷口，好似去研究是如何死的。又低頭尋思了一會，忽然暴怒起來，挨近牠的大樹，被牠拔得滿空飛舞，砂石亂落，如雨雹一般，叫人見了驚心動魄。那山魈正在那裡號叫，被牠無意中回首，看見英瓊身旁發出來的紫光，並看出英瓊藏身所在，就猛一回身，如飛向英瓊身前撲來。

英瓊正看得出神之際，忽覺眼前一黑，那雌魈迎面如飛撲到，頓時慌了手腳。知道那怪物手長，如果使劍迎刺，劍還未到，已被牠手所傷，自己力盡筋疲，又不能再似先前般跳縱。急中生智，只好孤注一擲，趁那怪物手還未到，把手中紫郢劍朝著那怪物頸間飛擲過去。自己奮力使勁，往旁縱出丈許。正待再起身逃走時，只見那十來丈長的紫光過處，朝那怪物頸間一繞，一個大似水缸的大腦袋斬了下來。同時十丈左右長的屍身，連著那顆大頭，撲通兩聲，平空跌到塵埃。附近所在，樹斷石裂，塵土亂飛，約有盞許茶時，才得安靜。

那紫郢劍誅罷妖物，長虹般的紫光在空中繞了一個圈，竟自動回到英瓊身旁劍匣之中，把英瓊嚇了一大跳。想不到此劍如此神異，心中大喜，抱著劍匣，連連感謝不止。

那些馬熊見怪物被英瓊所誅，一個個跳躍了一陣，走向兩個死山魈面前，好似還有些畏懼，不敢驟然走近。末後那兩個大的先用前爪往山魈身上抓了一下，不見動靜，吼了一聲。這千百馬熊才一齊上前，四腳齊施，連咬帶抓，一會兒工夫，這兩個山魈只剩了一堆黃骨，折散在地。

英瓊正看得起勁，忽覺腹中饑餓，便往先前洞中走去。幸喜衣服食糧俱未傷損，只是由家中帶出來的那口家傳寶劍，已被怪物大手折成兩段了。連忙在洞中暗處換了血衣，走出洞來一看，這群馬熊竟離洞門三丈遠近，跪成一個圓圈，把英瓊去路攔住。英瓊一手拿著一枝黃精，正在食用，按劍說道：「爾等大仇已報，為何還不放我上路，莫非恩將仇報麼？」

眾馬熊一齊搖頭。那大的兩個朝著英瓊，用前爪比了又比，那個意思，好似叫英瓊不要吃手中的黃精，接著從口中又發出先前的鼓音。當下便有十來個馬熊分頭走去。另有兩個馬熊走到一株樹邊，抱著一搖一拱，連根拔起，口爪齊施，把樹枝折了個淨盡。一個馬熊抬一頭，人立起來，抬到洞前。

又有一個便騎了上去，抬走幾步，重又放下，向著英瓊指了指。英瓊估量牠是叫自己騎了上去，由牠們抬走，雖然明白並無惡意，萬一這些猛獸忽然野性發作，如何是好？又不知牠們將自己抬往何方，到底有點不放心。

眼看日色已交未初，天氣還早，力竭神疲，得牠們抬送一程，倒亦有趣。暗想：「自己得這口劍，幾次事先報警，我何不卜它一卜？」便問道：「紫郢劍，這群野獸要抬送我過山，如果去得，你便長鳴兩聲；如果去不得，你便長鳴一聲，我好打主意。」話猶未了，那劍果然鏘鏘兩聲。英瓊心中大喜，便走近馬熊跟前，縱上樹身坐下。那群馬熊見英瓊肯讓牠們抬走，一個個跳躍拱揖，好似十分歡喜。

那兩個大馬熊，一個在前，一個在後，口中鼓聲一響，這千百馬熊竟前後左右，好似排隊一般，抬了英瓊，直往山下走去，走得非常迅速。連越過了好幾個山頭，末後到了一個山峰上去，滿山峰盡是些奇花異草。剛剛上山不遠，路旁現出有百十個馬熊排列，一個個跪在地下，人立拱揖。再向前行數十步，遠遠望見一個大山洞。由十來個馬熊領導，後面跟著一大群猩猩，每個猩猩雙手捧著許多不知名的山果，飛也似地跑到英瓊身旁，將手中捧的果品獻上。

英瓊隨意取了幾個食用，一面由那抬樹的兩馬熊抬著她向前行走。一會工夫，走到洞前一看，這個山洞竟高大異常。那一群馬熊和猩猩，前呼後擁地將英瓊抬進洞中，放下樹身。英瓊下來，舉目往四處一看，這洞中竟是軒敞異常，約有百十丈寬廣。當中一塊高約二丈、寬約十餘丈的巨石，上面滿鋪著許多獸皮。當下兩個猩猩縱將上去，學人坐臥。隨又跳將下來，拉了拉英瓊衣袖，口中不住叫喚。英瓊明白牠的意思，便將身縱了上去坐下。再看下面，這成千成百的馬熊，連著那許多猩猩，由洞裡洞外，分成十數排，跪滿了一地。另有十來個猩猩替換著將果品獻上。

英瓊正在隨意食用，忽然看見果品當中有一種不知名的山果，血也似地通紅，有桂圓般大小。剖將開來，白仁綠子，鮮豔非常。食在口中，甘芳滿頰。可惜不多，只有十來個，一氣把它吃完，覺著滿腹清爽，精神頓長，把先時的疲勞一掃而空。知是山中奇珍，便將果皮拿在手中，朝那進食的猩猩說道：「此果甚好，可能領我去採些來帶走麼？」

旁立那個猩猩聞言，似有難色，回轉身來朝著牠那些同伴叫了兩聲。當下便有十來個猩猩走出洞去，直走了半個多時辰，才回來了五六個，每個手中只取得一個朱果獻上。又向旁立發令的那個猩猩哀嗥了幾聲。當下全洞中的猩猩都隨著哀嗥起來。

英瓊不知牠們是何用意。只因貪看這些馬熊、猩猩善解人意，又等猩猩採朱果，耽誤了很大工夫。那洞中非常光亮，直到外面日色平西，尚不知道這座洞門正對西方。英瓊正在那裡指揮群獸，其樂洋洋之際，忽然看見洞外一輪落山紅日，大有畝許，紅光射進洞來，照得滿洞通紅。才知天已不早，不能上路，不禁著起慌來。再看洞外，依舊光明如畫，映著夕陽斜暉，幻出無邊異彩。便想今晚暫且宿在此洞，明早再走。不過自己一個孤身幼女，處在這人跡不到的荒山，和這些猛逾虎豹的馬熊，高大過人的猩猩同處，到底不能不有些顧慮。

低頭沉思了一陣，便對那些馬熊、猩猩說道：「今日天黑，我已不能上路，意欲在你等洞中借宿一宵。爾等如果願留我在此地，便皆急速全體退出洞去，以免我匣中的寶劍出來，誤傷了爾等性命。」說罷，這千百馬熊和那些猩猩，萬鼓齊鳴地吼叫了幾聲，果然全體退出洞去，只留一個大猩猩在洞口侍立。

英瓊見這些野獸能通人言，進退有序，非常欣喜。因時光還早，打算待一會再安睡。便跳下大石，信步走出洞外。見滿山滿野，盡是馬熊棲息著。惟有那百十多個猩猩，卻聚集在一個崖角下面，交頭接耳，啼聲淒厲。

英瓊雖然不通獸語，看去好似在商量什麼似的。內中有一個老猩猩，便是適才指揮群猩的首領，正站在那裡口嗚爪指，忽然回轉身，見英瓊走來，便長叫一聲。眾猩猩一齊回身，跪伏在地，朝著英瓊不住地叩頭。那老猩猩便走近英瓊身旁跪將下來，拉了拉英瓊襟袖。英瓊便隨牠走近那猩群中一看，原來地下竟躺著五個已死的猩猩屍首。那老猩猩用前掌朝那死猩猩頭上指了指。英瓊俯身看時，這五個猩猩竟是一般死法：頭上一個大洞，猩腦已空，看去好似被什麼東西抓傷。內中一個，手中還緊捏著一個朱果。

猛記起：「適才貪吃那紅色異果，曾由十來個猩猩再去採尋，後來只回來了一半，採回的紅色果子也不多。自己因為天近黃昏，原打算明早叫猩猩帶路再去尋找，不曾放在心上。看這幾個猩猩，想是為採紅色果子而死。只為自己一時口腹之欲，損傷了幾條生命，好生難過。而且這幾具猩猩死法一樣，決不是因採果子失足墜崖，定是此山還有什麼怪物異獸。嘗聞猩猩善於人言，偏偏此地猩猩能通意不能言，無法究問。我莫如也一半比，一半說，向這些猩猩盤問。倘若真有專吃猩腦的野獸，我便用身旁寶劍替牠們除去，豈不是好？」

想到此間，便朝那老猩猩問道：「看你那五個同伴死法，好似因為採那紅色果子，被什麼怪物所傷。你何不領我前往，替你除害如何？」話言未了，這些猩猩同時齊聲長鳴點首。

英瓊見皓月正明，清光如晝，自己這口寶劍又是能收能發的神物，立時雄心頓起，便叫那老猩猩領路前去。那老猩猩搖頭，用前掌朝著月亮指了指。英瓊估量是夜間不便前往，便又問道：「你的意思，是說夜晚怪物不易尋覓？那麼我明日再去如何？」那猩猩點了點頭，又歡呼跳躍了一陣。便有十幾個猩猩，將已死的五個猩猩屍體抬往山後而去。

英瓊在月光底下閒眺了一會，回進洞中一看，仍是合洞光明，如同白晝，非常驚異，疑有異寶藏伏。滿洞尋找了一個多時辰，並未發現，只得作罷安歇，夜間睡眠甚穩。洞中氣候暖如初夏，較比連日辛苦饑寒，判若天壤。直睡到紅日東升，也無一些其他異狀。

等到醒來，在石頭上坐起。洞旁侍立的猩猩，看見英瓊起身，長嘯一聲，立時鼓聲震地，那洞外的猩猩、馬熊，竟像潮湧一般躥將進來。英瓊幾乎嚇了一跳。這些馬熊仍然排班匍伏，那百十個猩猩各捧花果獻上。

英瓊一路食用，仔細一看，並無昨日那種紅色異果，才想起答應那些猩猩今日去替牠們除怪。吃了一頓果子，先跑到洞外，尋那僻靜所在，方便了一陣。重又進洞，站在石上說道：「我今日便要起身。爾等昨日去採那紅色果子，曾有五個同類被害。可速領我前去除卻，以免我走後又來為害生靈。」話言未了，猩猩、馬熊又各鳴成一片。英瓊將包裹整理好了，又將剩的朱果同許多好吃果品包好，縱身下地。眾馬熊立刻讓出一條大道。

那老猩猩立起身來，朝英瓊長鳴了兩聲，便在前頭領路。雙方相隔約有丈許遠近，那老猩猩一路走，一面不時回頭看望。當下猩猩在前，馬熊在後，俱都低頭慢走，不發一些鳴聲，這寂寞的深山中，只聽足聲貼地，塵土飛揚。

英瓊隨著那老猩猩越過了一個山頭，那些馬熊俱都停步不前，只由老猩猩領著英瓊轉到一個峭壁後面。忽然迎面一座孤峰突起有百十丈高下，山頭上面滿生著許多不知名的奇花異果。峰下面一個很長很深的澗，流水淙淙，泉聲聒耳。英瓊正覺這裡景物清麗，那在前行走的老猩猩忽然停止不前，登時現出十分畏懼的樣子。英瓊剛要問話，那老猩猩忽然用前爪朝澗旁一個孔洞中指了指。英瓊定睛看那孔穴，有六七尺方圓，黑黝黝的，看去好似很深。孔穴旁邊有一塊奇形古怪的大石，石上面有一株高才尋丈、紅得像珊瑚的小樹，朱幹翠葉，非常修潔，樹上面結著百數十個昨晚所食那種紅色的果子。

英瓊正奇怪那樹生平從未見過，如何會長在石頭上面？耳旁忽聽呼聲振耳。回看領路的老猩猩，已向來路退回有百十丈遠近。心想：「此地莫非就是怪物潛藏之所？」待了一會，不見動靜，便想縱身到那石頭上面去摘取朱果。剛一邁步，耳旁呼聲忽止，匣中寶劍鏘鋃一聲，連連飛躍。知有異兆，不禁吃了一驚！

凝神往那孔穴中看時，只見有兩點綠光閃動。一轉瞬間，呼的一聲，縱出一個似猴非猴的怪物，身上生著一身黃茸細毛，身長五六尺，兩隻膀臂卻比那怪物身子還長。兩手如同鳥爪一般，又細又長。披著一頭金髮。兩隻綠光閃閃的圓眼，大如銅鈴。翻著朝上一看，比箭還疾地躥了下來，狼嗥般大吼一聲，伸出兩隻鳥爪，縱起有三五丈高下，朝英瓊頭上抓將下來，身法靈活無比，疾如閃電。

英瓊見那怪物來勢太快，不及抵禦，忙將身子斜著往旁橫縱出兩丈遠。那怪物抓了一個空，正抓在英瓊站的那塊石頭上面，爪到處碎石紛飛。狂吼一聲，又向英瓊撲來。

這時英瓊已拔劍在手，才一出匣，便有一道紫光耀日爭輝。那怪物好似知道此劍厲害，偏巧英瓊無心中正攔住牠去路，歸穴不得，只得撥回頭，飛一般往英瓊來路逃走。英瓊急忙在後追趕，正要將手中劍放出去時，一眨眼工夫，只聽許多猩啼熊叫之聲，那怪物竟已御風飛行，蹤影不見。又一會工夫，那老猩猩率領許多同類，一路嘷叫而來，見了英瓊，倒身下拜。又見那猩群當中，竟又抬有許多斷臂折股、破腦碎腹的猩猩。想是怪物逃走時，路遇這藏躲猩群，被牠性起，撈著幾個，故爾有好些猩猩受傷。

英瓊見怪物逃走，懊悔適才未曾預先下手，偌大莽蒼山，哪裡去尋那怪物蹤跡，欲待袖手而去，又可憐這些猩猩性命。那老猩猩想是也怕英瓊走去，跪在地下，拉著英瓊襟袖不放。那受傷未死的猩猩，更是哀啼不止。不禁勾起英瓊俠心義膽，便對那老猩猩道：「我雖然歸心似箭，可惜適才被那怪物趁空逃走。我意欲留此十日，尋那怪物蹤跡，替爾等除此大害。十日之後，如尚不能尋得，那也就是爾等命中該受那怪物摧殘，我也不能久留了。」

說罷，那老猩猩好似深通人言，十分歡喜。又領英瓊回到峰旁，先縱往高處一望，跳下地來，朝那些同類叫了幾聲。便有十來個猩猩分頭擇那高處爬了上去，四外瞭望。

那老猩猩好似仍不放心，又縱身上去看了看，才下來縱到洞旁石上，將上面朱果全採了下來，分幾次送上，交與英瓊。樹上所摘，竟比昨日還要香美。英瓊便盡興吃了有十來個，把下餘那些朱果藏在包裹之內，準備路上食用。剛剛收拾完畢，忽見那老猩猩縱了上來，領英瓊縱到下面。

第廿一章　青山賞雨

英瓊仔細看那樹時，竟是生根在石頭上面，通體透明，樹身火一般紅，樹旁還有幾滴鮮血。那猩猩手比了一陣，又哀啼幾聲。

英瓊明白這裡便是昨日採果猩猩為怪物所害之地。孔穴看去很深，那老猩猩用手勢讓英瓊站在外面，牠卻爬了進去。英瓊因此處是怪物巢穴，不敢大意，便將那紫郢劍拔在手中，一面留神四外觀看。只見這塊奇石約有兩丈高圓，姿勢突兀峻峭，上豐下銳，遍體俱是玲瓏孔竅，石色碧綠如翠，非常好看。

英瓊一路摩挲賞玩，無心中轉到石後，只見有一截二尺見方的面積，上面刻有「雄名紫郢，雌名青索，英雲遇合，神物始出」四句似篆非篆的字，下面刻著一道細長人眉，並無款識。猛想起腰中紫郢原來是口雄劍，還有一口雌劍埋藏在此。「英」是自己名字，那「雲」不知何人？不禁起了貪心，便想一同得到手中。正在仔細往四外尋覓，那老猩猩從孔穴內縱了出來，身上背著一個猩猩，業已奄奄待斃，手上拿著形似嬰兒的兩個東西。原來這個洞便是怪物藏身之所。

那怪物名為木魃，力大無窮，兩隻鋼爪可穿金石，鋒利無比，專食生物腦髓。穴旁石上大樹，便是道家所傳的朱果。凡人吃了，健身益魄，延年長生。三十年才一開花。

此處的猩猩名曰猩猿，乃是猩猩與猿猴所生，善解人意。想是平日備受怪物摧殘，與那馬熊遭遇山魈感受一樣痛苦。英瓊來到洞中時，那些猩猩冒著百死，乘那怪物睡著時，採來朱果與英瓊食用，引她來此報仇。

那木魃生性好睡，尤其過午以後，更是昏睡不醒。及至英瓊第二次再索朱果，那猩猩甚是害怕，大著膽子去採，才採到幾個朱果，便將木魃驚醒，連忙亡命奔逃，已被怪物鋼爪到處，傷了五個。照往日習慣，將猩腦吃罷，將猩屍扔到上面。內中有一個猩猩嚇暈在地，逃避不及，被牠生擒。那木魃吃罷生物腦血，便神醉欲睡，隨手夾進洞去，準備明日醒來食用。恰好英瓊到來，牠估量又有買賣上門，縱身上去，不想碰在釘子上面。此怪物歲久通靈，看見英瓊劍上紫光，知道不好，急忙御風逃走。

那老猩猩的同類尚有一個不知存亡，知道木魃只吃猩腦，不食猩屍；又知英瓊愛吃朱果，打算採來報德。採完朱果之後，嗅著洞口猩猩氣息，冒險入內，尋找那被擒同類，已被木魃夾得半死，當下救了出來。無意中在洞的深處發現兩個孩屍，順手取將出來，原來是兩具成形的何首烏。想是成形之後，在山中遊行，被木魃看見，當成生物。等到抓死以後，覺得不似生物好吃。

那木魃素來血食，不知此千年靈物妙用，隨手擲在洞中，被那老猩猩尋著，獻與英瓊享受。大凡猩猿之類，多是惜群愛眾。起初看見兩具孩屍，以為英瓊同類，原打算帶將出來，交與英瓊一看。

英瓊起初也誤是孩屍，及至接到手中一看，長還不到一尺，雖面目姣好，形態似人，卻與生人到底不同。而且一股清香撲鼻，那被怪物傷處流出來的並不是血，竟是玉一般的白漿。猛想起她爹爹李寧說過，深山之中，若遇小人小馬之類飛跑，便是千年靈芝與何首烏所化，吃了可以成仙。這兩個小人，不知是與不是？如真是靈物，豈不僥倖？又恐怪物洞中取出之物，萬一有毒，非同小可。忽見面前那個老猩猩站在那裡不動，心想：「聞說猩猩與猴俱不吃葷，何不試它一試？」便把那小的一個遞與那老猩猩，比個手勢，叫牠吃。

那老猩猩起初以為是人，還不敢就吃，禁不住英瓊按劍怒視，嚇得牠不敢不從，勉強咬了一口。英瓊見那老猩猩咬了一口之後，忽然喜歡起來，連啃帶咬，吃得非常高興。等到英瓊想起這是奇珍，難得遇見，不應這般糟蹋掉時，已被那猩猩三口兩口吃完，望著英瓊手中那個大的，還不住地流涎，伸開兩掌還待索要。

英瓊喝道：「我原叫你嘗一隻小手，誰叫你都吃下去？我手中這一個是不能給你了。」她見猩猩吃了何首烏無甚動靜，知道無毒。一面說，隨手將那具成形何首烏手臂折斷，便有許多白漿冒出。忙用嘤口一吸，果然清香甜美，微微帶著一點苦澀，愈加顯得好吃。後來越吸越香，竟連肉咀嚼起來，才知那何首烏周身並無骨頭，吃到嘴裡彷彿跟薯蕷、黃精差不多，不過比較格外甘芳而已。

因知是延年靈物，恐怕過時無效，平日食量本好，好在通體並不甚重，當下一頓把它吃完，用腰中絹帕擦了擦嘴。還待再去尋那雌劍時，忽見那塊大石縫中冒起一股白煙。正在驚異，忽聽上面瞭望的猩猩連聲吼叫，那老猩猩登時面帶驚惶，用前掌連連比劃。英瓊知是怪物回轉，不敢怠慢，將劍舞起一團紫光，縱身上崖。

那老猩猩見英瓊舞起一團紫光，不敢近前，另從旁處縱上崖去，尋一僻靜所在，潛伏不動。英瓊縱到高處，往四外一看，已是紅日照空，將近正午。適才來路旁西北角上，大樹叢中有十餘隻翠鳥，鳴聲啁啾，正往自己立的峰側飛來，日光下面，紅羽鮮明，非常好看。一會工夫，掠過峰南，投入一個樹林中而去。除此之外，四面靜盪盪的，並無一些跡兆。那老猩猩也從僻靜處縱了上來，同那瞭望的猩猩交頭接耳一陣。回身朝著英瓊，指一指西北角上那個樹林。

英瓊不知牠什麼用意，心中不捨那石上所說的雌劍，意欲再下澗去尋找。走到澗旁，剛要縱身而下，那塊奇石縫中冒出來的白煙，竟似濃霧一般冒個不住，轉眼間澗壑潛蹤，將那塊奇石隱蔽得一絲也看不見。

英瓊自在峨嵋寄居數月，看慣山霧，知道這般濃霧，一半時不能消盡。下面碎石如刀，又不知那雌劍到底埋藏何處，即使冒險下去，也無法尋找，只得罷休。老等怪物不見回轉，有些氣悶。忽然想起：「此山怎麼竟有許多怪物野獸和靈藥異果？昨晚所居的洞中那樣光明溫暖，想必也有珍寶埋藏，昨晚尋找了一番不曾發現，何不趁現在無事回洞尋找？或有遇合，也未可知。」

英瓊小孩心急，想到哪裡，便做到哪裡，當下率領猩群，往回路向那洞走去。自從食了何首烏之後，已有個半時辰，覺著力氣大增，身心格外輕快，非常高興。提劍走離那西北角上大樹林只有十餘丈遠近，前走的猩猩忽然驚鳴起來。英瓊近前一看，原來地下死著兩具馬熊，腦髓已空，與昨晚猩猩死法一般無二。猜是那怪物逃走時，遇見馬熊，被牠抓食，當作晨餐。四外看看，雖然無甚動靜，倒也不敢大意，加了幾分小心，往前行走。

這一群猩猩圍著英瓊，有的在前，有的在後，有的放下前足在地上爬走，有的人立縱躍。這一群猙獰野獸之中，卻夾著一個容華絕世的紅裳少女，真是一個奇觀。

英瓊也覺自己有降妖伏獸之能，豪氣不可一世。剛繞過那大樹林，才走得十來步，忽然後面一個猩猩狂叫一聲，接著身旁的猩猩一陣大亂，四散驚逃。英瓊知有變故，霍地旋轉身子，舉劍朝前看時，後面猩群中已有好幾個倒在地上。適才奇石旁邊孔穴中那個綠眼金髮、長臂鳥爪的怪物，疾如閃電般伸開兩隻瘦長的長臂，騰空撲來，已離頭頂只有尺許。

英瓊大吃一驚！來不及避讓，忙將手中劍朝頂上一撩，十餘丈的紫光，長虹般過處，一聲狂吼，淒厲非常。忙縱身往旁立定看時，日光下兩條黑影，耳旁又是重物落地的聲音，撲通兩響，那怪物已然從頭到腳劈成兩半。想是那怪物來得勢猛，臨死餘力未盡，屍身躥出去約有七八丈遠近，才得落地。

原來那木魃性如烈火，自從被英瓊趕走，知道敵人劍光厲害，不敢正面交手，便將那兩個馬熊的腦髓抓去食用。不想被峰頭瞭望猩猩看見，吼叫起來，驚動英瓊上來看時，牠已隱入深林。適才英瓊所見南飛的翠鳥，便是被那木魃驚飛的。及至英瓊領著猩猩回轉，牠幾次三番要想下手，俱怕英瓊寶劍厲害。直等英瓊轉過樹林，到底沉不住氣，原想從英瓊身後飛來，一爪將英瓊腦子抓碎。

誰知英瓊身後面走的那些猩猩看見兩個死馬熊，知是被怪物所傷，早已觸目驚心，提心吊膽。禽獸耳目最靈，眼見木魃飛到，自然狂叫起來。牠不由心頭火起，隨手打死了兩個猩猩，身手未免遲延了一下。英瓊才得聞警，旋回身子，將牠用紫郢劍劈死，倖免於難。否則木魃騰空飛行，疾如飄風，如非因打死了兩個猩猩這瞬息耽誤，英瓊紫郢劍縱然通靈，能自動飛出，恐怕也難免於危險哩！

英瓊見怪物已死，心中大喜。眾猩猩自然更是歡鳴跳躍，只是平日備受荼毒，木魃雖死，俱不敢近前。及至看英瓊又斫了木魃幾劍，不見動靜，才大吼一聲，眾猩猩口腳齊上，亂撕亂咬。英瓊知這些猩猩受害已深，樂得看著好玩，不來禁止。

那老猩猩領眾將那怪物撕咬了一陣，忽從怪物腦海中取出一塊發紅綠光彩、似玉非玉、似珠非珠透明的東西來，獻給英瓊。

英瓊取到手中一看，這塊玉一般的東西，長才徑寸，光華耀眼。雖然不知道用處，覺得非常可愛，便隨手放在身上。正要號令那老猩猩率領猩群回洞，忽聽風聲四起，雷聲隱隱由遠而近。抬頭看時，紅日業已匿影。路旁的樹林被那雨前大風吹得如狂濤起伏，飛舞不定。一塊塊的烏雲，直往天中聚攏，捷如奔馬，越聚越厚，天低得快要壓到頭頂上來。烏雲當中，時時有數十道金蛇亂竄，照得見那烏雲層內，許多如奇石異獸龍鳥樓閣的風雲變化，在轉瞬間消失，非常好看。知道變天，要下大雨。

這山行遇雨，本是常事。不過英瓊連日過得都是麗春晴日，適才還是紅日當空，萬沒料到天變得這般快法。此地離那山洞還有十里遠近，怕把身上包裹淋濕沒有換的，不禁急了起來。便遷怒那些猩猩道：「都是你們要撕怪物死屍，耽誤時光。你看立刻大風大雨來了，怎麼好？」一言還未了，忽地眼前一道金蛇一亮，震天價一個霹靂打將下來，震耳欲聾，嚇得那群猩猩一個個擠在一起，互相擁抱，不敢亂動。

英瓊本想往樹林中暫避，誰知舉目往旁看時，離身十丈外，酒杯大的雨點，密如花炮般打將下來。那樹林受了風雨吹打，響成一片濤聲，如同萬馬奔馳一般，夾著雷電轟轟之聲，震耳欲聾。起初疑是偏東陣頭雨，所以只落一處。及至轉身看時，在自己所立的數畝方圓以外，俱是大雨傾盆，泥漿飛濺，只自己近身這數十丈地方滴雨全無，好生驚異。試往前行走了數十步，她走到哪裡，離身十丈左右居然沒有雨，猜是寶劍作用。計算時光已是不早，今晚勢必仍在洞中再停留一夜。看那天色越加陰沉如晦，雨是越來越大，不像就會停止的神氣，便決計認明路徑回洞。

那猩猩抬著牠的死傷同伴，一個個戰戰兢兢，緊傍英瓊身旁，隨著行走。這幾個峰頭，本來生得峭拔玲瓏，又加大雨，中間雨水由高處匯集數十道懸瀑，銀河倒瀉般往下降落。迎面十丈以內，尚辨得出一些路徑；十丈以外，簡直是一團煙霧，瀰漫溟濛。偶爾看見一兩個峰尖時隱時現，泉瀑瀉在溪澗中，吼聲如雷，真是有聲有色，另有一番妙趣。

英瓊一路看雨景，離洞漸近，雨勢漸小。遠望洞門，疏疏落落，掛起兩三處銀簾，近前看時，那雨從洞的高處往下飛流，恰似水晶簾子一般。從那無水的空隙中走進洞去，滿耳獸息咻咻，那些馬熊不知從什麼時候跑了回來。除當中那塊大石外，洞的四周，俱都滿滿地爬伏在地，只留了當中三尺闊的一條空隙。英瓊進洞以後，便縱身上石坐下。那些馬熊萬鼓齊喧地吼叫起來，一個個拱起前爪拜個不休。

英瓊嫌牠們吵人，嬌叱一聲，登時全洞皆寂，除猩、熊呼吸外，更沒有一些聲響。這女獸王見猩、熊如此服她號令，好不高興。見洞外雨勢稍小，仍落個不住。洞外天色漸漸陰靈，洞中卻仍舊光明。便手持寶劍，縱下石頭，四處尋找她心中所想的異寶。整整找了三四個時辰，天已半夜，仍未尋著。她自從吃了何首烏後，腹中一絲也不覺饑渴，身上也不覺疲累。似這樣尋一會，歇一會，在這塊石頭寶座上縱起縱落，直到天明，仍未有所發現。

那些馬熊見英瓊走到哪裡，便急忙四散讓道，倒無什麼表示。那老猩猩好似已知英瓊心意，也幫英瓊找，有時拾了兩塊透明的石頭，交與英瓊。

英瓊起初也很高興，拿到洞外，暗中一試，並無異跡。見那老猩猩跟前跟後，知牠善解人意，便問牠道：「你知這洞內發光明如白晝的緣故嗎？」那猩猩搖了搖頭。英瓊知牠也是不知，因見牠那般殷勤靈慧，心中一動，不禁脫口說道：「你這個猩猩很好，可惜不能把你帶到峨嵋去替我看守門戶。」說罷，那猩猩忽然拉了拉英瓊衣袖，跪將下來叩頭。

英瓊知牠能解人言，便道：「看你的意思，倒好似願跟我去的樣子。只要我走後，你能一心為好，不害生靈，我一成為劍仙，即刻前來度你。」那猩猩搖了搖頭。英瓊也未放在心上，仍然滿洞尋找。那猩猩忽然若有所悟似的，把英瓊衣袖一拉，用手勢引英瓊上了大石坐下。牠口中長嘯一聲，牠手下百十個猩猩竟然全體發動，尋找起來。除英瓊坐的那一塊大石外，這一座山洞，差點沒給這些猩猩翻轉過來，仍是無有蹤跡。

英瓊起初以為這些猩猩久居此洞，既然請自己高坐旁觀，由牠們前去尋找，必定有所發現。誰知仍舊沒有效果，漸漸失望起來。原來打算尋到寶貝，第二日天明動身，遙念峨嵋故居，歸心似箭。誰知寶貝也未尋著，這一場大雨又下了兩日三夜，才得漸漸停止。

第三日天明，英瓊出洞凝望，見大雨已停，朝陽升起。枝頭好鳥，翠羽尚濕，嬌鳴不已。地下紅瓣狼藉。遠近百十個大小峰巒，碧如新洗，四圍黛色的深淺，襯托出山谷的濃淡。再加上滿山的雨後新瀑，鳴聲聒耳，碧草鮮肥，野花怒放，朝旭含暉，春韶照眼，佳景萬千，目窮難盡。這一幅天然圖畫，慢說筆者一支禿筆難以形容，就起歷代畫苑的名賢於地下，也未必能把這無邊山色齊收腕底。

英瓊見天已放晴，這雨後山谷，又是這般佳妙，不禁狂喜起來，在這無限春光中徘徊了一陣。忽然一陣輕風吹過，桃梅樹上的殘花，如白雪紅雨一般，隨風緩緩翻揚墜落地面，不禁動了歸思。這時那全洞的猩、熊，也明白恩主不能久留，全體排起行列，跪伏在地。那老猩猩卻緊隨在英瓊身旁，承顏希旨。

英瓊天性豪邁，在這洞中住了幾日，調猩馴熊慣了。雖然獸類不通人言，那些猩、熊卻也極知感恩戴德，把英瓊當作神明一般供奉。及至見英瓊進洞去取包裹，知要長行，一個個前爪跪拱，延頸長鳴。有的兩眼中竟流下許多人類所不能流的獸淚來。猩猩的吼叫本極淒厲，那馬熊的吼叫更似萬鼓齊鳴一般，震動山谷。

英瓊最討厭這兩種叫聲，在洞中居住這三日，一遇牠們吼叫，馬上嬌叱禁止。牠們頗通靈性，竟能揣知人意，很少叫喚。今日英瓊要和牠們分別，想到再要聽牠們歡迎的呼聲，至少須在自己劍術學成以後。於是不但不加禁止，反覺牠們這種號叫鼓噪，雄壯蒼涼，異常好聽。又愛這山中景致同氣候，不禁也有些惜別之想。當下將身縱到一個高約三四丈的小孤峰上面，辨明去路。

那些猩、熊見英瓊縱了上去，急忙一齊圍攏過來，將那石峰跪成一個圓圈，仰著頭，越發吼叫不停。英瓊在這千百個猛獸自然鼓吹擁戴之下，正在那裡獨立感慨、顧盼自豪的當兒，忽見遠遠空際銀雁般的一個白點，朝峰頭飛來，漸飛漸近。

英瓊已看清來人是個白衣女子，身材秀美，知是劍俠一流，心中大喜。正要高聲呼喚，那白衣女子距英瓊立身所在尚有百十丈光景，忽地一道青光，驚雷掣電般直射下來。峰下的馬熊逃避不及，立刻便有三四個身首異處。英瓊才知來者是敵不是友，又驚又怒！她自食了何首烏之後，已然身輕如燕，平地躥起數十丈高下毫不吃力，只因連日不曾縱跳，卻一絲也不覺得。這時因與熊、猩相處數日，情感已深，見到敵人劍光厲害，猩、熊四散奔逃，不由一著急，將身一縱，跳下峰來。那些猩、熊也著了急，亡命一般，齊向英瓊身旁奔來。那道青光也如流星趕月一般，緊追過來。

英瓊大吃一驚，一道十來丈的紫光隨手出匣，耀眼生光，直朝那道青光捲去。那道青光好似有了知覺似的，霍地退了回去。英瓊見來人劍光畏懼自己寶劍，立刻膽壯起來。

第廿二章　巧遇明珠

這時除那老猩猩仍在英瓊身旁外，眾猩、熊已然逃避無蹤。英瓊惱恨那白衣女子無故殺害生物，怎奈人家飛身空中，沒法交手，便抬頭向空中罵道：「大膽賤婢！無緣無故殺死我的猩、熊，你敢下來與我決一死戰麼？」

言還未了，眼前一道電閃似的，那白衣女子已經降落下來，站在英瓊面前，約有數丈遠近，含笑說道：「這位姊姊不要罵人。俺乃武當山縹緲兒石明珠。適才送俺義妹申若蘭回雲南桂花山煉劍，路過此山，聽得鼓聲震地。見姊姊一人獨立峰頭，被許多馬首熊身的怪獸包圍，疑是姊姊山行遇險。因相隔甚遠，恐救援不及，才將飛劍放出。原是一番好意，不想誤傷姊姊養的異獸，這也是一時情急無知，請姊姊原宥吧。

「姊姊一臉仙風道骨，小小年紀，竟有這般馴獸之威。適才發出來的劍光，竟比俺的飛劍還要勝強十倍，並且叫妹子認不出是哪一家宗派。若非妹子見機得早，姊姊手下留情，差一點妹子在武當山廿年修煉苦功毀於一旦。請問姊姊上姓尊名？令師何人？是否就在此山中修煉？請一一說明，日後也好多多領教。」

英瓊見那白衣女子年紀約有二十左右，英姿颯爽，談吐清朗，又有那絕跡飛行的本領，早已一見傾心。及至聽她說話，才知原是一番美意，才發生這種誤會。本想對她說了實話，因為常聽李寧說人心難測，這口寶劍既然她連聲誇讚，比她飛劍還強，萬一說了實話，被她起了覬覦之心，前來奪取，自己別無本領，如何抵敵？她既怕這口寶劍，索性哄她一哄，然後見景生情，再說實話。

主意打定後，先將寶劍入鞘，然後近前含笑道：「妹子李英瓊，師祖白眉和尚。偶從峨嵋來此閒遊，一時高興，收伏許多猩猩、馬熊，不算什麼。適才誤會了姊姊一番好意，言語冒犯，還望姊姊恕罪。此劍名為紫郢，也是師祖所賜。請問姊姊師父何人？異日姊姊如有閒暇，可能到峨嵋後山賜教麼？」

石明珠聞言大驚道：「原來姊姊是白眉老祖高足，怪不得有此一身驚人本領。家師是武當山半邊老尼。妹子回山覆命後，定至峨嵋相訪。姊姊如有空時，也可到武當一遊，妹子定將姊姊引見家師。以姊姊之天生異質，家師見了，必定高興歡迎的。姊姊適才所說尊劍名為紫郢，是否長眉真人舊物？聞說此劍已被長眉真人在成道時，用符咒封存在一座深山的隱僻所在，除峨嵋派教祖乾坤正氣妙一真人外，無人知道地址。當時預言，發現此劍的人，便是異日承繼真人道統之人，怎麼姊姊又在白眉老祖門下？好生令人不解。姊姊所得如真是當年長眉真人之物，仙緣真個不淺。可能容妹子一觀麼？」

英瓊適才就怕來人要看她的寶劍，偏石明珠不知她的心意，果然索觀。心中雖然不願，但不好意思不答應。看明珠說話神氣，不像有什麼虛偽。只得大著膽子將劍把朝前道：「請姊姊觀看此劍如何？」手執劍匣遞與明珠。

明珠就在英瓊手中輕輕一拔，日光下一道紫光一閃，劍已出匣。這劍真是非常神妙，不用的時節，一樣紫光閃閃，冷氣森森，卻不似對敵時有長虹一般的光芒。石明珠將劍拿在手中，看了又看，說道：「此劍歸於姊姊，可謂得主。」正在連聲誇讚，忽然仔細朝英瓊臉上看了看，又把那劍反覆展玩了一陣，笑對英瓊說道：「我看此劍雖然是個奇寶，而姊姊自身的靈氣尚未運在上面，與它身劍合一。難道姊姊得此劍的日子，離現在並不多麼？」

英瓊見她忽發此問，不禁吃了一驚；又見明珠手執寶劍不住地展玩，並不交還，大有愛不忍釋的神氣。她既看出自己不能身劍合一，自己的能耐必定已被她看破，萬一強奪了去，萬萬不是人家對手，如何是好？在人家未表示什麼惡意以前，又不便遽然翻臉當時要還。好生為難，急得臉紅頭漲，不知用什麼話答覆人家才好。

情急到了極處。不禁心中默祝道：「我的紫郢寶劍，快回來吧！不要讓別人搶了去啊！」剛剛心中才想完，那石明珠手中所持的紫郢劍忽地一個顫動，一道紫光，滋溜溜地脫了石明珠的掌握，直往英瓊身旁飛來，鏘鋃一聲，自動歸匣。喜得英瓊心中怦怦跳動，只是不敢現於詞色，反倒作出些矜持的神氣。

那石明珠見英瓊小小年紀，一身仙骨，又得了長眉真人的紫郢劍，心中又愛又欲羨。無意中看出劍上並沒有附著人的靈氣，暗暗驚奇英瓊一個人來到這人跡不到，野獸出沒的所在，是怎生來的？原想問明情由，好替英瓊打算，所說的話，本是一番好意。誰想英瓊聞言，沉吟不語，忽地又將劍收回，以為怪她小看人，暗用真氣將劍吸回。

她卻不知此劍靈異，與英瓊暗中默祝。心想：「這不是自己用五行真氣煉成身劍合一的劍，而能用真氣吸回。自己學劍二十餘年，尚無此能力。」暗怪自己不合把話說錯，引人多心。又見英瓊瞪著一雙秀目，望著自己一言不發。在英瓊是因為自己外行，恐怕把話說錯，被人看出馬腳，多說不如少說，少說不如不說，只希望將石明珠敷衍走了了事。石明珠哪裡知道，也是合該英瓊不應歸入武當派門下，彼此才有這一場誤會。

石明珠見英瓊訕訕的，不便再作久留，只得說道：「適才妹子言誤冒失，幸勿見怪。現在尚要回山覆命，改日峨嵋再請救吧。」

英瓊見她要走，如釋重負。忙道：「姊姊美意，非常心感。我大約在此還有些耽擱，姊姊要到峨嵋看望，下半年再去吧。」明珠又錯疑英瓊表示拒絕，好生不快，鼻孔裡似應不應地哼了一聲，腳微蹬處，破空而起。

英瓊目送明珠走後，猛想起：「自己日日想得一位女劍仙作師父，如何自己遇見劍仙又當面錯過？此人有這般本領，她師父半邊老尼，能為必定更大。可恨自己得遇良機，反前言不答後語的，不知亂說些什麼，把她當面錯過。」匆忙高聲呼喚時，雲中白點，已不知去向了。沒奈何，自恨自怨了一陣，見紅日當空，天已大晴，只得準備上路。

那些猩、熊見明珠一走，便又聚攏過來。英瓊便對牠們說道：「我要走了。我看爾等雖是獸類，卻也通靈。深山之中，不少吃的東西，我走之後，千萬不要再作惡傷人。我異日如訪著名師，將劍術學成，不時還要常來看望爾等，爾等也不必心中難受。」話言未了，這些猩、熊俱各將英瓊包圍，連聲吼叫個不住。

英瓊便問那老猩猩道：「牠等這樣吼叫，莫非此山還有什麼怪物，要我代牠們除去麼？」老猩猩把頭連搖。英瓊知牠等感恩難捨，不禁心中也有些戀戀，便道：「爾等不必如此。我實在因為再不回去，我的金眼師兄回到峨嵋，要沒法找我的。」那些猩猩雖通人性，哪知她說得是些什麼，仍然包圍不散。欲待拔出劍來嚇散牠們，又恐誤傷，於心不忍，只得按劍嬌嗔道：「爾等再不讓路，我可就要用劍傷爾等性命了。」手微一起，鏘的一聲，寶劍出匣約有半截，紫光閃閃。那些猩、熊果然害怕，一個個垂頭喪氣似地讓出一條路來。

英瓊整了整身上包裹，運動輕身功夫，往前行走。那些猩、熊也都依依不捨地跟在後面，送出去約有二三十里的山道。一路上水潦溪澗甚多，均仗著輕身本領平越過去。走到未末申初時分，走上一座高峰，遠望山下桃柳林中，彷彿隱隱現出人家，知道已離村市不遠。自己帶了這一群異獸，恐怕嚇壞了人，諸多不便。便回頭對那些猩、熊說道：「送君千里，終須一別。我此次回去，如能將劍術練成，必定常常前來看望爾等。此山下去，便離村落不遠，爾等千百成群跟在身後，豈不將山下居民嚇壞？快快回山潛伏去吧。」眾猩、熊聞言，想必也知道不能再送，萬鼓齊鳴地應了一聲，便都停步不前。

那老猩猩卻走到猩群當中，吼叫兩聲，便有許多猩猩獻出許多異果。英瓊見牠等情意殷殷，隨便吃了些，又取了些松子、黃精之類，放在包袱以內。那老猩猩便把下餘果品，揀好的捧了些在手中。英瓊也不甚注意，見那些猩、熊不再跟隨，便自邁步前行，下這高峰。

走了半里多路，回望峰頭，那些猩、熊仍然遠望未去。那個老猩猩卻緊隨自己身後，相隔才只丈許遠近。英瓊覺得奇怪，便招呼牠近前問道：「你的同伴俱已回去，你還老跟著我做什麼？」言還未了，看見牠手中還捧著適才在群猩手中取來的果子，覺得畜類忠實遠勝於人，不禁起了感觸，說道：「原來你是因為你同類送我的果子，我沒有吃完，你覺得不滿意麼？我包裹業已裝滿了，沒法拿呀。」

那猩猩搖了搖頭，將果子放在一塊山石上面，用手朝英瓊指了指，朝牠自己指了指，又朝前路指了指。英瓊恍然大悟，日前洞中幾句戲言，竟被牠認了真，要跟自己回峨嵋山去。便問牠道：「你要跟我回去麼？」那猩猩抓耳撓腮了一陣，忽然迸出一句人言，學英瓊所說的話道：「要跟你回去。」

原來這老猩猩本猩群中首領，早通人性。又加那日英瓊給牠一枝成形何首烏，這幾天工夫，橫骨漸化，越加通靈。知道若能跟定這位恩主回山，日後必有好處。所以決意拋卻子孫家園，相從到峨嵋去。牠也知英瓊未必允許，所以跟在身後，不敢近前。及至被英瓊看見，喊牠相問，牠連日與英瓊相處，已通人言，只苦於心內有話說不出來。這時一著急，將頸邊橫骨綳斷，居然發出人言。牠的祖先原就會說人話，牠是猩父猿母所生，偏偏有這一塊橫骨礙口。如今仗著靈藥脫胎換骨，這一開端說人話，以後就不難了。這且不言。

英瓊見牠三數日工夫學會人言，好生喜歡。本想帶牠回去，怎奈沿路人獸同行，多有不便。便對牠說道：「你這番意思很好，況且你心性靈巧，幾天就學會人言，跟我走，於我大有用處。無奈與你同行，沿路不便。莫如你還是回去，等我遇見名師，學成劍術，再來度你如何？」那猩猩聞言，操著不通順的人言說道：「我去，你去，採紅色果子。」

英瓊看牠說時，神氣非常著急誠懇，又愛又憐，不忍拂牠的誠心，到底童心未退，又苦山行無伴，且待到了有人家所在，再作計較，便對牠道：「我不是不願你同往，只因你生得凶猛高大，萬一被人看見，不是被你嚇壞，便是要想法害你。妖怪害你，我可以殺牠；人要害你，我就沒法辦了。你既決心相從，且隨我走到人家所在，先試一試，如果通行得過，你就隨我前去，否則只有等將來再說吧。」猩猩聞言，低頭沉思了一陣，點了點頭。

英瓊高高興興，又往前行走，覺得有些口渴。看見前面有一個山澗，泉水甚清，便縱身下澗，用手捧些水喝。那猩猩也捧著一手松子果品之類，縱身下來，放下手中果品，也學英瓊的樣子，伸出兩隻毛手去舀水。怎奈兩隻手指漏空，不似人的手指合縫，等於將水捧到嘴邊，業已漏盡。捧了幾回，一滴也不曾到口。招得英瓊哈哈大笑。末後還是猩猩將身倒掛澗旁樹枝，伸頭入水，才喝到口內。重將石旁放的果品，捧在手中獻上。

英瓊因沿路所採松子果品，都異常肥大鮮美，為峨嵋所無；自從離了那山洞以後，十里之外，也不曾再遇見像那樣好的果品。所以捨不得吃，想連那朱果俱帶些回去，款待她唯一的嘉賓余英男。卻沒有想到這莽蒼山，在雲南萬山之中，路程迂迴數千里，不知要走多少日子。若不是路遇仙緣，恐怕還沒回到峨嵋，都要腐爛了。英瓊只在猩猩手中挑了幾粒松子吃，重又打開自己包裹，將那些果品塞滿。

一猩一人，剛剛縱身上澗，忽然一陣腥風大作，捲石飛沙。那猩猩向空嗅了兩嗅，長嘯一聲，將身一縱，已到前面相隔十丈遠近的一棵大樹上面，兩足倒鉤樹枝，就探身下來。

英瓊見那風勢來得奇怪，竟將猩猩驚上樹去，正在詫異，忽然對面山坡之上跑下來許多猿鹿野兔之屬，亡命一般奔逃。後面狂風過處，一隻吊睛白額猛虎，渾身黃毛，十分凶猛肥大，大吼一聲，從山坡上縱將下來，兩三蹦已離猩猩存身的樹不遠。

英瓊雖然逐日誅妖斬怪，像這樣凶猛的老虎，有生以來還是頭一次看見。正要拔劍上前，那老虎已離英瓊立的所在只有十來丈遠近，一眼看見生人，立刻蹲著身子，發起威來，圓睜兩隻黃光四射的眼睛，張開大口，露出上下四隻白森森的大牙，一條七八尺長的虎尾，把地打得山響，塵土飛揚。忽地抖一抖身上的黃毛，作出欲撲的架勢。身子剛要往上一起，卻被那樹上的猩猩兩隻鋼爪一把將老虎頭頸皮撈個正著，往上一提，便將老虎提了上去，離地五六尺高。

那老虎無意中受了暗算，連聲吼叫，拚命般地想掙脫猩猩雙爪。那猩猩更是狡猾不過，牠將兩腳緊鉤樹枝，兩手抓著老虎頭皮，將那虎頭直往那大可兩三抱的樹身上撞去，那老虎雖然力大，卻因身子懸空，施展不得。猩猩撞牠一下，牠便狂叫一聲。只撞得樹身搖擺，枝叉軋軋作響。

英瓊見猩猩擒虎，覺著好玩，由牠去撞，也不上前幫助將虎殺死。撞了一會，那老虎頗為結實，竟然不曾撞死。那猩猩比人還要高大許多，加上這一隻吊睛白額猛虎的重量，何止六七百斤，那樹的橫枝雖然粗大，如何吃受得起？

那猩猩撞高了興，一個使得力猛，咔嚓一聲，樹枝折斷，竟然騎上虎背，兩隻鉤爪往前一湊合，扣緊虎的咽喉不放。那虎被猩猩撞了一會，頭已發暈，好容易落下地來，又被猩猩扣緊咽喉，十分痛苦，大吼一聲，一個轉身，前爪往前一探，躥上高岡，如飛而去。

英瓊因恐猩猩受害，急忙運動輕身功夫，在後追趕。追過了兩個山坡，追到一個岩壁後面，忽聽一聲猩猩的哀嘯，知道不好，急忙縱身追將過去。看那猩猩業已倒在地下，那老虎前爪撲在猩猩胸前，不住磨牙搖尾，連聲吼叫。旁邊立著一個紅臉道人，手執一把拂塵。

英瓊見猩猩在虎口之下，十分危險，不問青紅皂白，往前一縱，手中劍一揮，十來丈長的紫光過處，栲栳大的虎頭，立刻削了下來。

那紅臉道人一見英瓊手上發出來的紫光，大吃一驚，忙將身子後退。喝問道：「哪裡來的大膽女娃娃，竟敢用劍傷我看守仙府的神虎？」說罷，用手中拂塵朝著英瓊一指。英瓊立刻覺著頭暈，忙一凝神，幸未栽倒。

那道人正是那巫山神女峰妖人陰陽叟的師弟鬼道人喬瘦滕，也與陰陽叟一樣的學會一身妖法劍術，比陰陽叟還要作惡多端。那白額猛虎本是他守洞之物，今日出去獵食，遇見英瓊。那虎也頗通靈，正在追趕獐鹿野兔，忽然看見前面站定一個美麗女娃，便想按照往日習慣，咬了回去，與牠主人採補。不想中了猩猩暗算，掉下地來以後，又被猩猩緊扣咽喉，施展威力不得，這才急忙逃回山洞。

那喬瘦滕聞得前山虎嘯不似往日，知道那虎必遇強敵，正要去救，那虎已背著猩猩回來，被他用拂塵一指，猩猩立刻暈倒地下。那老虎也是受了許多痛苦，又在樹上撞了一陣，頭暈眼花，便用兩爪撲在猩猩胸前，原打算緩一緩氣，再行咬吃報仇。誰想被英瓊趕來，一劍將牠身首異處。

喬瘦滕本不知虎後面有人追趕，及見來人是個美麗女孩，並未放在心上，也不知是猩猩主人。反起了不良之心，想擒回洞去，採補受用。誰想那女孩十分厲害，才一照面，一眨眼的工夫，隨手發出十來丈長虹一般的紫光，將他心愛的老虎殺死，心中大怒。原想仍用顛倒迷仙之法，將那女孩擒住。誰知拂塵指將過去，那女孩並無知覺，才知來者不是平常之輩。看那女孩，好似尋上門來的晦氣，來者不善，善者不來，不禁又恨又怕。他卻不知英瓊食了許多靈藥朱果，輕易不受尋常妖法所侵。

正在心中尋思，忽聽對面女孩一聲嬌叱道：「你是哪個廟裡道士？竟敢縱虎傷人！我的猩猩本來是打贏了的，如今倒在地下不動，想是受了你之害。待我看來，如果受了你的暗算，我決不與你甘休。」一面說，一面往猩猩躺的地方走來。

喬瘦滕見來人雖然年幼，一時發出來的劍光，竟與昔日長眉真人所用雌雄雙劍無異，並且又能豢養這麼大的猩猩，不敢造次用飛劍迎敵。又聽英瓊所言，天真爛漫，不像是專尋自己晦氣而來，稍放寬心。知道此女明敵不成，暗中唸唸有詞，先用妖法玄女遁將這周圍十里山路封鎖，以防逃去。自己也不還言，先在路旁一塊石頭上坐下，看那女孩如何施為，去救那猩猩。

這時英瓊已然走近猩猩面前，見牠躺在地下，臉皮緊皺，目中流淚，神氣非常痛楚。

看見英瓊，勉強坐起，用手朝那道人直比，口中卻不能發聲。英瓊好生憐惜，見猩猩手比，知是中了道人暗算，不禁罵道：「好個賊道！被你害得不能說人話了。等一會我再與你算帳！」

英瓊見猩猩直用手比牠的喉嚨，疑牠是口渴，所以不能說話。當下解開包裹，裡面除了松子、黃精之類，還有數十個吃剩的朱果，隨手取了兩個，塞在猩猩口中。越想越恨，便立起身來，指著喬瘦滕罵道：「你將我的猩猩害得不能說人話了，快快將牠醫好便罷，如若不然，我也把你舌頭割去，叫你做一世的啞巴。」說罷，千賊道，萬賊道地罵個不住。

那喬瘦滕不知猩猩也吃過靈藥，只見英瓊走近，猩猩便能坐了起來，又見英瓊取出朱果與猩猩吃，越發心驚。暗想：「這小女孩來歷必定不小，似這樣百年難得一遇的朱果，竟拿來隨便餵猩猩吃。不要說頭一次看見，連聽都未聽過。」又見英瓊朝他指罵，心中大怒，獰笑答道：「你這個小女孩是何人門徒，跑到我這裡來擾鬧？我已下了天羅地網，你插翅難逃。快將來由說出，隨我回歸仙府過快活日子。」話言未了，那地下猩猩食了朱果，已經恢復如初，倏地弩箭脫弦一般，縱到道人身旁，兩手緊扣咽喉不放。

喬瘦滕驟不及防，被那猩猩兩隻鋼爪扣住，疼得喊都喊不出來，空有許多妖法，竟然施展不出，眼看紅臉變白，兩眼朝上直翻。還是英瓊不知道這人竟是個無惡不作的妖人，恐怕弄死了人，不是玩的，忙喊猩猩住手。那猩猩果然聽話，手一鬆，便縱回英瓊身旁。

喬瘦滕見猩猩放手，僥倖得保活命，自己生平幾曾吃過這樣大虧，心中大怒，不暇再計厲害，用手往腦後一拍，便有兩道黃光飛向猩猩背後。英瓊見勢緊急，拔劍往前一縱，長虹一般的紫光，與敵人飛劍迎個正著。喬瘦滕知道不好，急忙收回飛劍，已被英瓊斬斷一道，墜落地面。

英瓊迎敵時，暗想：「這個賊道也會飛劍。」不禁心中發慌。誰想紫光出去，便將敵人打退，心中大喜。那旁立的猩猩，忽然高聲連呼「妖怪」、「飛劍」不止。

英瓊猛想起：「這個賊道長得異樣，這樣大的老虎說是他家養的。這猩猩頗通靈性，莫非他真是妖怪變成的人？」正待提劍上前，忽聽對面道人罵道：「大膽丫頭！擅敢傷我飛劍。你已入我天羅地網，還不投降，隨我進洞取樂，死到臨頭，悔之晚矣！」英瓊雖不明他說得什麼，估量不是好話，罵一聲：「妖怪休走，吃我一劍！」說罷連人帶劍縱將過去。

鬼道人喬瘦滕見對面這道紫光，恰似長虹一般飛來，知道難以迎敵，口中唸唸有詞，把手中拂塵望空中一揮，立刻隱身而去。

第廿三章　春藏魔窟

英瓊追到道人立的所在，忽然道人蹤跡不見，心中大為驚異。把頭看了看天色，正是申酉之交，還沒到黃昏時分，見這道人白日隱形，越加疑是鬼怪。因聽道人適才說已經擺下天羅地網，便用目往四外細看了一看。四外古木森森，日光斜射入林薄，帶一種灰白顏色，果有些鬼氣。知道久留必有凶險，無心再追究道人蹤跡。正待退回原路，忽然一陣旋風過處，把地下砂石捲起有數丈高下，恰似無數根立柱一般，旋轉不定。

一會工夫，愁雲漠漠，濃霧瀰漫，立刻分不出東西南北。四面鬼聲啾啾，陰風刺骨。旋風濃霧中，出現數十個赤身女鬼，手持白旛跳舞，漸漸往英瓊立處包圍上來。那猩猩一聲狂叫，早已暈倒在地。

英瓊也覺一陣陣目眩心搖，四肢無力，知是那道人的妖法。本想用手中寶劍朝那些女鬼斬去，誰知兩隻手軟得抬都抬不起來，這才害怕起來。眼看那旋風中女鬼是越跳越近，耳旁又聽有人說道：「女娃娃，你已入羅網，還不放下手中寶劍投降，隨你家祖師爺到洞府中去尋快樂麼？」聽出是那個道人聲音，情知難免毒手。正待想一套言語詐降，哄那道人撤去妖法，等他現身出來，再用寶劍飛刺過去。

心頭盤算還沒有定，忽見那些女鬼跳離自己身旁還有兩丈遠近，便自停步不前，退了下去。又聽見道人在相隔十數丈外吆喝，以及擊令牌的聲音。令牌響一次，那些女鬼便往英瓊立的所在衝上來一次。及至衝到英瓊立處兩丈以內，好似有些畏懼神氣，撥回頭重又退了下去。那道人好似見女鬼不敢上前，十分惱怒，不住把令牌打得山響，終歸無效。

英瓊起初非常害怕，及見那些赤身女鬼連衝幾次，都不敢近自己的身，覺得稀奇。猛發現手中這口紫郢劍端的是仙家異寶，每當女鬼衝上來時，竟自動地發出兩丈來長的紫光，不住地閃動，無怪那些赤身女鬼不敢近前。英瓊不由放寬了心，膽力頓壯。怎奈手腳無力，不能動轉。否則何難一路舞動寶劍，衝了出去。

那鬼道人喬瘦滕所用妖法，名為九天都籙陰魔大法，原是非常厲害，漫說一個尋常女孩，就是普通劍仙，一經被他這妖法包圍籠罩，也沒有個不失去知覺，束手被擒的。偏偏英瓊遭逢異數，內服靈藥仙果，外有長眉真人的紫郢劍護身，雖然將她困住，竟是絲毫侵害她不得，不由心中大怒。起初原見英瓊一身仙骨，想生擒回去受用。及至見妖法無靈，不由無明火起，便不管那女孩死活，狠狠心腸，將頭髮分開，中指咬破，長嘯一聲，朝前面那團濃霧中噴了過去，便有數十道火蛇飛出。

英瓊正在那裡無計脫身，忽見赤身女鬼退去，濃霧中又有數十條火蛇飛舞而來。正不知手中寶劍能否抵禦，好生焦急，暗恨自己眼力不濟，竟會看不見那妖道存身之所，否則我這紫郢劍能發能收，只消朝他用力擲去，便可將他殺死除害了。想到這裡，手中的寶劍忽然不住顫動，好似要脫手飛去的神氣。

這時那火蛇已漸漸飛近，英瓊一陣著急，嘆道：「妖道呀，妖道！我只要能見你在哪裡，我定把我的紫郢劍放出，叫你死無葬身之地的。」一言才罷，覺得手中的寶劍猛然用力一掙，英瓊本來手腳軟麻，一個把握不住，竟被它脫手飛去，眼看長虹般十幾丈長的一道紫光，直往斜對面霧陣中穿去。接著耳旁便聽一聲慘叫。同時那數十條火蛇一般的東西，已迫近英瓊身旁。

英瓊四肢無力，動轉不得，相隔丈許遠近，便覺炙膚作痛。在這危機一髮之間，倏地紫郢劍自動飛回，剛覺有一線生機，耳旁又聽驚天動地的一個大霹靂打將下來，震得英瓊目眩神驚，暈倒在地。停了一會，緩醒過來，往四外一看，只見夕陽啣山，暝色清麗，愁雲盡散，慘霧全消。那猩猩也被雷聲震醒轉來，蹲在自己旁邊。自己手腳也能動轉。面前立定一個雲裱霞裳，類似道姑打扮的美婦人。急忙回手去摸腰中寶劍，業已自動還匣，便放寬了心。

英瓊見那道姑含笑站在那裡，綠鬢紅顏，十分端麗，好似神仙中人一般，摸不清她的來路。正要發言相問，那道姑忽然開口說道：「適才妖人已死，妖霧未退，才用太乙神雷將妖氣擊散。小姑娘不曾受驚麼？」

英瓊聽那道姑吐詞清朗，儀態不凡，知是異人。又聽她說妖人已死，才想起適才被妖法所困，後來寶劍飛出時，曾聽一聲慘叫，莫非那妖道已在那時被紫郢劍所誅？忙抬頭往前觀看，果然相隔十數丈外，一株大樹旁邊，那個道人業已身首異處，心中大喜。剛要向道姑回答，那道姑又接口說道：「姑娘所佩的紫郢劍，乃是吾家故物。適才我在雲中看見，疑是來遲了一步，被異派中人得了去。不想會落在姑娘手中，可算神物有主。但不知姑娘是否在莽蒼山趙神殿中得來的呢？」

英瓊見道姑說紫郢劍是她家故物，不禁慌了手腳，連忙用手握定劍把答道：「正是在莽蒼山一個破廟中得來。你說是你家的舊東西，這樣寶貝，如何會把它棄在荒山破廟之中？有何憑證？就算是你的，我得它時，也費了一夜精力，九死一生才能到手，頗非容易呢。」

還待往下再說時，那道姑已搶先說道：「小姑娘你錯會了我的意了。此劍原有雌雄之分，還有一口，尚待機緣，才得出世。若非吾家故物，豈能冒認？你問我憑證不難，此劍本是長眉真人煉魔之物，真人飛升以前，嫌它殺氣太重，才把它埋藏在莽蒼山中，是個人跡不到之所，外用符咒封鎖。彼時曾對外子乾坤正氣妙一真人說過，此劍頗能擇主，若非真人，想得此劍，必有奇禍。果然後來有人聞風前去偷盜，無一個不是失敗和身遭慘死。

「近聞那裡出了四個殭屍、兩個山魈和一個木魃，把一座五風十雨的靈山，鬧得終年炎旱，隆冬時節，溫暖如同暮春，一交三月，便天似盛夏。若非山中原有靈泉滋潤，全山靈藥異卉全要枯死。那山原無人跡，這還不甚要緊。誰知那四個殭屍日益猖獗，不久便要變成飛天夜叉，離山遠出傷人。那兩個山魈和木魃，更是每日傷盡生物，作惡多端。外子計算時日，劍的主人不久便去到那裡，並說得劍人不但尚未學成劍術，連門都未入，只是機緣巧而已。

「貧道因此劍厲害非常，雖說長眉真人留下預言，萬一不幸落在異派中人之手，豈非助紂為虐？特地趕到莽蒼山，誅那幾個怪物，順便看那得劍之人是個何等樣人。貧道到了那裡，正是下雨之後，知道木魃已誅。再下去一看，連那兩個山魈與四個殭屍，俱被取劍人除掉。外子原說取劍的人不會劍術，猜是那人無此本領，恐被異派中人得了去，一路跟蹤趕來。適才看見劍上發出的紫光，急忙下來，你已被妖法所困，被我用太乙神雷將妖氣擊散，將你救醒。果然你的資稟異於常人，此劍也果然得主，才放了心。只不知你一個幼年女子，如何會到那群魔盤踞的莽蒼山去尋取此劍？何人指引？如何得到並知用法？請道其詳。」

英瓊細聽那道姑說話，不似帶有惡意，有好些與石上之言相合，猜知來人定是一個劍仙。她說那劍原是她的，想必不假。低頭尋思了一會，忽然福至心靈，跪在地下，口稱：

「仙師，弟子實是無意中得到此劍，並無人指引。」便把前事細說了一遍。然後請問那道姑的姓名，並求收歸門下，伏在地下不住地叩頭。

那道姑笑道：「外子是乾坤正氣妙一真人齊漱溟，我是他妻子荀蘭因。你此次險些被人利用，歸入異派。總算你賦稟福澤甚厚，才能化險為夷，因禍得福。收你歸我夫婦門下，原也不難，不過你還不曾學會劍術，雖得此劍，不能與它合一，一旦遇見異派中高人，難免不被他奪了去。我意欲先傳你口訣，你仍回到峨嵋，按我所傳，每日把劍修練，二三年後，必有進境，我再引你去見外子。你意如何？」

英瓊聞言大喜，當下拜了師父，站起身來，那猩猩也在旁邊隨著跪叩。

妙一夫人荀蘭因笑道：「牠雖是個獸類，居然如此通靈，以後你山中修道，倒可少卻許多勞苦與寂寞了。」

英瓊又說：「弟子曾蒙白眉和尚贈了一隻神鵰，名喚佛奴，騎著牠可以飛行空中。還有一個世姊，名喚周輕雲，在黃山餐霞大師處學劍。請問師父住在哪座名山？這三年期中，可不可以騎著那鵰前去參見？」

妙一夫人笑道：「『吾道之興，三英二雲。』長眉真人這句預言，果然應驗。就拿你說，小小年紀，就會遇見這樣多的仙緣湊合。那白眉和尚輩分比我還長，性情非常特別，居然也把他座下神鵰借你作伴，真是難得。我住在九華山鎖雲洞。你還有一個師姊名喚靈雲，一個師兄名喚金蟬，俱是我的子女。你如真想見我，須待一年之後，至少須能持此劍隨意使用，能發能收才行。」

英瓊聞言，喜道：「弟子不知怎的，現在就能發能收了。」

妙夫人道：「你哪知此劍妙用？得劍的人，如能按照本派嫡傳劍訣，勤修苦練，不出三年，便能與它合而為一，能大能小，能隱能現，無不隨心所欲。你所說那能發能收者，不過因劍囊在你身旁，劍又由你主動發出，故能殺人之後，仍舊飛回，這並不算什麼。你如不信，只管將你的劍朝我飛來，看看可能傷我？」

英瓊雖然年輕，心性異常靈敏，這次同妙一夫人相見，平空從心眼中起了一種極至誠的敬意，完全不似和赤城子見面時那般這也不信，那也不信。又恐寶劍厲害，萬一失手，將妙一夫人誤傷，豈不耽誤了自己學劍之路？欲待不遵，又恐妙一夫人怪她違命。把兩眼望著妙一夫人，竟不知如何答覆才好。

妙一夫人見她為難神氣，愈發愛她天性純厚。笑對她道：「你不必如此為難。我既叫你將劍飛來，自然有收劍的本領，你何須替我擔心呢？」

英瓊聞言無奈，只得遵命答道：「師父之命，弟子不敢不遵，容弟子跑遠一點地方飛來吧。」妙一夫人知她用意，含笑點了點頭。

英瓊連日使用過幾次紫郢劍，知道它的厲害，一經脫手，便有十餘丈紫光疾若閃電飛出，恐怕夫人不易防備，才請求到遠處去放，心中也未始不想藉此看一看自己師父的本領。當下道一聲：「弟子冒犯了。」將身回轉，只一兩縱，已退出去數十丈遠近。又喊了一聲：「師父留神，劍來了！」鏘鋃一聲，寶劍出匣。心中默祝道：「紫郢紫郢，我這是跟我師父試著玩的，你千萬不可傷她呵！」祝罷，將劍朝著夫人身旁擲去。那道紫光才一出手，只見從妙一夫人身邊發出一道十餘丈長的金光，迎了上去，與那道紫光絞成一團。

這時天已黃昏，一金一紫，兩道光華在空中夭矯飛舞，照得滿樹林俱是金紫光色亂閃。英瓊見妙一夫人果然劍術高妙，歡喜得蹦了起來。正在高興頭上，忽然面前一閃，妙一夫人已在她身旁站定，說道：「這口紫郢劍，果然不比尋常，如非我修煉多年，真難應付呢。待我收來你看。」說罷，將手向那兩道劍光一指。這兩道光華越發上下飛騰，糾結在一起，宛似兩條蛟龍在空中惡鬥一般。

英瓊正看得目定口呆之際，忽然妙一夫人將手又向空中一指，喊一聲：「分！」那兩道光華便自分開。接著將手一招，金光倏地飛回身旁不見。那紫光竟停在空中，也不飛回，也不他去，好似被什麼東西牽住，獨個兒在空中旋轉不定。英瓊連喊幾次「紫郢回來」，竟自無效。

妙一夫人也覺奇怪，知有能人在旁，不敢怠慢，大喝一聲道：「紫郢速來！」接著用手朝空中用力一招，那道紫光才慢騰騰飛向妙一夫人手上落下。妙一夫人隨即遞與英瓊，叫她急速歸鞘。然後朝那對面樹林中說道：「哪位道友在此，何妨請出一談？」言還未了，英瓊眼看面前一晃，站定一個矮老頭兒，笑對妙一夫人說道：「果然你們家的寶劍與眾不同，竟讓我栽了一個小跟頭兒。」

妙一夫人見了來人，連忙招呼道：「原來是朱道友。怎麼如此清閒，來到此地？」一面又叫英瓊上前拜見道：「這位是你朱師伯，單諱一個梅字，有名的嵩山二老之一。」又對矮叟朱梅道：「這是我新收弟子李英瓊。你看天資可好？」

朱梅笑道：「我在成都破慈雲寺，見天下許多好資質，都歸入你們門下。我雖然也收了兩個徒弟，卻是一個都比你們不上，有些氣不服。等到十五那天晚上破了慈雲寺，除掉了許多異派的妖孽，回到青城山金鞭崖，住了些日。你知道我是閒不慣的，又因為你的女公子和你前世的令郎，以及貴派門下子弟，好些人都奉了齊真人之命，前往雲貴一帶，各有事作。我很愛惜貴派門下這些小弟兄們，這路上邪魔異派甚多，打算暗中前去保護，順便遇到機緣，也收一兩個資質好的門徒。

「走到雲南昆明，遇見苦行頭陀的得意弟子笑和尚，他說正打算往回走，去與齊靈雲姊弟會合，結伴同行。我見那孩子非常機靈，用不著我幫忙。我在那裡遊玩了幾日，也往回走，路過飛熊嶺，看見下面山腳下有一道人高聲呼喚。下去看時，原來是崑崙派的劍仙赤城子，一條左臂業已斬斷，身上還受了幾處重傷，飛劍業已失去，神情非常狼狽。

「問起根由，他滿臉羞慚地對我說了一遍。原來有一次陰素棠路過峨嵋，看見一個小女孩在那裡舞劍，天資根基都非常之厚，本想將她帶回山去，收歸門下。正要上前說話，忽見一隻大鵰飛來，認得是白眉老祖座前的神鵰佛奴。陰素棠見那神鵰能與那女孩作伴，那女孩必與白眉老祖淵源很深。那鵰又向來不講情面，厲害非常，幸喜不曾被牠看見，連忙隱身退去。知道白眉老祖一向不曾收過女弟子，只猜不透那鵰如何會那樣馴服地受這小女孩調弄。

「她自脫離崑崙派後，原想獨創一派。這些年來，老想尋得到一個根基深厚的門人，來光大門戶。如今遇見這般出類拔萃的人才，怎肯放過。回山以後，越想越覺難捨。知道赤城子昔日曾隨半邊老尼到白眉老祖那裡聽過經，神鵰佛奴與他曾有數面之緣。若派赤城子前往，即使那小女孩弄不回來，至少限度也決不會傷他。特地著人將赤城子請去，請他代勞一行。赤城子當年曾受過陰素棠許多好處，當然義不容辭。也是緣分湊巧，他趕到峨嵋，正好神鵰他去，不消三言兩語，便把那小女孩帶走。正當御劍飛行，偏偏遇見他誓不兩立的對頭華山烈火禿驢，知道難以迴避。急忙按住劍光下去，先將女孩藏好，以免萬一不幸，玉石俱焚。

「誰想下去一看，那個所在正是莽蒼山，只有一座破廟，他便帶那女孩往廟中走去。當時發現那廟中妖氣甚重，後殿上停了四具棺木，知是已成形的殭屍。欲待另覓善地，已來不及。只得將那女孩帶到鐘鼓樓上面，匆匆囑咐了幾句話，忙駕劍光升起空中，便遇見烈火禿驢同滇西毒龍尊者的師弟史南溪追來。即使一個烈火祖師已夠他對付，何況又加上一個究凶極惡的史南溪，才一交手，便被人家將他的劍光絞斷。幸喜他從陰素棠那裡學會了五鬼隱形遁，急忙駕遁逃走，一隻左臂已被烈火祖師斬斷，身上還中了史南溪追魂五毒砂，傷勢很重，駕不得遁，便在那山腳下躺著掙命等救星，已有一二十天光景。我給他幾粒丹藥吃，止住了痛。他說再靜養二三日，借我丹藥之力，便可復原，借遁回去，設法報仇。

「他又說那小女孩名叫李英瓊，在莽蒼山破廟之中。這許多天的工夫，不知走了沒走，吉凶如何。她小小年紀，在那深山凶寺之中，十分危險。他自己已是不能前去看望，託我無論如何代他前去尋覓一個下落。如果她還沒有遇見什麼凶險，他知道我不大看得起陰素棠，只託我給那小女孩在那廟的周圍百里之內，另覓一個安身之所，給她幾粒丹藥充饑，十天之內，自有人前去接引。另外對我說了不少感激道謝的話。

「我本不願代他人辦事，一來因為他在難中；二來聽他說那小女孩的稟賦幾乎是空前絕後，有些不信，想去看看；三來這女孩小小年紀，在那荒山凶寺之中，待上這許多日子，吉凶難定，動了我惻隱之心。我也懶得和赤城子細說，又留了幾粒丹藥。趕到莽蒼山一看，廟中鐘樓倒坍，四具殭屍已然被人除去，只剩一堆白骨骷髏。無意中在一面鼓架旁邊，發現長眉真人的符籙，猛想起真人飛升時節，曾將兩口煉魔的雌雄飛劍埋藏在兩處無人跡的深山之中，莫非此劍已被人得去？遍尋那小女孩不見，估量她無此本領。後來跟蹤尋找，忽然看見兩具大山魈的屍體旁邊圍著許多大馬熊，在那裡啃咬踢抓。我疑心那小女孩被那些馬熊咬傷，心中大怒，打算用飛劍將牠們一齊殺死。」

英瓊正聽得出神，聽到這裡，忽然失聲說道：「哎呀！這些好馬熊沒有命了！」

朱梅笑對她道：「你不要忙，聽我說，我哪有這般莽撞呢？」又接著說道：「我當時原是無意中發現，距離那些馬熊聚集的地方很近。牠們見了生人，既不撲咬發威，也不畏避。我故意上前撫弄牠們頸毛，牠們一個個非常馴良。又看見一群最凶猛的猩猿，也是如此。我後來代那小女孩袖占一課，竟是先憂後喜，卦象大吉。我按卦象中那女孩走的方向，一路跟蹤來到此地，忽然一聲雷震，知道同道之人在此。將身隱在林中偷看，才看出夫人與令徒正在比劍。想不到長眉真人的紫郢劍今又二次出世，想是異派中殺劫又將要興了。令徒小小年紀，這樣好的根基稟賦，將來光大貴派門戶，是一定的了。」

妙一夫人笑道：「根基雖厚，還在她自己修煉，前途哪能預料呢？此地妖人已死，不知他巢穴以內什麼光景，有無餘黨。現在天已入夜，你我索性斬草除根。道友以為如何？」

矮叟朱梅笑道：「我是無可無不可的。」說罷，三人帶著一個猩猿，邁步前行。走到坡旁，妙一夫人便從身上取出一個粉色小瓶，倒出一些粉紅色的藥麪，彈在那妖人屍首上面，由它自行消化。不提。

三人又往前走了半里多路，才看見迎面一個大石峰，峭壁下面有一個大洞，知是妖人巢穴。這時已屆黑夜，矮叟朱梅與妙一夫人的目力自然不消說得，就連英瓊這些日在山中行走，多吃靈藥異草，目力也遠勝從前，雖在黑夜，也能辨析毫芒。當下三人一猿，一齊進洞。走進去才數丈遠近，當前又是一座石屏風。轉過石屏，便是一個廣大石室。室當中有一個兩人合抱的大油缸，裡面有七個火頭，照得合洞通明，如同白晝。

英瓊往壁上一看，「呀」地一聲，羞得滿面通紅。妙一夫人早看見石壁上面張貼著許多春畫，盡是些赤身男女在那裡交合。知是妖人採補之所，將手一指，一道金光閃過處，英瓊再看壁上的春畫，已全體粉碎，化成零紙，散落地面。

那猩猿生來淘氣，看見油缸旁立著一個鐘架，上面還有一個鐘錘，便取在手中，朝那鐘上擊去。一聲鐘響過處，室旁一個方丈的孔洞中，跳出十來個青年男女，一個個赤身露體，相偎相抱地跳舞出來。英瓊疑是妖法，剛待拔劍上前，妙一夫人朝那跳舞出來的那一群赤身男女臉上一看，忙喚英瓊住手。

那十幾個赤身男女，竟好似不知有生人在旁，若無其事，如醉如癡地跳舞盤旋了一陣，成雙作對地跳到石床上面，正要交合。妙一夫人忽然大喝一聲，運用一口五行真氣，朝那些赤身男女噴去。

那些赤身男女原本是好人家子女，被妖人拐上山來，受了妖法邪術所迷，神志已昏，每日只知淫樂，供人採補，至死方休。被這一聲當頭大喝，立刻破了妖法，一個個都如大夢初覺。有的正在相勾相抱，還未如是如是，倏地明白過來，看看自己，看看別人，俱都赤條條一絲不掛，誰也不認識誰，在一個從未到過的世界中，無端竟會湊合在一起。略微呆得一呆，起初懷疑是在作夢，不約而同地各把粉嫩光致賽雪欺霜的玉肌輕輕掐了一掐，依然知道痛癢，才知不是作夢。

這些男女大都聰明俊秀，多數發覺自家身體上起了一種變化，羞惡之心與驚駭之心，一齊從本來的良心上發現，不禁悲從中來，驚慌失措，各人去尋自己的衣服穿。怎奈他們來時，被妖術所迷，失了知覺，衣服早被妖人剝去藏好，哪裡尋得著。只急得這一班男女一個個蹲在地下，將雙手掩住下部，放聲大哭。

妙一夫人看見他們這般慘狀，好生不忍，忙對他們說道：「你等想是好人家子女，被這洞中妖道用邪法拐上山來，供他採取真陰真陽。平時因受他邪術所迷，已是人事不知，如不是我等來此相救，爾等不久均遭慘死。現在妖人已被我等飛劍所誅。事已至此，你等啼哭無益，可暫在這裡等候，待我三人到裡面去搜尋你們穿的衣履，然後設法送你等下山便了。」

眾人起初在忙亂羞懼中，又在清醒之初，不曾留意到妙一夫人身上。及至妙一夫人把話說完，才知自己等俱是受了妖人暗算，拐上山來，中了邪法，失去知覺，供人淫樂，如不是來的人搭救，不久就要死於非命。又聽說妖人已被來人用飛劍所斬，估量來人定是神仙菩薩，一齊膝行過來，不住地叩頭。苦求搭救。妙一夫人只得用好言安慰。英瓊看不慣這些赤身男女的狼狽樣兒，便把頭偏在一旁。那矮叟朱梅同那個猩猩，在眾人忙亂的當兒，竟不知去向。

妙一夫人正在盤問眾人根底，忽見朱梅在前，猩猩在後，捧著一大抱男女衣服鞋襪，從後洞走了出來。那猩猩走到眾人跟前，將衣服鞋襪放下。這一干男女俱是生來嬌生慣養，幾曾見過這麼大的猩猩，又都嚇得狂叫起來。那猩猩頗通靈性，知道這些人最怕心善面惡的東西，將衣履放下，急忙縱開。妙一夫人又向眾人解釋一回，眾人才明白這大猩猩是家養的。見了衣履，各人搶上前來，分別認穿。那衣履不下百十套，眾人穿著完畢，還剩下一大堆。

妙一夫人便問朱梅道：「朱道友，這剩的衣服如此之多，想是那些衣主人已被妖道折磨而死。道友適才進洞，可曾發現什麼異樣東西？」

朱梅笑道：「我見道友有心腸去救這些垂死枯骨，覺著沒有什麼意味，我便帶著這猩猩走到後洞，查看妖道可曾留下什麼後患。居然被我尋著一樣東西，道友請看。」

妙一夫人接過朱梅手中之物一看，原來是一個麻布小旛，上面滿布血跡，畫著許多符籙，大吃一驚道：「這是混元旛，邪教中是厲害的妖法。看這上面的血跡，不知有多少冤魂屈魄附在上面。幸而我們不曾大意，如果不進洞來，被別的妖人得了去，那還了得！此物留它害人，破它非苦行大師不可。待我帶到東海，交苦行大師消滅吧。」

朱梅點了點頭，說道：「道友之言不差，要將此旛毀去，果然非苦行頭陀不可。否則你我如用真火將它焚化，這旛上的千百冤魂何辜？這妖道也真是萬惡！適才在後洞中還看見十來個奄奄垂斃的女子，我看她等俱已真陰盡喪，魂魄已遊墟墓，救她們苟延殘喘反倒受罪。不忍看她們那種掙命神氣，被我每人點了一下，叫她們毫無痛苦地死去了。」

第廿四章　大發鴻慈

妙一夫人望著眼前站的這一班男女，一個個眉目清秀，淚臉含嬌。雖然都還是丰采翩翩，花枝招展的男女，可是大半真元已虧，叫他們回了家，也不過是使他們骨肉家人團聚上三年五載，終歸癆病而死罷了。

當下一點人數，連男帶女竟有二十四個。便朝他們說道：「如今妖人已死，你等大仇已有人代報。一到天明，便由我等送你們下山。但是你們家鄉俱不在一處，人數又多，我等只能有兩人護送，不敷分配，這般長途跋涉，如何行走？萬一路上再出差錯，如何是好？我想爾等雖被妖法所迷，一半也是前緣，莫若爾等就在此地分別自行擇配，成為夫婦。既省得回家以後難於婚嫁，又可結伴同行，省卻許多麻煩。那近的便在下山以後，各自問路回家；那遠的就由我同這位朱道友，分別送還各人故鄉。你等以為如何？」

這一班青年男女聽了，俱都面面相覷，彼此各用目光對視。

妙一夫人知道他們默認，不好意思明說。便又對他們說道：「你等既然願意，先前原是在昏亂之中，誰也不認得誰，如今才等於初次見面，要叫你們自行選擇，還是有些不便。莫如女的退到旁的石室之中，男的就在此地，由我指定一男將這鐘敲一下，便出來一個女的，他兩人就算是一雙夫婦，彼此互相一見面，將姓名家鄉說出。然後再喚別人繼續照辦，以免出差。何如？」說罷，那些女人果然都靦靦腆腆地退到適才出來的石室之中去了。只有一個女子哭得像淚人一般，跪在地下不動。

英瓊見那女子才十五六歲，生得非常美貌，哭得甚是可憐，便上前安慰她道：「我師父喚你進去，再出來嫁人呢，你哭什麼？天一亮，就可下山回家，同父母見面了，不要哭吧。」那女子見英瓊來安慰她，抬頭望了英瓊一眼，越加傷心痛哭起來。

妙一夫人先時對這一干男女雖然發了惻隱之心，因要在天亮前把諸事預備妥當，知道他們俱受過妖人採補，不甚注意。及至見末後這一個女子哀哀跪哭，不肯進去，才留神往她臉上一看，不禁點了點頭。這時朱梅不耐煩聽這些男女哭聲慘狀，早又帶了猩猩二次往後面石室中去了。

英瓊見那女子勸說無效，還是不住口地哭，正待不由分說將她抱往裡面，妙一夫人忙道：「英瓊不必勉強於她，且由她在此，待我將這些人發落了再說。」英瓊聞言，連忙應聲，垂手侍立。那女也止住哭聲。

妙一夫人先在眾人臉上望了一望，再喚英瓊擊鐘。英瓊領命，便將鐘敲了一下。這些女子在這顛沛流離的時候，還是沒有忘了害羞，誰也不肯搶先出來。妙一夫人連催兩次，無人走出。惱得英瓊興起，走到她們房門口，只見那些女子正在推推躲躲，哭笑不得，被英瓊隨手一拉，牽小羊似地牽了一個出來。妙一夫人便看來人受害深淺，在眾少男中選出一個。這一雙男女知道事已至此，便都跪下，互說了家鄉姓名，叩謝妙一夫人救命成全之恩，起來侍立一旁。

英瓊又將鐘擊了一下，那些女子還是不肯出來，還是英瓊去拉出來，如法炮製。直到三五對過去，大家才免了做作，應著鐘聲而出。這裡頭的男女各居半數，只配了十一對，除起初那個跪哭的女子外，還有一個男子無有配偶。

那女子起初看眾人在妙一夫人指揮下成雙配對，看得呆了。及至見眾人配成夫妻，室中還剩一個男的，恐怕不免落到自己頭上，急忙從地上掙扎起來，跑向妙一夫人身前跪下，哭訴道：「難女裘芷仙，原是川中書香後裔。前隨兄嫂往親戚家中拜壽，行至中途，被一陣狂風颳到此地。當時看見一個相貌凶惡的妖道，要行非禮。難女不肯受污，一頭在石壁上撞去，欲待尋一自盡。被那妖道用手一指，難女竟自失了知覺。有時甦醒，也不過是一彈指間的工夫，求死不得。今日幸蒙大仙搭救，醒來才知妖道已伏天誅。本應該遵從大仙之命，擇配還鄉，無奈弟子早年已由父母作主許了婆家。難女已然失身，何顏回見鄉里兄嫂？除掉在此間尋死外，別無辦法。不過難女兄嫂素來鍾愛，難女死後，意欲懇求大仙將難女屍骨埋葬，以免葬身虎狼之口。再求大仙派人與兄嫂送一口信，說明遭難經過，以免兄嫂朝夕懸念。今生不報大仙大恩，還當期諸來世。」

說時淚珠盈盈，十分令人哀憐，感動得旁觀那些男女，也都偷偷飲淚吞聲不止。

妙一夫人適才細看裘芷仙，已知她非凡品。又見剩下那個男的，雖然面目秀美，卻是受害已深，看他相貌又不似有根底人家子弟，不配做芷仙的配偶。再聽芷仙哭訴一番，料知她的被污，完全中了妖法，無力抵抗，並且看出她的為人貞烈，不由動了惻隱之心。正要開言說話，那裘芷仙已把話說完，又叩了十幾個頭，站起身來，一頭往石壁上猛撞過去。英瓊身法何等敏捷，見她楚楚可憐，早動了憐憫之心，哪容見死不救！身子一縱，搶上前去，將她抱了回來。

妙一夫人便道：「你身子受污，原是中了妖法，不能求死。你既不願擇配，也無須乎尋死。我看你真陰雖虧，根基還厚。你既回不得家，待我想一善法，將你送往我一個道友那裡，隨她修行。你可願意？」

裘芷仙一聽此言，喜出望外，急忙跪下謝恩，叩頭不止。夫人便道：「英瓊，攙她起來，等我打好主意再說。」這一干男女都對她羨慕不置。

那剩下的男子名喚唐西，乃是一個破落戶子弟，學得一手好彈唱，被妖道掠上山來，他偏能承歡取媚。那妖道平時選他作眾人中一個領袖，只他一人並不用妖法迷禁，反傳了許多妖法與他。裘芷仙被妖道搶來才三日，就被他看在眼裡。怎奈芷仙身有仙骨，被妖道看中，預先囑咐，淫樂跳舞時節，不准他染指。他雖然心中胡思亂想，好在美貌男女甚多，倒也不在心上。今日聞得鐘聲，引眾跳舞而出，忽聽妖道被妙一夫人等所殺，大吃一驚。他為人機警，知道如要逃走，定然難保性命，莫如假裝與眾人一樣癡呆，相機行事。後來他見眾人都有了配偶，只剩下芷仙一人，知道要輪到他的身上，暗中好生慶幸。心想：「這可活該我來受用。」及至芷仙痛哭，妙一夫人答應帶了她走，自己空喜歡一場，還是變成一個光棍，暗恨夫人不替他作主。他本會幾樣障眼法，便安下不良之心，想抽空子搶了就走。

偏偏妙一夫人也是一時大意，看見唐西滿身邪氣，以為他受毒較深，還不知他已學會邪術，只嫌他眉目流動，知非端人，不大答理他。將眾人家鄉問明之後，便把人分成兩起，準備到了天明，與朱梅分別將他們送回故鄉。見朱梅不在室中，正要喚英瓊入內相請，朱梅已帶了猩猩，二次由後洞走來。猩猩手上又包了一大堆食用之物，擱在石床上面。

朱梅對妙一夫人道：「恭喜道友！今天升作月下老人了。只是這多半夜工夫，不怕把這癡男怨女肚子餓瘦麼？適才我又到後洞中去，又發現一個密室，裡面還藏有許多食物丹藥。道友請看。」

妙一夫人聞言，才想起英瓊、猩猩俱未進食，便喚大眾進前隨便取食。這些被難男女，平時飲食起居全係受妖法指揮，一旦醒來，又熬了半夜，俱都有些腹中饑餓，聽了夫人吩咐，便都上前取食。

英瓊見那些食物大半是川中出產的糖食餅餌之類，多日未曾吃過，頗覺好吃，只是有些口乾。猛想起自己包裹內還有許多好吃的鮮果同黃精、松子，何不取將出來孝敬師父師伯？想到這裡，忙將包裹打開，把莽蒼山得來的那些異果取出獻上。

矮叟朱梅一眼看見那數十枚朱果，大為驚異，便問妙一夫人：「這不就是朱果麼？我學道這麼多年，全未見過，只從先師口中聽說過此果形狀。愛徒從何處得來這許多，豈非異數？」

英瓊起初對妙一夫人說斬木魃經過，因不知朱果名稱，只說是因叫猩猩領自己去尋紅色果子，才得斬了一個怪物。妙一夫人也未想到英瓊會將天地間靈物得來許多。及至見英瓊取出，也覺稀奇，便叫英瓊說斬木魃經過。英瓊遵囑說了一遍。

朱梅道：「這就無怪乎你仙緣遇合之巧了。此果名為朱果，食之可以長生益氣，輕身明目。生於深山無人跡的石頭上面，樹身隱於石縫之中，不到開花結果時決不出現。所以深山採藥修道的高人隱士，千百年難得遇見。加之天生異寶，必有異物怪獸在旁保護。別人求一而不可得，你竟無意中得到如此之多。你帶來的這個猩猩，雖然是個獸類，頗有仙氣，想必也是得吃此果的緣故了。」

英瓊又把同吃何首烏的事說了一遍。妙一夫人與矮叟朱梅俱驚英瓊遇合之奇不置。英瓊起初拿出來時，原想孝敬師父、師伯之後，分給這些被難男女。及至聽完妙一夫人與朱梅之言，才知此果有許多妙用，不禁心中狂喜，又有些捨不得起來。忙取了十枚獻與朱梅，把餘下三十多枚獻與妙一夫人。夫人笑道：「此果雖佳，我還用它不著，我吃兩個嘗嘗新吧。」說罷，隨手拈了幾個吃了。

朱梅也不客氣，吃了兩個，把其餘的揣在身旁，說道：「此果我尚有用它的地方，既然令徒厚意，我就愧領了。不過我這個窮老頭子，收下小輩的東西，無以為報，豈不羞煞？」說罷，從身上取出一個兩寸長，類似一隻冰鑽，似金非金、似玉非玉的東西，遞與英瓊道：「這件東西是我近日在青城山金鞭崖下掘土得來，發現之時，寶氣上沖霄漢。等我取到手中，見上面篆文刻著『朱雀』兩個字。放在黑暗之中，常有五彩霞光。無論什麼堅硬的金石，應手立碎。知是一個寶貝，只是不知道它的用法。但知妙一真人與玄真子能識此物，本打算去問他個明白。如今你既歸妙一真人門下，我索性就送與你，等你見過真人再問用法吧。」

英瓊聞言，拿眼望著妙一夫人，還不敢伸手去接。妙一夫人叫英瓊跪下領謝。英瓊連忙跪下，謝了朱梅，接過那隻冰鑽。她自從被赤城子帶出，雖然辛苦顛沛了好多日子，既得了許多異果奇珍，又得拜了劍俠中領袖為師，可算此行不虛，真是興高采烈，心頭說不出來地喜歡。

妙一夫人叫英瓊把剩下的朱果包好。英瓊再三請夫人多吃幾個，妙一夫人見英瓊滿臉天真至誠，不忍拂她的意，便取了八個帶在身上。

英瓊見裘芷仙站在旁邊，秀目盈盈，淚光滿面，望著朱果，大有垂涎之態，神氣非常可憐。便取了兩個朱果遞與她道：「姊姊這半天未吃食物，想必腹中饑餓。妹子日前食了這個朱果，雖然有時也吃東西，腹中從未饑過。適才聽了師父、師伯之言，才知道此果妙用。姊姊也吃上兩個嘗嘗新吧。」

芷仙聞言，含羞接過道謝，正要張口去吃。忽然滿洞漆黑，伸手不辨五指，一聲嬌啼過去，接著又是一聲慘叫。

英瓊疑是什麼妖怪前來，拔劍出匣時，妙一夫人已將手一搓，發出一道白光，把全洞照得通明。再看地下，躺著一具死屍，業已腹破腸流，鮮血灑了一地。那個猩猩正用地下的碎紙在擦手上的血跡。洞口旁邊倒著裘芷仙，業已嚇暈過去。那一干被難男女，也嚇得擠作一團，嚶嚶啜泣。

英瓊見那死屍正是適才擇配時落後向隅的唐西，疑是猩猩野性未馴，無故傷人，恐怕妙一夫人怪罪，正要上前責問。妙一夫人笑道：「小小妖魔，也敢到我二人面前賣弄，我一時大意，差點沒讓他把人拐走。想不到這個猩猩眼力竟這樣好。」

原來唐西因見心上人不能到手，仗著自己會了幾樣小妖法，時時刻刻想攝了芷仙逃走。妙一夫人起初只以為他是受邪太深。等到擇配完畢，見他一人向隅，一雙賊眼不住在那些女子身上打量，尤其對於芷仙格外注意；又見眾人在驚魂乍定後，俱是滿臉傷心與害怕的神氣，惟獨他神態自若，這才對他留一番心，覺得這人不是善良之輩。後來見他吃東西時舉動輕捷，不似別人身體虧虛，行步遲鈍。細細一看，果然看出這個人以前是假裝癡呆，便知是妖人餘黨。估量他能力有限，不敢班門弄斧，且看一看再說。

誰想唐西見妙一夫人等站在室中，離他較遠，恰好芷仙接朱果時，正站在他的身旁不遠，以為是一個良機。心想：「自己雖不是人家敵手，借法逃走，總還可以。」當下口中默誦妖訣，將室中燈火弄滅，黑暗之中駕起陰風，才待抱了芷仙御風逃走。他這點障眼法兒，如何遮得住妙一夫人與矮叟朱梅的慧眼，正要上去制止。那猩猩本自通靈，又食了許多靈藥仙果，可以暗中視物。眼見唐西要搶了一個女子逃走，如何容得，將身一縱，已搶到唐西面前，一爪抓住芷仙，一爪往唐西胸前一抓，已將他活生生破腹抓死。

英瓊聽了妙一夫人之言，還不大明白。那猩猩自己上前朝英瓊跪下，指著死屍，連喊「賊怪」。妙一夫人又把唐西舉動說了一遍，英瓊才知究竟。便走過去，將芷仙扶起，喚了幾聲。芷仙原是一時著了驚嚇，被英瓊一陣呼喚，悠悠醒轉。英瓊又對她把前事說了一遍，芷仙便上前謝了眾人與猩猩救命之恩。

這時天光業已向曙。妙一夫人再細看其他男女，俱都無甚異樣，便對朱梅道：「這些男女回家之後，多則五年，少則兩年，俱要癆病而死。道友的靈藥能夠追魂返命，可憐他等無辜，索性行善行徹，積一些德吧。」

朱梅笑道：「我的丹藥熬煉實非容易，如今又剩得不多，我向來不救無緣人。夫人既代他們求情，我就幫夫人完成此番善舉吧。」說吧，便從身旁取出一包丹藥，揀了十八粒，付與眾人。妙一夫人又將石榻上的一個花瓶，叫猩猩拿到外面洗淨，取些山泉來。一面同朱梅、英瓊齊至後洞察看，又尋出許多首飾金銀，拿來分與眾人，帶回家去。只等猩猩取水回來，服藥上路。芷仙把兩個朱果撿起吃完，覺得入口甘芳，精神頓振，愈加動了出家之念。

一會工夫，天光大亮，猩猩還未回轉。英瓊剛要出洞去看，忽聽一聲長嘯，猩猩從洞外飛躥進來，躲向英瓊身後，牠爪中取水的瓶不知去向。

英瓊不知就裡，正要責問，忽聽洞外連聲鵰鳴，不及再顧別的，縱身出去看時，果是神鵰佛奴同約牠去的那隻白鵰，正要離地飛起。英瓊這一喜非同小可，高興得忘了形，竟忘口中呼喚，將身一縱，竟縱起十餘丈高下，剛剛抓著神鵰佛奴的鋼爪。

那神鵰佛奴原隨牠的同伴，由峨嵋回到白眉和尚那裡去煉骨洗心。等到服完白眉和尚賜的丹藥之後，白眉和尚對牠說道：「你的同伴玉奴已是脫離三劫，將歸正果的了。惟有你三劫未完，殺心太重。我在十年之中，就要圓寂坐化，念你跟隨我一場，特地命玉奴將你喚回，與你脫胎換骨，洗心伐髓。你的新主人仙緣甚厚，可仍回到那裡，忠心相隨，自然能助你完成三劫，得成正果。你此去就無須乎再來了。」神鵰佛奴早已通靈，聽了白眉和尚之言，已知前因後果，便長鳴了數十聲。

白眉和尚知牠依戀不捨，又對牠說道：「你不必再依戀我。你的新主人現時已不在峨嵋，你此去由莽蒼山順路經過，便能在路上相遇。她正要用你回山，急速去吧。」神鵰佛奴仍依依不捨，幾經白眉和尚催迫才行上道。那白鵰玉奴同伴情深，仍送牠飛回。這兩個鵰排雲橫翼，疾如閃電，那消半個時辰，已飛到了莽蒼山，各把速度降低，在空中留神細看。

神鵰佛奴本來淘氣，偶然看見山澗之下有個大猩猩用瓶汲水，知是此山修道人用來代替童僕之用的獸類，便想將牠抓住，逗牠的主人出來，開個玩笑。誰想那猩猩也是通靈之物，汲水中間，忽然看見從未見過的一黑一白兩個大鵰朝牠撲來，知道不好，沒命般朝洞中跑回。任牠行走如飛，怎趕得上神鵰兩翼的神速，一眨眼的功夫，便已追上，只一抓，便將猩猩離地抓起有十餘丈高下，然後擲了下來。

神鵰的本意，原想將猩猩跌個半死，好引牠主人出來，沒料到猩猩身手會那樣輕捷。神鵰佛奴並不想傷生，只在牠後面追隨飛翔，不想倒會把自己主人引了出來。牠見一個年輕的女子由洞中捷如飛鳥般縱將出來，只一縱，便抓住牠的鋼爪，早已認清是牠的主人李英瓊，當下又慢慢飛翔下來。英瓊著地後，妙一夫人、矮叟朱梅也走了出來。神鵰佛奴又朝空中叫了兩聲，白鵰玉奴也飛翔下來。兩個神鵰站在英瓊旁，竟比她人還高。

妙一夫人見了這兩個神鵰，笑道：「這番我不愁分身無術了。」

朱梅認得這兩個鵰是白眉和尚之物，非常厲害，尋常劍仙俱奈何不了牠們，居然會聽英瓊使喚，真是奇怪。笑對英瓊道：「你師父夫妻二人，與我當年成道，已經算仙緣湊合容易的了。誰知你比我們還要容易，竟有許多送上門來的奇緣。那白眉和尚脾氣好不古怪，居然肯把座下兩個靈禽贈你，豈非亙古未聞的奇事奇緣嗎？」

英瓊道：「這黑的金眼師兄，原是白眉師祖贈我在峨嵋作伴的。這個白的，當初原是奉了白眉師祖之命，接牠回去的。原說去十九天就回，想必今日期滿，故爾又送牠回來，不想竟在途中相遇，真巧極了。」

妙一夫人道：「既是神鵰路遇，再巧不過。天已不早，就煩朱道友按照路程，與我同將這十一對男女分送回家。這神鵰兩翼載重何止千斤，芷仙現時有家難歸，她又志在出家，我此時無暇帶她同走，就叫英瓊帶著她回到峨嵋暫住，以俟後命。只是這個猩猩無法帶走，意欲命牠先在此洞潛修，異日英瓊劍術學成，再來帶牠便了。」

第廿五章　並駕神鵰

英瓊同猩猩共患難多日，聽了夫人之言，未免依依不捨，只是初入師門，不知師父脾氣，怎敢表示不願。那猩猩早已通靈，一聽夫人不叫牠與英瓊同去，急忙跑過來，朝著妙一夫人跪下，不住地叩頭落淚，嘴裡頭結結巴巴，半人言半獸語地央求。

妙一夫人笑道：「想不到此畜竟如此多情向上。我並非不讓英瓊帶去，皆因人獸不能同載。黑神鵰雖能載重，但是背上面積有限，牠身又高大。再者，牠雖然有些靈性，到底獸性還未除盡，萬一飛在高空驚慌起來，英瓊、芷仙俱要受牠連累。只有白神鵰可以帶牠飛去，但是白神鵰乃是白眉禪師座下靈禽，未得牠同意，我們怎好隨便相煩呢？」說時，拿眼望著英瓊，又看了那鵰一眼。

英瓊恍然大悟，原來妙一夫人不是不讓猩猩同去。但是不明白夫人既示意自己去煩白鵰帶猩猩回山，何以夫人自己不肯明說？因為出來日久，回山心切，也不及細想原因，便朝黑鵰佛奴說道：「這個猩猩乃是我在莽蒼山收伏來的，隨我這些日，共了許多患難，異日幫我照應門戶，採摘花果，極為得用。意欲煩你轉求送你來的那位穿白的同伴，帶牠回轉峨嵋，那就再好不過了。」話言未了，那白鵰一個騰達，撲向猩猩身上，舒開兩隻鋼爪，就地將猩猩抓起，沖霄而去，嚇得那猩猩連聲怪叫。眨眨眼衝入雲霄，往峨嵋方向而去。

英瓊見白鵰去得突兀，也自心驚，正要向黑鵰問猩猩的吉凶，妙一夫人道：「猩猩已被白鵰帶往峨嵋，這番稱了你的心願了。我們眾人眼前就要分手，此去數月後才得見面。你有神鵰、猩猩作伴，別的自可無憂。不過你從師才只一日，要將功訣一齊傳你，短時間內自是不能辦到。你可隨我到前面坡下，先將練劍的初步功夫口訣傳你吧。」說罷，領了英瓊，走到無人之處，將許多要訣一一指點。英瓊天資穎異，自是牢記於心，一教便會。

妙一夫人傳完口訣，日光業已滿山，便把洞中男女一齊喚出，按照路途方向，與朱梅分領一半，將各人送回家去。不提。

英瓊、芷仙依依不捨地拜送妙一夫人等走去之後，英瓊笑對芷仙道：「姊姊休要害怕，請隨妹子到峨嵋山去吧。」

芷仙見英瓊小小年紀，有如此驚人的本領，心中非常羨慕佩服。聞言便道：「妹子命薄，慘遇妖人，迷卻本性，失節辱身，恨不早死。多蒙仙師垂憐援手，准許妹子到姊姊洞府中，隨姊姊修行，真是恩施格外。自墮魔劫後，已把生死二字置之度外，況有姊姊同乘，何懼之有？」

英瓊道：「如此甚好。恩師、師伯已經率眾人走去，我們走吧。」一面說，一面將包裹取來，套在神鵰頸上，先扶芷仙坐了上去，叫她兩手緊攀神鵰翅根，緊閉雙目，不要害怕。自己隨著也騰身而上，還怕芷仙坐不牢穩，一手緊抓神鵰貼身處鐵翎，一手伸向芷仙胸前，將她攔腰抱住。才喊得一聲「起」，那神鵰長鳴一聲，健羽展處，已是離地二三十丈高下。

英瓊在鵰背上喊道：「金眼師兄，飛得低些，一來沿途可以看看風景，二來省得裘姊姊害怕。」那神鵰果然聽話，不再高飛，就在離地二三十丈高下，朝前飛去。

芷仙起先還覺得有一些頭暈，後來覺得平穩非常，不禁偷偷低頭往下觀看。眼中一座座大小峰巒，在腳底下飛一般跑向身後，春山如秀，風景絕佳，不禁在鵰背上連喊「有趣。」英瓊恐怕她得意忘形，失手跌了下去，剛要喚她留神，忽然那神鵰倏地加快速度，朝著下面一個山凹處飛將下去。忙從芷仙身旁朝下看時，原來山凹處有一隻梅花鹿在那裡吃草，被那神鵰一眼看見，想要順手抓回去當午餐吃。說時遲，那時快，那隻大鹿看見天上一隻大鵰撲來，知是牠的剋星，正要縱逃，已是不及，被那鵰飛近身旁，兩隻鋼爪將那鹿攔腰一抱，便將牠抱起。

英瓊、芷仙在鵰背上覺著微微一震動間，那鵰已擒鹿在爪，仍舊往上飛行。那鹿被鵰擒住，知道性命難保，便用頭上大角回頭朝神鵰頸間觸來。那隻梅花大鹿，角長有三四尺光景，差點沒碰著芷仙的身體。惹得神鵰性起，兩隻鋼爪用力一扣，一齊伸入鹿腹。那鹿護痛不過，「喲」地一聲慘叫，竟然死去。嚇得芷仙心頭不住怦怦跳動。英瓊正覺著有趣，忽聽下面有人大叫道：「何方賤婢，竟敢縱使扁毛畜生傷及仙鹿？快快下來，還我鹿的命來！」

英瓊聞言大驚，忙朝下面看時，只見山凹旁跑出一個非尼非道的女子，手中執著一柄寶劍。英瓊吃了一回虧，昔日又聽自己父親講過，異服奇裝的僧尼道士最為難惹，況且又有芷仙同在鵰背上面，益發用不得武。便向那神鵰說道：「飛得好好的，偏偏你要抓什麼鹿，今日闖了禍了，還不快跑！」

那神鵰想是也知下面的人難惹，正加速度往前飛走。誰知下面那個女子見英瓊並不答言，那鵰依舊朝前飛行，心中大怒，急忙念誦口訣，將手中執的那柄長劍朝空擲去，脫手便是一陣黑煙，夾雜著一溜火光，朝著神鵰身後飛來。

神鵰聞得身後風聲，略將身子迴旋，往後一看。想是知道那女子厲害，在空中稍微遲頓了一下，兩爪鬆處，放下那隻死鹿，撥轉頭，風馳電掣一般，直往前面逃走。那鵰飛得那般神速，又不似適才平平穩穩地朝前飛去，時而高舉沖霄，時而弩箭脫弦一般往下瀉落。慢說芷仙膽戰心驚，就連英瓊也覺得頭暈眼花。兩人都是迎著劈面的天風，連口都張不開。英瓊深怕芷仙受不住這般劇烈震撼，遭受危險，急中生智，忙將頭躲在芷仙身後，好容易迸出兩句話道：「這般逃法，不大妥當，莫如降落下去，同來人拚個你死我活吧。」

神鵰本通靈性，恰好這時正朝前面一個低坡飛去，聽了英瓊呼喚，順勢降落。這時已飛出十來里地，離那飛劍已經很遠。等到神鵰落地，英瓊扶著芷仙跳將下來，芷仙已是頭昏腳軟，支持不住，坐到地下。英瓊正要舉目往天空看時，忽聽神鵰一聲長鳴，倏地捨了英瓊，往空便起。英瓊連忙抬頭看時，原來敵人飛劍已然趕到，被那神鵰迎個正著，朝那黑煙火光中飛去。

英瓊不知神鵰本領，深怕有了差池，忙喊：「金眼師兄，快快下來，待我同她對敵。」話言未了，神鵰已經衝入煙火之中，一個迴旋，已將敵人飛劍抓入爪中，飛下地來。

英瓊看見神鵰爪中抓著一把寶劍，煙火圍繞，心中大喜。適才說話時節，已將身旁紫郢劍拔在手中，急忙迎上前去。那鵰還未落地，便將寶劍擲將下來。英瓊見那劍有火圍繞，不敢用手去接。又見那劍稍微往下一沉，離地還有丈許，好似空中有什麼吸力，略一停頓，又要往空中飛起。英瓊恐它逃走，更不怠慢，忙將手中劍縱身往上一撩，撩個正著，十餘丈紫色寒光過去，「噹」地一聲，將敵人那口飛劍削為兩截，火滅煙消，墜落地下。

英瓊見神鵰如此靈異，越發珍愛，便上前去撫弄牠的翎毛，看看並無傷損，越加高興。偏偏芷仙受了這一番大驚恐和劇烈震撼，竟是手腳疲軟，無力再上鵰背飛行。雖然不敢請求英瓊歇息一會再走，英瓊已看出她那楚楚可憐的神氣。又仗著自己有神鵰、寶劍，不禁心粗膽壯起來。便對芷仙說道：「此地離敵人巢穴不遠，雖然是個險地，但是妹子有白眉師祖座下神鵰，同長眉真人的紫郢劍，料無妨礙。姊姊既然勞累，我們休息一會，吃點果子再走吧。」說罷，便將鵰頸上拴的包裹取下打開，取了兩個朱果，遞與芷仙。

芷仙道：「此地既是險地，怎好為妹子一人暫時舒適，去惹凶險？這個朱果，恩師妙一夫人同那位姓朱的仙師曾說是稀世奇珍，百年難得一遇。妹子自受妖法所迷，渾身作痛，手腳疲軟，昨日在洞中蒙姊姊賜了兩個吃下，昨晚並不曾睡，今早反覺神清氣爽，可知此果功用非常。妹子是個命苦福薄的人，怎敢過分消受仙果？妹子隨便吃兩個松子，這個仙果姊姊留為後用吧。」

英瓊笑道：「我得此果，已然好些天。這是鮮東西，雖說是仙果，恐怕也未必能夠久藏。我只要留幾個，回轉峨嵋與我余英男姊姊吃就行了，你就吃吧。」

芷仙人極聰明，與英瓊見面雖然才只一日，談話也才兩三次，已知她有個小性兒。起初不吃，原是一番客氣，及見英瓊固勸，便也樂得受用。二人正吃朱果，那神鵰忽然叫喚兩聲，用嘴在包裹中咬了兩個朱果，放在英瓊身旁，睜著一雙大金眼，大有垂涎之態。

英瓊笑道：「你也想吃仙果嗎？我起初還以為你盡吃葷的哩。」說罷，便拿起一個朱果往空中扔去。神鵰將身微一撲騰，便縱上前去，咬在口中，吃下肚去。英瓊覺著好玩，便取了六七個朱果，用家傳連珠彈法，打向空中。那神鵰也甚狡猾，竟用了六七種不同身法，去接吃口中。招得英瓊哈哈大笑。還待向包裹中去取朱果時，一看只剩下九個了，才想起回山還要送人，便停止不打。

那神鵰連吃了幾個朱果，倏地又沖霄飛起。英瓊以為敵人尋來，連忙縱身拔劍看時，天交正午，碧空無雲，一些跡兆皆無。再看那鵰，已朝來路飛去，轉瞬不見蹤影。英瓊不知牠的用意，只好等牠回來，再作計較。

芷仙見那鵰如此靈異，便問英瓊得鵰始末。英瓊便將峨嵋山中父病割股，神鵰接引去見白眉和尚，父親病好出家，蒙白眉和尚贈鵰為伴，種種從頭說起。還未說到一半，神鵰已經飛回，爪中抓著一個鹿的天靈蓋，兩個鹿角還附在上面，沒有絲毫損傷。那角紅得像珊瑚一樣，橫枝九出，非常好看。

英瓊才明白那鵰百忙中擒取那鹿，原來為的是這一雙鹿角，只不知有何用處。還等與芷仙接著往下講時，芷仙道：「妹子此刻頭已不昏暈，此地風景雖好，金眼師兄又去將鹿角取回，難免不去惹動敵人追趕前來，我們騎上金眼師兄，回到姊姊洞府再說吧。」英瓊也覺言之有理。那神鵰忽然走近前來，蹲在地下，也好似催促上路神氣。

英瓊仍將包裹拴在鵰頸，正待扶著芷仙先上鵰背，忽然從身後樹林子內走出一男三女。男的看去年紀和自己相彷彿，那三個女的，大的一個也不過二十以內，真是男的長得像金童，女的長得像玉女一般。才出林來，那年長的一個口中喊道：「兩位姊姊暫留貴步，我等有話相煩。」

英瓊起初疑是敵人跟蹤尋來，連忙拔劍在手。及至定睛看來人，一個個俱是神采英朗，風度翩翩。自古惺惺惜惺惺，自然而然地起了一種好感。正要上前答言，忽然一陣狂風過處，飛砂走石，天昏地暗，耳旁又是鬼哭啾啾，竟和昨日追虎遇見妖人光景相像。不禁大吃一驚，知道中了妖人暗算。芷仙是個無能之人，英瓊忙把她一把先抱在懷內，舞動紫郢劍護著身體。用目尋那妖人存身之所，好照上回一樣，將紫郢劍飛出，取他性命。

正在四處觀望，耳旁又聽數聲嬌叱道：「膽大妖孽！擅敢無禮。」話言未了，適才那四個青年男女站立的地方忽然發出數十丈長、畝許方圓的五色火光，把天地照得通明，光到處風息樹靜，霧散煙消，依舊是光明世界。接著便有三道紅紫色、一道青色的光華和兩道金光，同時飛將出去。

英瓊這時也辨不出誰是敵，誰是友，見那幾道光華在自己頭頂上飛來，慌忙將劍朝上一撩，手中紫郢劍竟自脫手飛來，與兩道紅紫色的劍光迎個正著，立刻在空中絞成一團，隱隱發出風雷之聲。其餘那三道光華飛到英瓊頭上，並不下落，反投向英瓊身後而去。

英瓊正覺著有些詫異，忽聽前面那個年長的女子說道：「我們俱是相助姊姊，為何自己人反爭鬥起來？還不將劍快快收去，省得二寶相爭，必有一傷。」

英瓊聞言，還不明白。芷仙雖在驚惶中，因她無有臨敵本領，只有害怕心思，反較英瓊清楚，早看出來人是一番好意。忙喊：「姊姊休要誤會，來的幾位姊姊是幫你的。」英瓊剛辨出來人語意，耳旁又是一聲女子的慘叫，顧不得收劍，忙回頭看時，離自己身後十來丈遠近，躺著適才在空中看見的那個非尼非道、披頭散髮、奇形怪狀的女子。還有一個奇形怪狀的男子，業已望空逃去。再看那鵰，業已望空中飛起，追趕那男的去了。從頭上飛過去的那幾道光華，正往回飛去。剛一回身，那年長的女子已走近身邊，說道：「姊姊還不收回尊劍，等待何時？」

英瓊再看空中自己的紫郢劍和那兩道紅紫色的光華，如同蛟龍鬧海一般，鬥得正酣。便用妙一夫人所傳收劍之法，將劍收了回來。然後上前與那四個青年男女相見。

英瓊還不曾開言，那年長的一個女子道：「這位姊姊，何處得遇家母妙一夫人？請道其詳。」

英瓊聞言，忙問那四個青年男女姓名。才知這其中的三個人便是妙一夫人的子女、自己的師姊師兄齊靈雲、金蟬和餐霞大師的弟子女神童朱文。那一個黑衣女郎，正是在峨嵋、武當、崑崙、五台、華山正邪各派之中，異軍突起的女劍仙墨鳳凰申若蘭。她原是雲南桂花山福仙潭紅花姥姥生平唯一得意的弟子。

紅花姥姥自從得了一部道書後，悟徹天人，深參造化，算計自己不久坐化，只等那破潭之人前來破去她潭中封鎖，便好飛升。又因潭中黑暗，毒石、神鱷年深日久，越發厲害，恐怕來的那一雙慧根男女不易對付，特地差申若蘭趕到武當山，向半邊老尼去借紫煙鋤和于潛琉璃，好助來人破潭，以應昔日誓言。申若蘭走後，紅花姥姥又起了一卦，知道破潭的人已在路上，只因內中一人負傷，不能御劍飛行，山川遼遠，恐怕耽誤了飛升日期，只得親自下山，暗中用「千里戶庭、囊中縮影」之法，將靈雲等三人暗中接引上山。

請續看《蜀山劍俠傳》三　湘江避禍

風雲武俠經典

蜀山劍俠傳【第一部】2 暗藏機關

作者：還珠樓主
發行人：陳曉林
出版所：風雲時代出版股份有限公司
地址：10576台北市民生東路五段178號7樓之3
電話：(02) 2756-0949
傳真：(02) 2765-3799
執行主編：劉宇青
美術設計：吳宗潔
業務總監：張瑋鳳

出版日期：2025年6月
ISBN：978-626-7510-73-5
風雲書網：http://www.eastbooks.com.tw
官方部落格：http://eastbooks.pixnet.net/blog
Facebook：http://www.facebook.com/h7560949
E-mail：h7560949@ms15.hinet.net
劃撥帳號：12043291
戶名：風雲時代出版股份有限公司

風雲發行所：33373桃園市龜山區公西村2鄰復興街304巷96號
電話：(03) 318-1378
傳真：(03) 318-1378
法律顧問：永然法律事務所 李永然律師
北辰著作權事務所 蕭雄淋律師

行政院新聞局局版台業字第3595號 營利事業統一編號22759935

定價：340元

國家圖書館出版品預行編目資料

蜀山劍俠傳. 第一部 / 還珠樓主作. -- 臺北市：風雲時代出版股份有限公司, 2025.05
冊； 公分

ISBN 978-626-7510-73-5(第2冊：平裝). --

857.9 114002681